시간을 초월하는 예술가의 초상

불멸

시간을 초월하는 예술가의 초상

불멸

이정은 소설

도화

차 례

불멸

1.

　여자가 남기문을 만난 것은 일 년 전. 그러니까 2019년 1월 Y 고등학교 재경동창회 신년 하례식에서였다. 서울 삼성동 코엑스 건너편 섬유회관 12층이었는데 새해 새다짐을 하자는 뜻에서 학교 졸업 후 25년 만에 처음으로 참석한 자리였다. 홀 안은 예상보다 넓고 화려했다. 창가에 서서 올림픽대교로 향하는 불빛들을 내려다보고 있었다. 아래로 차들이 미끄러지듯 씽씽 달리고 있었다. 한강 쪽을 바라보다가 고개를 돌리는데 손을 흔드는 한 남자가 눈에 띄었다. 대머리에 동글동글한 동안인데 눈을 동그랗게 뜬 채 치아가 튀어나오도록 웃고 있었다. 동창생이라지만 처음 보는 얼굴이었다. 언제 봤던가 생각의 갈피를 뒤져보고 있는데 그가 다가왔다.

"반갑습니다. 남기문입니다. 설정주 씨죠."

손을 내밀고 악수를 청하며 말을 걸었다.

코앞으로 바짝 다가선 남자는 우물처럼 파인 커다란 눈으로 그녀를 관찰했다. 그는 벗겨진 머리에 커다란 눈을 가졌는데, 깡마른 체구에 어울리지 않게 커다란 보석 반지와 금색 롤렉스 손목시계를 차고 있었다. 그녀는 내키지 않는 표정으로 손을 내밀었다. 주먹이 세든지, 머리가 뛰어나게 좋은 학생이었다면 기억이 났을 텐데 아무리 생각해 봐도 기억에 없었다. Y고등학교는 특별반을 편성했는데 1학년은 입학성적으로, 학년이 바뀔 때는 성적순으로 선발했으므로 입학해서 졸업할 때까지 대개 같은 반이었다. 기억에 없다는 것은 한 번도 같은 반이 아니었다는 뜻이었다.

주고 간 금빛 명함에는 선도위원을 비롯한 봉사단체 이름이 가득했다. 앞면이 모자라 뒷면도 꽉 채운 위원, 위원들. 굳이 명함에 새기고 다닐 필요가 없는 직함들이었다. 마치 허영 속에 존재하는 사람 같았다. 화려하고 그럴 듯한 장식이 우스꽝스럽고 어이없어 보였던 것도 아마 이 때문이었으리라. 여자는 돌아오면서 받은 명함을 버렸고 이름도 기억하지 않았다. 그를 만날 일이 없기 때문이었다. 그로부터 몇 개월 지났을 때 그를 다시 만났고 이름이 남기문이란 걸 기억해냈다. 4월 중순. 관악산 등반 때였는데, 여자는 그가 와 있는 줄 전혀 몰랐다.

2.

여자는 그날도 다른 날과 마찬가지로 새벽 4시에 일어나 책상 앞에서 원고를 쓰느라 지쳐서 아침에 쉬 일어나지 못했다. 아침 8시. 딩동, 누군가 현관 벨을 눌렀다. 친구 오현주였는데 초록색 배낭을 메고 있었다. 현주의 갑작스런 방문이 Y고등학교 동창생 등산모임에 함께 가자는 것임을 상상할 수 있었으나 이렇게 아침 일찍 찾아오리라고는 예상하지 못했다. 내게 현주는 입을 삐죽거리며 혀를 찼다.

"설정주 씨가 또 밤을 샌 모양이네."

할 말이 떠오르지 않아 입을 열지 않았다. Y읍에서 같은 동네에 살았고 초등학교, 중학교, 고등학교 12년을 같은 반에서 지낸 친구 오현주. 한 달에 한 번씩 만나는 동창모임에 참석하라고 연락했으나 나는 한 번도 참석한 적이 없었다. 늘 다음에 참석하겠다고 했다.

"글 쓴다는 핑계로 칩거만 하지 말고 엉덩이 들고 움직여 봐! 네 취향이 아니라고 탐탁지 않아 하는 심정은 알겠는데, 사람 위에 사람 없다는 걸 알아 둬!"

알았다고 했으나 현주는 멈추지 않았다.

"우리가 지우고 싶은 열악한 과거도 우리들 자신이야. 일류

학교만 중요한 게 아냐. 우리를 알아주고 귀하게 여기는 친구들이 중요해. 친구라도 자주 안 만나면 서먹서먹해. 만나보면 재밌어! 우정도 저축이야. 미리 쌓아두면 노후대책이란 걸 몰라? 혼자 잘난 체 하다간 너 혼자 죽어."

현주는 한참이나 더 수다를 떨었는데 동창모임에 참석하지 않는 건 지적 허영심을 드러내는 것이라고 힐난했다.

"넌, 작가라는 사람이 편협해서 어떻게 글을 쓰니?"

"모임엔 다음부터 나가면 안 될까? 네 소원이라는데 언제 한번 가볼게."

나는 현주가 뭘 얘기하려는지 안다. 친구가 끼니도 거르며 청승 떠는 꼴을 내버려둘 수 없다는 신호였다.

그동안 나는 행동이 아니라 늘 앉아서 모든 것을 머리로만 생각하고 꿈꾸어 왔다. 친구들과 배낭여행이라도 다녀 올 계획을 수도 없이 세웠지만 한 번도 실행에 옮긴 적이 없었다. 책 읽고 글쓰는 게 일상이 되어버린 지금은 여행을 하고 싶다는 생각 자체도 없어졌다.

현주는 책상 위에 있는 마우스로 컴퓨터를 꺼버리고는 집 안에만 있으려는 내게 산으로 가야 한다고 강경한 소리로 선언했다. 그리곤 일어서라고 재촉했다.

"도시락 두 개를 싸왔으니 걱정 말고 일어서."

나는 알았다고 대답했다. 현주 말을 따르지 않으면 계속 봄

아델 것이 분명했다. 나는 장밋빛 배낭을 둘러메고 현주 뒤를 따랐다.

　서울 지하철 4호선을 타고 과천역에 내렸다. 관악산 입구로 걸어가면서 시계를 보니 오전 10시 5분 전이었다. 벚꽃 터널 속으로 들어가는 것 같았다. 벚꽃나무 사이로 몇몇 동기들 모습이 보였다. 이리저리 왔다 갔다 하고 있었다.

　모두들 용우회龍友會라는 노란색 글씨가 가슴에 새겨진 빨간 등산 조끼를 입고 있었는데 등판에는 Y고등학교 상징인 용龍이 커다랗게 그려져 있었다. 황룡과 청룡이 보였고 그리고 흑룡도 보였다. 세상의 용들이 모여서 하늘로 비상하는 것 같았다.

　"웬 용들이 저렇게 많지?"

　까만 레깅스에 카키색 점퍼를 걸친 나는 엉뚱한 곳에 발을 들인 사람처럼 속으로 혀를 찼다. 오지 말았어야 했어. 목소리들은 또 왜 이렇게 큰지 등산객들이 지나가면서 흘끔거릴 때마다 한숨이 나왔다. 이들 모임에 끼어 있다는 자체가 창피했다. 귀를 찢는 듯한 소리에 화들짝 놀랐다.

　"애. 너 설정주 아냐. 하나도 안 변했네."

　"그동안 왜 안 나왔니?"

　"오현주 한테 네 소식 들었어."

　떠들썩한 시장바닥에 온 것 같다.

누군가 어깨를 툭 치며 아침 먹을 시간이 없었을 거라며 커피와 샌드위치를 주고 갔는데, 하얀 장갑을 낀 남자였다. 동창생서너 명이 우르르 달려와서 반갑다고 호들갑을 떨었는데 친구들에 둘러싸인 그녀는 정신이 없었다. 옆에 있던 현주가 큰 눈을 껌벅이며 웃었다.

"정주야, 네 조끼는 아직 주문을 못 했어. 다음 모임엔 남기문 씨가 해결해 줄 거야."

순간, 그녀는 남기문이란 이름이 갑자기 되살아났다. 말문이 막혀 듣고만 있자 현주가 자신이 입고 있던 빨간 등산 조끼를 가리킨다.

"유니폼으로 통일해야 우리 일행인 줄 알아보기 쉽거든."

그녀는 동창생들과 어울리는 것은 괜찮지만 '용우회' 조끼를 입는다는 것이 내키지 않았다.

관악산 등산로 입구는 벚꽃 터널로 장식되어 있었다. 그녀는 동네 아파트 앞에 피었던 벚꽃을 떠올렸다. 아파트 부녀회가 주관하는 벚꽃 축제였는데 도로 양쪽에 꽃 터널이 생겼고 서울 시내 사람들이 다 모인 듯했다. 벚꽃이 바람에 휘날릴 때마다 꽃잎을 보며 사람들이 탄성을 질렀다. 바람이 불면 꽃잎이 하늘로 올라갔다가 머리 위에 꽃비를 뿌렸다. 동네 아파트 벚꽃 축제는 지난 주말에 끝났는데 이곳 산자락은 지금 축제가 시작되고 있다. 빨간 조끼를 입은 촌스런 '용우회' 일행은 벚꽃나무 아래에 섰다.

산속이라 벚꽃이 늦게 피었기 때문인지 꽃잎은 하늘이 비칠 것 같이 투명하다. 모두들 탄성도 잊은 채 하늘을 쳐다보는데 경이롭다는 얼굴로 바라보는 눈동자가 분홍빛으로 물들고 있다. 바람이 불자 하늘을 떠받치고 있던 벚꽃이 꽃비로 변하면서 머리 위로 쏟아져 내리고 길은 온통 꽃잎으로 뒤덮였다. "하늘과 땅이 뒤집혔나 봐." "벚꽃 카펫 같아." 일행은 레드카펫 위를 걷기라도 하는 것처럼 흥분했다.

요란한 호루라기 소리에 쳐다보니 하얀 장갑 낀 남자가 호루라기를 불면서 손을 흔들어대고 있었다. 출발 신호였다.

일행은 관악산 자락을 타고 목적지를 향해 산 위로 오르기 시작했다. 삼삼오오 떼를 지어 이야기꽃을 피우면서 계곡을 끼고 올라갔다. 삼십 분쯤 오르자 나는 숨이 찼다. 벚꽃나무 아래 벤치가 보였다.

"우리, 저기서 쉬어가자."

"산에 오르기도 전에 쉬기부터 하자는 사람이 어딨니."

현주가 혀를 찼다.

그녀는 조금만 힘이 들면 흥미가 없어진다. 힘이 든다고 하산하려고 돌아서는데 온통 치아뿐인 얼굴이 웃으면서 올라오고 있다. 남기문이다.

"조금만 더 올라가면 계단이 있어요."

그의 말대로 조금 올라가니 계단길이 나타난다. 바닥에 깔판까지 깔려 있어서 오르기가 수월하다. 한 시간쯤 올라가자 가파른 고개가 나타난다. 오르막길이 시작되는 것이다. 이제부터 산세가 험하고 울퉁불퉁한 바윗길이다. 모두들 이야기가 줄어들고 조용해졌다. 모두들 오르막길 옆에 만들어둔 로프를 붙잡고, 줄을 의지해서 위로 올라갔다.

"자! 힘내세요. 거의 다 왔어요."

남기문이 일행을 뒤에서 밀어주면서 소리친다. 뒤에 처진 일행을 격려하며 함께 오르게 하는 것도 그의 역할 중 하나인 같았다. 오르막길을 올라가다가 중간에서 쉬고 있는 나를 보더니 남기문은 배낭에서 엠보싱 장갑을 꺼내면서 희죽 웃는다.

"이거."

오지랖 넓은 사내, 할 일이 생겨 기쁘다는 듯 내 어깨를 부축해준다.

잠시 후 가까스로 우리는 산 정상에 올라섰다. 남기문이 머뭇거리다가 그녀 옆에 앉았다. 그동안 여자 동창 숫자가 적어 아쉬웠는데 오늘 나와 주어서 고맙다고 했다. 나중에 알았는데, 현주 말로는 동창모임에 설정주를 데리고 나오라고 남기문이 많이 졸랐다고 했다. 첫사랑을 닮았다는 게 그 이유라고 했다.

어찌되었건 그의 짝사랑이나 감정이나 추억 같은 것은 나와는 상관없는 일이라고 여겼다. 남녀공학인 학교에서 어떤 남학생도 자신과 어울리지 않는다고 생각했고 개인적으로 말을 섞는 일조차 격이 떨어진다고 생각해 오던 터였다.

현주가 처음 모임에 참석한 그녀를 일으켜 세우고 소개했다.

"오늘 모임에 참석한 설정주 씨를 소개합니다. 우리의 명품 친구는 미래에 아니 곧 유명하게 될 작가이며, 아직 싱글입니다."

소개 인사가 끝나자 모두들 박수를 치며 눈을 휘둥그레 뜬다. 특히 남기문이 그랬다. 믿을 수 없다는 눈치였는데 한편으론 다행스럽다는 표정도 들어 있다. 눈알이 커지더니 차츰 선망의 빛으로 변해간다.

3.

남기문에 대해서 여자가 아는 건, Y고등학교에 3학년 때 전학을 왔으며, 어떻게 안암동에 있는 K대학교에 입학했는지 몰랐지만 대학에 다닐 때 수유리 광산사거리에서 하숙을 했고 주인집 딸과 사랑에 빠져서 일찍 결혼했다는 정도였다. 현주는 등산모임 총무인 남기문에 대해 많이 알고 있었다. 현주 말로는 3년 전 아내와 사별하고 대학생 아들과 단둘이 살고 있다고 했다. 혼자인 그는 부지런해서 동창모임을 적극 주선하고, 찬조금도 척척 잘 내는, 동창회에서는 꼭 필요한 사람이라고 했다. 그러고도 현주는 성실한 사람이라며 한참이나 수다를 떨었다.

그동안 내가 분석해 본 남기문에 대한 평은 이랬다. 그는 지극히 권위적인 사람이다. 성실하다는 것은 뒤집어 말하면 고집과 집념일 수도 있다. 순진해 보이는 얼굴이 자기중심적인 면을 감추고 있을 뿐. 자신이 원하는 일은 어떻게 하든 손에 넣을 수 있다고 믿는다. 저돌적이고 열정적이지만 의욕에 비해 미천해보인다. 상식적인 수준의 사고를 가졌고 자신의 무지를 감추려고 희생을 감수하는 사람처럼 보일 뿐이다. 그가 내 옆에서 얼쩡대지만 않으면 된다.

6월 둘째 토요일 동창모임. 두 번째 동창모임에 참가하는 날 나는 늦잠을 잔 탓에 어깨에 배낭만 메고 빈손으로 나섰다. 현주가 관악산 등산로 입구에서 기다리고 있었다. 점심식사 문제로 둘은 사소한 실랑이를 벌였는데 현주는 김밥을 사자고 했고 나는 비위생적일지도 모른다며 반대했다. 문제는 곧 해결되었다. 다이어트를 겸해서 사찰에서 제공하는 사찰음식을 먹기로 합의한 것이다. 현주 말로는 관악산 연주암 점심공양은 보리밥에 된장 국물이 전부지만 먹을 만하다고 했다.

일행은 관악산 연주암을 향해 산길을 올라갔다. 지난번 와

본 터라 산을 오르는 길이 수월해서 그녀는 뒤처지지 않고 올라갔다. 이윽고 절 마당에 도착했다. 쉬면서 약수를 마셨다. 점심 공양이 있는 곳은 더 올라가야 했다. 얼마 후 모두들 식판에 보리밥과 된장 국물을 받아 들고 넓은 나무 식탁에 자리를 잡았다. 의자는 긴 통나무로 되어 있어 여러 사람이 앉기에 충분했다.

남기문이 옆에 앉더니 묵직해 보이는 배낭에서 이것저것 물건들을 꺼낸다. 비닐 팩에는 하얀 생선살, 다른 봉지에는 미나리, 또 다른 봉지에는 각종 야채가 각기 담겨 있다. 그는 재료들을 조심스럽게 꺼내더니 즉석요리를 시작한다. 일행의 시선이 그의 손에 머문다. 손놀림이 자연스럽다. 빨간 소시지처럼 생긴 것은 초고추장이다. 그는 야채, 하얀 생선살, 초고추장을 비닐봉지에 함께 담아서 입으로 공기를 불어 넣는다. 그리고 풍선처럼 된 비닐봉지 양 끝을 잡고 아래위로 흔든다.

칵테일 바에서 '칵테일 쇼' 공연을 하는 것 같다. 비닐봉지를 가볍게 흔들더니 일회용 접시에 담아냈다. 이번에는 보온도시락을 꺼낸다. 따끈한 흰쌀밥이 기다렸다는 듯 방긋했다. 보온병에는 된장국, 복어 야채샐러드 등이 담겨 있다. 그의 요리 솜씨는 전문가 수준이다.

현주 입에서 탄성이 나온다.

"남 선생. 요리사 출신인가 봐."

"홀아비 출신이지."

남기문은 씩 웃고는 여자가 들고 있던 식판을 빼앗는다.

"정주씨, 이것 좀 먹어봐요."

그녀는 절밥을 담은 식판을 사수하다가 그만 두었다. 더 이상 실랑이는 다른 사람의 시선을 끌뿐이라는 생각에서다. 대신에 옆에 현주에게 함께 먹자는 눈짓을 보냈다.

"지극 정성이네. 네 덕분에 잘 먹겠어."

현주가 기다렸다는 듯 반색했다.

그녀는 남기문의 특별한 성의가 감동적이지도 고맙지도 않았다. 그의 행동이 불편했다. 현주까지 옆에서 힐끗 웃으니 더 신경이 쓰였다. 창피한 일이 한두 가지가 아니다.

산에 오를 때는 보호자 역할을 자청했는데, 부축해 주려는 그의 손을 뿌리치며, 그러지 말아 달라고 간청한다. 같은 말을 수도 없이 반복해도 소용 없었다. 그는 머쓱했다가 다가와서 "돌조심해요, 옆에 나무줄기를 잡으라고요." 소리치며 뒤에서 다시 밀어 준다. 산에서 내려올 때는 "등반은 하산할 때가 더 위험해요." 가랑잎을 쓸어내고 나뭇가지로 길을 터주며 얼쩡댄다. '내가 찍은 여자' 라고 광고를 하는 모양새다. 그녀는 막무가내로 보호자를 자청하는 그를 막아낼 방법을 아직 찾아내지 못하고 있다.

4.

여자는 관심을 끄는 사람을 만나면 빠져드는 편이다. 미친 듯이 살고, 미친 듯이 말하고, 미친 듯 구원받으려 하고, 뭐든지 욕망한다. 새로운 지식을 얻으면 희열 때문에 머릿속에서 작열하듯 불꽃이 터지면서 탄성을 지른다.

어렸을 때 그녀 꿈은 작가였다. 당시 아버지는 경기도 Y읍 군청 서기였고 어머니는 머슴을 데리고 농사를 지었다. 정년퇴직을 한 아버지는 어머니와 함께 텃밭을 일구면서 Y읍에서 노후를 보내고 있다.

지금은 부모님 덕에 서울 서초구 방배동에 위치한 아파트에 혼자 살고 있다. 21평 아파트는 부모님 소유인데 결혼도 안 하고 사는 애물단지 딸의 미래를 위해 서울 중심가에 준비해 둔 것이었다. 전세 든 사람이 나가자 전혀 망설임 없이 즉각 이사하기를 결심했다. 그것은 자유를 향한 몸부림인 동시에 새로운 세계를 향한 도전이었다.

또한 그것은 갑작스러운 계획이라기보다는 옛날부터의 꿈이었다. 딸의 고집을 꺾을 수 없다고 생각했는지 부모님이 허락하던 날을 그녀는 기억한다.

"너 입 다물지 못하겠니."

어머니가 으르렁거렸지만 그녀는 멈추지 않았다. 딸의 소동에 놀란 아버지는 입을 다물었다. 자리에서 일어나 다른 방으로 가버렸다. 어머니와 딸은 끝없이 언쟁을 계속했다. 나는 입을 다물고 말을 끊었다. 나의 장점이자 단점인 침묵하기는 나름대로 소신이 있었다.

침묵 지키기 덕분이었을까? 나는 꿈을 이루었다. 작품을 쓰려면 집필실이 필요했고, 재개발이 추진 중인 관계로 집을 비울 때까지라는 전제하에 독립을 허락받은 것이다. 어째서 나는 그토록 오랫동안 나의 공간을 꿈꾸었을까? 왜 이사를 하려 하느냐? 하고 아버지가 물었을 때 내 대답은 매우 간단했다.

"작품을 쓰고 싶어요!"

아버지에게는 자유를 찾아 떠난다는 암시조차 하지 않았다.

나는 집 부근에서 피자 가게를 6년간 하다가 다른 직업을 포기하고 지금 소설쓰기를 하고 있다. 지방 신문이지만 신춘문예로 등단했고 몇 권의 작품집도 출간했다. 아직 빛을 보지 못한 상태였지만 든든한 부모님이 있어 생활비 걱정은 안 해도 되므로 작가로서 갖추어야 할 요건은 충분한 셈이었다.

내가 소설을 쓰게 된 동기는, 지적 호기심과 최고에 대한 열망 때문이었다. 중고등학교 내내 책 읽기에 열중한 나머지 학교 성적은 들쭉날쭉했다. 당시 나는 엘리트 지향적인 고급문화에 집착해 있었다. 헤르만 헷세의 『데미안』, 『도르트문트와 나르

시스』, 톨스토이의 『전쟁과 평화』, 『안나 카레니나』 등을 섭렵했다.

속독으로 읽어서 며칠 지나면 책 내용을 기억해 내지 못했지만 세계문학사에 우뚝 서 있는 작가의 분위기와 책 제목 정도는 알고 있어야 했다.

고등학교 이학년 때였다. 그녀는 교양 있고 우아해 보이려고 노력했고, 척박한 환경을 감추느라 전전긍긍했다. 옷차림을 깨끗이 하고 거친 말은 입에 담지 않았다. 등하교 시에는 교복 깃에 목 때가 묻을까 봐 고개를 꼿꼿이 세우고 다녔다. 6교시가 끝나면 하교 시간이었다. 그때 뒤쪽에서 술렁이는 기미가 느껴졌다. 일층 복도 창문으로 낯익은 얼굴이 불쑥 올라왔다. 수업을 마친 동생이 언니를 찾아왔던 것이다. 작은 키 때문에 언니를 보려고 폴짝폴짝 뛰고 있었다. 나는 눈을 흘기려다 못 본 척하려고 고개를 돌렸다. 동생은 언니가 자기를 못 본 줄 알고 복도 유리창 위로 계속 뛰었다.

유원지나 오락실에서 두더지 때리기 놀이를 해본 사람이면 알 것이다. 아무리 때려잡아도 이 구멍 저 구멍에서 쏙쏙 튀어나온다. 동생의 까만 머리통이 솟아오르고 사라지기를 반복했다. 반 전체 시선이 유리창으로 집중되었다.

"설정주, 네 동생인가 봐."

뒤에서 수군거리는 소리가 들렸다. 그녀는 난처해서 얼굴이 빨개졌다. 창가로 가서 동생에게 기다리고 있으라고 손짓했다. 동생은 그제야 안심을 했는지 머리가 사라졌는데 복도에 웅크리고 앉아있을 것이다. 마지막 수업이 끝나는 종이 울리자 교실 문을 열고 나갔다. 복도에서 언니를 기다리고 있던 동생이 달려들었다.

"언니!"

언니! 라고 부르는 소리가 듣기 싫었지만 동생은 자꾸만 언니! 반갑다고 매달렸다. 입술까지 누런 코가 흘러내렸고 연신 입술로 빨고 있었다.

"언니!"

동생이 교복 스커트 자락을 움켜쥐었다.

"학교가 끝났으면 곧바로 집에 가지 여긴 왜 왔어?"

야단을 치자 동생이 왈칵 울음보를 터뜨렸다.

"언니, 추워!"

코를 닦아줄 휴지가 없어 연습장을 찢어 대충 닦아주어야 했다. 동생이 다니는 초등학교는 내가 다니는 고등학교 앞을 지나서 집으로 가는 길목에 있었다. 언니와 함께 가기 위해 동생은 여기까지 온 것이다. 지저분해서 숨기고 싶어도 동생을 팽개치고 혼자 갈 수 없는 일이었다. 집으로 가면서 동생에게 미안했던 것도 사실이고, 친구들에게 창피했던 것도 사실이고, 우아해 보이려고 애쓴 노력이 허사가 되는 것 같아서 마음 아팠던 것도 사실이다.

내가 혼자의 공간을 원한 것은 더 어린 유년 시절로 거슬러 올라간다. 동생들이 우글거리는 방에서는 일기도 쓸 수 없고, 공상도 할 수 없었다. 모든 시선을 차단시키고 고독 속에 침잠하고 싶었다. 그건 혼자만의 비밀을 갖는 것, 보물창고를 가진 흐뭇한 낭만이기도 했다. 비밀의 공간에 들어서면 신비했고, 아무도 모르는 비밀 공간은 자신만의 세계를 만들어 내는 기쁨이 있는 장소였다.

은신처는 계절마다 바뀌었다.

가을에는 마당에 쌓인 볏짚더미, 겨울이면 헛간에 쌓아둔 땔나무 속이었다. 떡갈나무나 솔잎의 향긋한 냄새는 나에게 행복감을 주었다. 추워서 오래 있을 수 없다는 게 흠이라면 흠이었지만 행복한 느낌을 맛보았다. 비록 잠시지만 내게 고독을 제공해 주는 까닭이었다.

여름철 은밀한 아지트는 마당 한편에 쌓아 둔 보릿짚더미 안이었다. 축축한 비에 젖기도 했고, 밤이슬로 보릿짚이 상해 퀴퀴한 두엄 냄새를 맡기도 했다. 혼자만의 공간에서 심청이가 되어 눈물을 흘렸고, 온갖 구박을 받는 콩쥐처럼 울었고, 고아가 되어 떠돌아보기도 했다. 마법사가 왕의 사랑과 예쁜 목소리 중

하나를 선택하라면 어떤 것을 선택할까 고민하기도 했다. 왕자의 키스를 받으면 마법이 풀린다는 숲속의 공주가 되어 키스도 해 보고 싶어 했다.

지금도 그때를 떠올리면 행복해진다. 이제까지 은신처에서 몽상에 잠기는 순간들보다 더 멋진 경험을 해 본 적이 없었다. 그때 나는 자신만의 세계를 가졌던 것이다. 고등하교 때는 영어와 문학에 관심이 있었고, 방황 끝에 전문대학을 마쳤다.

5.

나는 침묵을 사랑한다. 자신을 침묵 안에 싸 두었던 탓에 어떤 말로도 자신의 내면을 드러낼 수 없다. 그래도 무언가를 해야 한다. 글을 쓴다는 것은 자신을 단지 다른 식으로 포장하는 것인지도 모른다. 그래도 이왕이면 좀 더 멋있게 포장하고 싶어 한다. 노트북에 명령어를 넣어 또 다른 나, 누구나 선망할 나로 만들어 내라고 강조한다.

그러나 노트북은 앞으로 나아가라는 내 명령을 거부한다.

"주인님! 그건 제가 관여할 문제가 아닙니다. 명령만 내리지 말고 스스로 자료를 입력하고 요리를 하세요."

먹통 노트북은 한글 자판이 없기라도 한 것처럼 작동을 않는다. 애꿎은 노트북 탓은 집어치우자. 자신의 작품에 대한 확신

도 없으면서 인정받지 못한다고 안달만 해댄다면 누가 나를 을
일으켜 주겠나? 알면서도 부족함은 어쩔 수 없는 자신의 몫이
아닌가? 나는 명색이 작가지만 되지도 않은 갖가지 핑계로 시간
을 축내고 있는 건 아닐까? 이 아까운 시간들을.

불사의 강.

가을이 시작될 무렵. 남기문으로부터 뜻밖의 제안을 받았다.
후배 중에 젊은 시인이 있는데 작품에 도움이 될 지도 모르니
후배를 소개해 주겠다는 것이다. 나를 만날 수 있는 구실이 필
요했을 것이다. 그때까지는 분명히 얘기하지만, 그는 나를 따라
다니느라 적잖이 애를 썼다고 해도 과언이 아니다. 아무런 반응
도 보이지 않자 작전을 달리했던 모양이다.

며칠 후 그녀는 남기문이 말한 후배 시인과 셋이 경복궁 부근
H다방에서 만났다. 그는 나름대로 재능이 있었고, 설사 아직 유
명하지는 않더라도 상당히 기대되는 인물이었다. 나이는 서른
다섯 정도였다. 남기문은 나도 이런 사람을 알고 있다는 듯, 그
어느 때보다도 자부심에 찬 얼굴로 마치 자신이 시인이라도 된
것처럼 기뻐했다.

작가인 내 마음을 사로잡은 건 후배 시인의 새로운 시각이었
다. 같은 책을 읽었고, 책에 대해 공감도 같다는 사실은 나를 흥
분시키기에 충분했다. 꿰뚫는 듯한 두 눈이 응시할 때마다 에너

지가 감전되어 내게 빅뱅을 일으켰다. 우리는 많은 이야기를 나눴고 보르헤스의 『죽지 않는 인간』에 대해서도 의견을 교환했다. 불사의 강을 건너서 죽지 않는 자들의 도시에 도달한 인간들 이야기였다.

사막 한가운데 있지만 그것이 존재하고 영속한다는 사실만으로도, 과거와 미래가 뒤섞이면서 천체를 위태롭게 한다. 불사의 존재들. 일할 필요도, 삶의 의욕도, 용맹도 필요 없다. 무한한 시간이 지속되고 인간은 아무것도 하지 않아도 된다. 하지만 터미네이터 주인공처럼 몸이 부서져도, 팔·다리·머리통이 잘려도 고통뿐 죽지 않는다면 어떤 세상이 될까?

한 사람이 채석장에 추락했다. 그는 구덩이에 누워 있는 자신을 발견한다. 자해를 하거나 죽을 수도 없고, 갈증이 엄습한다.

사람들은 그에게 관심도 없다. 벽들은 습기가 차 있고 구덩이는 인간의 노력에 의해서가 아니라 긴 세월이 매끈하게 닳아 빠지도록 만들어 놓았다. 두려움으로 가슴이 쿵쿵 뛰고, 갈증이 내장을 태우고 있는 것을 느낀다. 마지막 미로를 빠져 나왔을 때 그는 또 다시 그 사악한, 죽지 않는 도시에 갇힌 자신을 보게 될지 모른다는 두려움을 버리지 못한다.

"만약 인간이 영원히 죽지 않는다면 어떤 현상이 일어날까요?" 그녀가 묻자 시인이 대답했다. "폐허나 혼돈의 세계가 되겠지요. 아무도 일하거나 생각할 필요가 없을 테니까요. 죽지 않는 인간은 영원회귀에 대한 상징이자 불교에서 말하는 윤회의 고리와 같은 것으로 보면 어떨까요."

"그렇게 보면 보르헤스는 '불사의 강'을 만들어 냄으로써 자연을 거스르는 일, 인간이 꿈꾸는 영원한 삶이 얼마나 끔찍한 벌인가 하는 것을 짚어 본 것 같습니다."

"고통의 순간이 영원하고 죽을 수도 없다면 지옥이죠. 그렇다고 편안한 시간이 지속된다고 해도 천국은 아닐 겁니다. 살려는 노력이 필요 없는 인간은 행복할 수 없죠. 아무것도 할 필요도 없고, 돌덩이처럼 이리저리 굴러다니는 세상이 될 겁니다."

"인간 자체의 불멸은 무시무시한 공포죠. 우리에게 한정된 시간이 주어진 것은 다행이에요. 언제 죽을지 모르고 산다는 건 축복이죠."

"신이 우리에게 '죽을 시간'을 알려주지 않는 것을 보면, 인간이 아무것도 하지 않아 파멸할 것을 알았나 봅니다."

작가들끼리 우정 쌓기는 공감대 형성이 최대 관건이다. 작품은 곧 자신이 아니던가. 두 사람은 옆에 남기문이 있다는 것을 의식하지 못하고 이야기에 빠져든다.

시인의 눈은 잠시도 소설가인 내 눈을 떠나지 않았다. 나와 이야기하는 동안 넋을 잃은 아름다운 눈으로 뚫어지게 바라보고 있다. 시인과 소설가, 두 사람 모두 그 매혹적인 순간의 흔적을 마음속에 간직할 것처럼 보였다.

우리는 완전히 일치하는 말이나 행위가 주는 순간, 행복한 환상을 맛볼 수 있다. 벼락을 맞은 것 같은 충격은, 때로는 불편할 수 있는 관계로 발전할 지도 모른다는 예감을 주기도 한다.

무기력이 포화상태일 때는 충전이 필요한 법. 새로운 생각을 가진 사람을 알게 되는 것은 작가로서 소중한 경험이고, 지적 욕구를 충족시킬 수 있는 기회이기도 하다. 두 사람은 의기투합했다.

남기문은 그저 깊고 어두운 눈길로 두 사람을 바라보았다. 그는 아무 말도, 아무런 몸짓도 하지 않았다. 화제에 끼지도 못하고 투명인간 취급을 받으며 자리를 지키고 있을 뿐. 깊은 생각에 빠진 듯, 외톨이로 전락한 자신의 처신이 불편한 듯 있다는 기척도 내지 못하고 있었다.

그녀는 시인에게 향했던 호의적인 태도를 거두고 남기문에게 시선을 돌렸다. 그가 질투의 감정을 감추어 두고 얼마나 고민할지 알기 때문이다. 남기문은 나의 행적뿐 아니라 누구와 연결되는지 알고 싶어 했다.

누구와, 언제, 어디서, 어떤 말을 하며 무슨 이유로 만나는지 일일이 참견하려는 거였다. 나는 점점 더 남기문을 혐오하면서 나 자신을 지킬 결심을 했다. 문학 이외에, 자신의 인생에 다른 사람이 관여하도록 내버려둘 수는 없는 일. 옆에 있다는 생각만 해도 부담스러웠다.

잠시 그의 후배인 시인에게 집중한 적이 있다 하더라도 그건 예외였다. 문학과 연결된 일이었다. 하지만 장르가 다른 시인이고 소설가와 시인의 정서가 달라 그것으로 끝이었다. 그런데도 남기문은 내가 후배와 연인 사이가 된 줄 알고 오해하는 것 같았다.

돌이켜보면 그의 미행이 본격적으로 시작된 때가 이 무렵부터인 것 같았다.

6.

가을이 끝나갈 무렵. Y고등학교 '용우회' 일행이 관악산 등반을 마치고 내려오자, 현주는 초등학교 아들이 집에 돌아올 시간이라면서 서둘러 갔다. 나는 남기문과 저녁을 먹는 패에 끼게 되었다. 산 아래 즐비한 가건물이 있는데 일행이 산행을 마치고 돌아가는 길에 들르는 단골집도 있다고 했다. 주인 여자가 직접 만든 막걸리가 일품이어서 어떤 때는 술이 떨어져서 허탕을 치기도 한단다. 앞에 가던 남기문이 천막집 안으로 들어가며 소리쳤다.

"아주머니 우리 왔어요. 막걸리 있어요?"

"예, 마침 잘 익었어요."

"그럼 우린 먹을 복이 있네요."

주인 여자가 반겼고 일행은 우르르 들어섰다.

막걸리가 나왔고 뒤따라 빈대떡과 해물파전이 나왔다. 막걸리 잔이 몇 차례 돌아가면서 피로가 풀리고 분위기가 화기애애해졌다. 고등학교 3학년 때 전국적으로 치른 학력고사가 화제에 올랐다. 수능이란 말은 없을 때였고, 고입 시험은 연합고사, 그리고 대입 시험은 학력고사였다.

Y고등학교는 지방소도시에 위치했지만 당시 우수한 학생들이 많았다. 그해 학력고사에서 Y고등학교는 놀라운 성적을 거뒀다. 서울지역 고등학교와 비교해도 상위권 수준이었다. 사람이란 같은 생각을 가진 사람을 만나거나 동질감을 느끼게 되면 가까워지기 마련이다. 그날이 그랬다. 우리는 동시대를 경험한 동질감을 느꼈고, 그냥 헤어질 수 없다고 2차로 술집으로 찾아들었다.

남기문이 앞장섰다. 그는 술집에 들어서면서 어떤 도취감에 취해 행복해 보였는데, 술을 마시며 나에게서 눈을 떼지 못했다. 나는 한 번도 어떤 눈길의 심연 속에 그토록 깊숙이 빠져 본적이 없다. 강렬한 눈빛, 벌에 쏘이는 것 같고 꼼짝할 수 없었고 어떤 불가사의한 힘에 붙잡혀 있는 것 같았다.

누군가 건배를 제의했고 일행은 고개를 주억거리며 잔을 부딪쳤다. 남기문이 입을 연 것은 일행이 술잔을 비우고 안주를 집으려 할 때였다.

"바보 짓한 이야기 해 볼까요?"

그는 비칠거리며 일어섰다.

술을 마시다가 멈추고 모두들 도대체 무슨 말을 하려는 건지 호기심을 품고 그의 입을 쳐다보았다. 입에서 나온 얘기는 대개 이랬다. 논둑에서 정주 씨랑 맞닥뜨렸을 때 가슴이 꽉 막혔다. 그래서 숨을 쉴 수가 없었다. 무슨 말이든 하려 했는데도 더듬거리다만 기억이 전부이다. 그러나 그날의 기억은 지금도 잊혀지지 않는다. 그런 내용이었다.

"그날 설정주 씨 하얀 교복 깃에서 빛이 났어요."

그렇게 말한 후 뜻밖에도 그는 눈물을 흘리기 시작했다.

옆에 앉은 누군가 그를 위로했다. 괜찮아. 다 지난 일이고, 지금 만났으면 되는 거지 뭐. 안 그래? 남기문의 어깨를 감싼 채 술잔을 채웠다. 남기문의 얼굴에서 반짝이는 눈물에 그녀는 고개를 수그렸다. 왠지 가슴이 답답했다. 괜히 긴장되었다. 저 녀석이 저런 말을 늘어놓는 걸 보면, 다시 시작해 보자는 거야 뭐야! 일행은 마시고 취했다.

그녀가 잠에서 깨어난 것은 다음날 새벽이었다. 바깥은 어둡고, 이중으로 된 커튼 사이로 나뭇가지가 그림자를 드리우고 있었다. 집안을 둘러보았다. 현관 문 앞에 팽개쳐져 있는 배낭을 발견했다. 다시 머리가 욱신거렸다. 허겁지겁 주방으로 달려가 물을 한 잔 마시고는, 침대로 돌아와 이불을 끌어올려 머리까지 푹 뒤집어쓰고는, 방 한쪽 모서리 벽에 찰싹 달라붙은 채 꼼짝도 하지 않았다. 손에 잡히지 않는 무언지 모를 강박감, 두려움은 뭐지? 이 기분 나쁜 공기에 짓눌리는 이유가 뭐지? 술집에서 초록빛 소주병이 사열하듯 서 있었던 기억이 난다.

기억이 옳다면 일행 중에 누군가 3차를 산다고 해서 뒤따라갔다. 시간이 흐를수록 사람들의 목소리는 한 옥타브씩 올라갔다. 소란스러웠고, 각기 음기와 양기를 뿜어내고, 질탕한 밤 문화로 변해갔다. 소동과 흥분의 밤. 알콜의 장난은 계속 잔을 채우고 또 빨리 비우도록 재촉했다. 나는 팔다리가 풀려 의자에서 일어나지도 못했다. 조금도 움직일 수 없었다. 소주가 목으로 넘어가는 엑스터시의 짧은 순간, 필름이 끊어졌다.

집에 어떻게 왔는지 기억이 없다. 택시를 탔고 마지막까지 남기문이 옆에 있었다는 것 정도를 짐작할 뿐이다. 데려다 준 모양이다. 더는 기억이 나지 않는다.

7.

집은 적막했다. 여자는 속으로 중얼거렸다. 어제 일은 나와는 상관없는 일이다. 만약, 일이 있었다 하더라도 인정하지 않으면 그는 투명체이고, 물체에 불과할 뿐이다. 난 아무 짓도 하지 않았고, 난 모르는 일이다. 지금은 그 어느 때보다 단호한 의지가 필요한 때다.

첫 단추를 잘 못 끼우면 마지막 단추는 끼울 구멍이 없어진다는 말처럼 연애도 첫 단추를 잘못 끼우면 두고두고 상처받거나 후유증을 앓다가 불행한 결혼으로 귀결되는 경우가 얼마나 많았어. 사귄다고 결혼하는 것도 아닌데, 한번 사귀었다는 훈장을 내세워 여자들을 애먹이는 남자들 때문에 한 번의 잘못된 선택이 여자의 인생을 엉망진창으로 만들 수 있으니, 만남을 결정하기 이전에 고려해 봐야 할 것들이 많다.

연애할 때나 이별하는 과정에서 큰 상처를 받으면 수년이 지나도, 심지어 십 년이 지나도 상처로 연애를 다시 시작할 엄두를 내지 못하는 경우가 많기 때문에 스스로 방어할 필요가 있다. 잘못 얽혀들어 상처를 받을 이유는 없다.

남기문에게서 전화가 온 건 다음 날이었다. 집 앞이라며 죽을 사왔으니 문을 열어 달라는 것이다. 나는 그를 쳐다보았다. 눈빛이 달라져 있었다. 우수에 젖어 심연으로 가라앉던 눈빛이 아니라 음지에서 벗어난 듯 얼굴에 빛이 났다. 유명한 일식집에서 주문한 거라며 죽을 식탁에 놓으면서 묻는다.

"집에 잘 들어왔어요?"

띄엄띄엄 말하면서 눈치를 살폈다.

"어제 일을, 내가 한 행동을 오해 말아요."

나는 온몸에 소름이 돋았다.

놈과 연결되었다면 순탄치 않을 것 같다는 생각이 들었다. 호시탐탐 노리던 놈에게 기회가 주어진 셈이 아닌가. 문제가 생겼다면 그건 내 탓이 아니다. 태연한 척하기로 하고 설혹 사실이라도 상관하지 않으면 그만이라고 다잡았다.

"내 근원에 설정주 씨가 있습니다. 그냥 들어온 것이 아니라 나를 완전히 빼버리고 온몸으로 차고 들어앉아 버려서, 정주 씨를 빼고 내가 할 수 있는 일이 아무것도 없어요. 내가 없어지고 정주 씨로 살고 있는 것 같은 빙의를 느낍니다."

그 말을 듣자 등에서 땀이 흘렀다. 여태껏 기다리다가 겨우 이런 놈을 만나다니!

"정말 기억이 안 납니까?"

남기문 말로는 화장실에서 내가 토하고 있는 것을 보고 등을 두드려 주자 고맙다면서 목을 끌어안더라는 것이다. 하지만 나는 그런 기억이 없다.

8.

나는 자유롭고 싶다. 자유는 하고 싶은 것을 할 수 있는 능력에 있다. 자유로운 정신을 가졌는가, 내가 원하는 것을 할 수 있는가, 의지 자체가 충분한 독립성이 있는가가 중요하다. 아직도나는 꿈꾼다. 인생을 아름답게 장식할 남자를 기다린다. 행복을호기심과 환희로써 맛보는 날이 오리라 믿는다. 마음속에 아름다운 사랑을 꿈꿀 수 있다는 것은 내 자유다. 영속될 행복에 참여하고 싶다. 거기에 남기문은 포함되어 있지 않다.

내가 혼자 지내는 이유는 자기 방어를 위해 남자를 만나지 않은 것은 아니다. 지금껏 처녀이고 싶어 그대로 있었던 것은 더욱 아니다. 그렇다면 뭐란 말인가? 쉽게 자신을 버릴 수 없었을뿐이다. 그것은 자존심이기도 하다.

여태껏 마음에 드는 남자가 없기 때문에 세계 인구의 절반이남자인데도 멋진 성인식을 치를 이상형의 남자를 발견하지 못한 것이다. 그렇다고 조급해 하거나 수치스럽다고 생각해 본적은 없다. 유치한 낭만이라고 해도 할 말은 없지만 원하는 멋진남자에게, 당신이 내 첫 남자여서 고맙다, 하고 차갑게 헤어지는 것이다. 아마 사람들은 잘 이해할 것이다. 기회를 미루어 두는 일도, 가능성을 간직하는 일도, 지금 이런 생각들도 무위로끝날지도 모른다는 것도. 그런데 이 이루질 수 없는 허세도 꿈꾸는 자의 특권이 아닌가.

나는 방안에 앉아 이런 생각에 빠져 있다가 문득 텔레비전을 쳐다보았다. 눈부시게 푸른 하늘 아래 파도가 하얀 거품을 일으키며 해변으로 밀려오고 있다.

한 남자가 눈에 잡힌다. 파도 포말보다 흰색 셔츠가 바람에 날리고, 셔츠 사이로 살짝 드러나는 멋진 근육질, 빨래판 같은 복근이 보인다. 선명한 식스팩이다. 셔츠 깃이 바람에 펄럭일 때마다 가슴이 뛰고 있다.

남자는 눈을 가늘게 뜨고 부드러운 바람을 즐긴다. 머리카락이 한쪽으로 솟아오른 것까지 멋있다. 멋의 종결자다. 순간 손에 들린 음료수가 클로즈업되면서, 배우는 객석을 향해 하얀 이를 드러내며 활짝 웃는다. 그럼 그렇지, 음료수 광고다. 그런데 저 멋진 배우는 일상에서도 멋질까. 사실 나는 믿지 않는다. 멋진 남자는 텔레비전에서만 볼 수 있다.

일주일 후 나는 아침운동으로 남부순환도로 건너 예술의 전당 옆 우면산을 등산하기로 결정했다. 등산을 시작한 지 사흘째 되는 날, 남기문과 마주쳤다. 비가 조금씩 내리는 날이었다. 눈인사를 주고받은 등산객들 틈에 보온병을 들고 있는 그가 보였다. 마주치지 않으려고 모른 척했다. 약수터 앞 벤치에 앉아 빗줄기를 바라보고 있는데 발소리가 다가오더니 앞에서 멈추었다.

우산 아래로 뜨거운 커피가 들어오고 있다. 우산을 치켜들고 올려다보니 남기문이다. 웃으며 서 있다. 운동복 사이로 굵은 체인이 철렁거리고 손에 낀 명품 반지도 눈에 거슬린다. 앞에 대놓고 말한 사람은 없겠지만 천박한 취향을 누구나 알아봤을 것이다. 튀는 옷도 눈에 거슬린다.

"제비도 제비처럼 보이면 바보라는 말이 있죠."

내 말에 웬 강남제비? 라는 표정으로 그는 양 어깨를 들썩였다.

"남기문씨, 제비들이 뭐라는 줄 압니까? 여자들은 번쩍거리는 보석 반지가 아니라 블라우스 뒷목에 붙은 라벨을 보면 안다고 합니다."

그러나 그는 대답 대신에 보온병에서 뜨거운 커피를 따라 입으로 가져간다. 노량진에 사는 이 남자가 가까운 한강변이나 여의도 부근에 있는 노들섬에 가지 않고 언제부터 멀리 떨어진 이곳 우면산에 나타난 것인지 알 수 없었다.

9.

두어 달이 또 훌쩍 지나갔다. 나는 바빠졌다. 계속 미루어 온 작품을 시작해야 했다. 아침 8시 30분에 방배동 아파트를 나섰다. 노트북과 책 서너 권이 든 가방을 어깨에 둘러메고 도서관에 도착하면 9시였다. 휴게실 자판기에서 뽑아 온 커피를 마시면서 독서실에 앉아 컴퓨터를 열었다. 머리는 소설로 가득했다.

오는 도중 전철 안에서 반짝 떠오른 아이디어 하나를 건진 것 같았다 전철에 앉아 있으면 한 장면이 떠오르면서 상황이 전개되고, 그러면 또 다른 상황이 떠오르고, 또 다른 장면이 머릿속에서 계속 이어졌기 때문이다. 그런데 이상한 일이다. 전철에서 내리면 이야기가 하나도 생각나지 않는다.

몇 개의 이미지만 떠오를 뿐 문장으로 연결시킬 수가 없다. 한참을 생각해서야 겨우 아이디어를 떠올린다. 참신하고 새로운 시각이 있는 것 같았는데 막상 글로 정리해보려니 신통치 않다. 떠오르는 주제도 막상 시작 단계에 들어서면 평범해진다. 일주일 전에 써 놓았던 시놉시스도 유치하고 시시해 보였다. 갑갑한 마음에 커피를 들고 도서관 밖으로 나갔다.

계절은 가을로 접어들고 있었다. 나는 도서관 앞 은행나무 아래에 놓인 벤치 쪽으로 걸어갔다.

나는 전철에 앉아 있으면 작품에 사용해야 할 멋진 장면이 잘 떠오른다. 머릿속에서는 무언가가 움직이기 시작한다. 단어들이 비틀거리며 걸어가고 주제와 이미지들이 서로 얽혀든다. 그럴 때면 주변 일은 까맣게 잊은 채 토씨하나라도 놓치지 않으려 한다. 모든 게 명장면이고 명대사이다. 자연히 작품 주제도 선명해진다. 그래서 생각해 낸 것이 아이디어 보관함이다.

얼마 후 나는 작은 손바닥에 들어오는 작은 수첩을 준비했다. 그런데 얼마 못가서 떠오르는 생각들을 전철 안에서 메모한다는 게 만만치 않다는 것을 알았다. 우선 남의 시선에 신경이 쓰인다는 것이다. 허나 승객들의 시선쯤은 무시할 수 있다.

문제는 좋은 생각들이 머릿속을 빨리 스쳐 지나가버린다는 것이다. 영화 화면처럼 지나가는 장면이나 상황전개를 문장으로 적어나간다는 게 쉬운 일이 아니다. 완전한 문장으로 쓰다보면 다음 장면으로 연결되지 않고 생각의 흐름이 도중에 끊겨버리기 일쑤다. 수첩이나 핸드폰 글 보관함에 적힌 글씨도 나중에 보면 무엇과 연결시키려고 했는지 생각이 나지 않는다.

두 번째로 생각해 낸 것이 녹음기이다. 말로 녹음기에 저장하는 것이 효과적인 방법일 같다. 승객들의 시선쯤은 견뎌낼 각오가 되어 있다. 하지만 그것도 좋은 방법이 못 되었다. 혼자 중얼중얼 거리는 걸 남들이 보면, 저 아줌마 머리가 좀 어떻게 된 것 같아, 하고 혀를 끌끌 차며 이상한 눈으로 쳐다 볼 것 같기 때문이다. 노처녀도 서러운데 아줌마 소리까지 들어가면서 중얼거리고 싶은 생각은 사라졌다.

차라리 수첩에 글씨를 적어나갈 때가 훨씬 고상하고 품위 있게 보였을 것 같다. 수첩을 손바닥 위에 놓고 글씨를 쓰는 거야, 급히 제출해야 할 리포트를 작성하는 사람처럼 보였을 수 있다. 중요한 미팅을 마치고 회사로 들어가면서 보고해야 할 사항을 메모하는 것이라고 보는 사람도 있을 것이다.

그즈음 어떨 때는 꿈에서도 글자들이 나타났다. 눈앞에 문장들이 책처럼 쫙 펼쳐지는 것이다. 모두 멋진 문장이었다. 여태껏 그토록 완벽한 것을 본 적이 없었다. 그런데 문제는 눈을 뜨면 문장이 한 줄도 생각나지 않는다는 것이다. 글로 옮겨보려 몇 번 시도한 적이 있는데 정리하려고 보면 수첩에는 모호한 단어들 몇 개만 적혀 있었을 뿐이다.

거기에 왜 그런 단어들이 적혀 있는지 나도 모르겠다. 어쨌거나 꿈속에 본 문장은 적어 낼 수는 없더라도, 벌건 대낮에 생각나는 것을 적어나가는 것은 가능하다. 생각을 요약해서 적기. 나는 짧은 문장으로 적어 나갔고, 관련되는 내용을 기호나 그림으로 나타냈다. 중요한 단어는 별표나 동그라미를 쳤다.

하지만 나중에 수첩을 읽어보면 이게 무슨 소리인지 알 수 없었다, 화가 난 나는 수첩을 어딘가에 처박아버렸다. 지금쯤 책상 서랍 속, 어딘가에 뒹굴고 있을 것이다.

10.

도서관 앞 은행나무 벤치에 앉아 있다가 도서관으로 돌아온 것은 12시가 조금 넘었을 무렵이었다. 아침을 먹지 않아서 허기가 졌다. 지하철역에서 커피 한 잔 마신 게 전부였다.

오늘 아침 도서관으로 오면서 떠올린 아이디어를 떠올리고 신경을 집중했다. 점심은 건너 뛸 생각이다. 며칠째 고민하던 첫 장면을 오늘은 어떻게 하든 쓸 생각이다. 머릿속은 가득 차 있는데 실마리가 잡히지 않아 괴로웠다. 에피소드나 구체적 장면이 떠오르지 않는다. 오후 2시가 되도록 작품을 시작도 못하고 다른 책만 뒤적거리다가 자리에서 일어섰다.

자신에게는 꼭 해내야 하고, 쓸거리도 많다고 생각했다. 하지만 쓸거리가 많다는 것은 잡문에 그칠 확률이 높다는 말과 통한다.

그래서인지 여기저기 집적거리다가 하나도 건지지 못한 글감이 쌓여 있다. A4 용지에 한 장, 두 장 시작하다 그만둔 원고들뿐이다. 어떻게 짜깁기해서 시작해야 할지 엄두가 나지 않는다. 문장에 대한 공포, 등장인물의 역할을 바꿔보기 등등. 이런 것들이 계속 찍어 누르고 있었다.

그래도 곧 마음을 바꾸었다. 어딘가에 화려한 내 미래가 있으리라. 용기를 가져라, 희망의 끈을 놓치지 않고 열심히 따라가 보면 머잖아 진주가 쥐어지리라 하고. 다행스러운 건 자신이 현재 쓸거리가 많은 활화산 상태이고, 날아오르고 싶은 욕망이 넘친다는 점이다. 그것은 자신의 중요한 자산이라고 믿고 있다.

11.

"오늘 뭘 합니까?"

"오후에 백화점에 들렀다가 서점에 들러 책 몇 권 사려구 해요."

"같이 따라가면 안 될까요?"

남자가 뜬금없이 물었다.

"왜 그러는데요?"

"사실 나 오늘 생일이거든요."

"그래요?"

어느 날 남기문이 양복을 입고 도서관에 나타난 것은 우면산에서 만난 지 보름쯤 지났을 무렵이었다. 그는 청바지와 티셔츠를 사려고 하는데 봐 달라고 했다. 그가 무얼 입든 참견할 일이 아닌데도 여자는 신경이 쓰인다. 그녀 혼자 있고 싶지만 마땅한 구실을 찾아내지 못하고 있다. 시간이 없다는 핑계도 댈 수 없다. 말이 작가지 시간이 철철 남는 백수 처지인 것을 그도 알고 있다. 생일이라는 걸 알고는 넥타이라도 선물해야 할 것 같았다.

그들은 도서관에서 멀지 않은 곳에 위치한 A백화점으로 향했다. 의류매장에서 나는 여러 개 넥타이를 골라서 그의 양복 옷깃에 대 본다. 그럴 적마다 그는 비슷한 넥타이가 집에 있다고 고개를 흔든다. 그는 슬그머니 내 손을 잡더니 속옷 코너로 향한다.

"난 저걸로 하고 싶은데요."

순간 그녀는 어리둥절해졌다.

그가 가리킨 것은 남자 팬티였다. 가까이 가보니 명품 아르마니였다. 여자에게 속옷을 선물로 받으면 사랑이 이루어진다는 낭설을 믿는 걸까? 그가 자청해서라도 받아내겠다는 의도를 깨달았다. 허나 마음에 없이 주는 선물이 무슨 의미가 있을까? 속으로 냉소를 지으면서도 본의 아니게 팬티를 골랐다. 청바지를 입으면 밴드가 살짝 드러나도록 디자인된 것을 집었다. 와인과 옐로우와 검은 색이 배색된 고급스럽고 예술적인 밴드였다.

큼직한 브랜드가 새겨진 팬티 두 장을 슬며시 집어 들고 계산대로 갔다. 이십 만원이다. 비쌀 줄은 알고 있었지만 이 정도일 줄 상상도 하지 못했던 일이다. 팬티 두 장에 20만원이라니! 그동안 받은 정성으로 봐서 이 정도 성의를 보여도 되지만 아까웠다.

"난 이제 여한이 없어요."

옆에서 남기문이 헤벌쭉 웃었다. 마치 애인이 선물을 주자 정말 기쁘다고 감탄하는 것 같았다.

"사랑하는 여자에게 명품 팬티를 선물 받았으니까요."

헤벌어진 입으로 생일선물에 갖다 붙이는 의미 부여가 심상치 않다. 나는 어이없는 표정을 지었지만 그는 별로다. 그래서 나는 더 신경이 곤두선다.

"남자로서 행복합니다!"

남자라니! 창피했다. 괜찮은 남자나 마음에 드는 남자라면 모를까. 남기문 같은 남자에게 여자로 비쳐진다는 것은 어이없는 일이었다.

12.

남기문이 청바지를 입고 모임에 나타난 것은 10월 등산모임 때였다. 허리를 구부릴 적마다 빨간색, 노란색, 검은색 밴드가 청바지 바깥으로 살짝살짝 드러났는데, 명품 아르마니 로고가 커다랗게 새겨져 있었다. 모두들 그 엉덩이에 걸친 청바지 허리선으로 시선이 쏠렸다.

"어이 남 사장, 신세대가 된 것 같아."

누군가 의외라는 듯 웃음을 터뜨렸다.

"아들 녀석이 엉덩이 반만 걸친 바지를 입고 있기에 나무랐더니 요즘 트랜드라나 뭐라나."

남기문은 신명이 났는지 여보란 듯 벨트를 느슨하게 내리고는 팬티를 위로 끌어올린다.

"이젠 늙다리까지 입으니 유행인 것은 확실하구만."

사람들이 놀려대자 그는 수탉처럼 나무 사이를 이리저리 돌아다니기 시작했다. 나무 둥치를 안고 사람들의 얼굴을 둘러보다가 때때로 그녀에게 멈춘다. 그리고는 씩 웃어 보인다. 저렇게 유치하고 영혼이 투박한 인간을 어떻게 볼 수 있단 말인가? 나는 억누를 수 없는 혐오감을 느끼며 고개를 돌렸다. 얼마 후 남기문은 가파른 오솔길 위에서 모두가 보는 앞에서 재주넘기를 시작했다. 머리가 아래로 향할 때마다 윗도리가 어깨까지 미끄러져 내리고, 명품 팬티가 드러났다.

"어이, 취했나?"

"저놈 저거 저러다가 바지 벗고 돌아다닐라."

사람들은 웃음을 멈추지 못했다. 누군가는 혀를 찼고, 누군가는 이제 저 놈 철이 드는 모양인데 장가를 보내라며 입을 히죽거렸다. 저 놈은 바지를 벗고 팬티만 입고 돌아다니는 게 더 좋겠다, 라는 말도 들렸다. 갑자기 남기문이 팬티 한 장만 걸치고 양 팔을 들어 올린 채 뛰기 시작했다.

그럴 때마다 등산 조끼 등 뒤에 그려진 흑룡이 펄럭거렸는데, 그런 모습이 나를 더 곤혹스럽게 만들었다. 나는 고함을 질러 주고 싶었다. '정말 지긋지긋해!' '그만 둬!' 그러나 나는 아무 말도 할 수 없었다. 거리가 너무 멀었다. 남기문은 이미 오솔길을 따라 산 정상을 향해 달려가고 있었다.

그날 밤 나는 이런 문장이 떠올랐다.

우리는 삶을 완벽하게 설계하고자 한다. 그런데 우리 삶은 그렇게 흘러가지 않는다. 때로는 의도하지 않는 엉뚱한 일이 벌어진다. 우리에게 중요한 것은 행위 자체가 아니라 행위 뒤에 숨어 있는 의도이다. 그 의도에 모든 것이 들어 있다.

13.

첫 번째 독서 토론회가 9월 15일 오후 3시 도서관에서 열렸다. 어느 날 남기문이 엉뚱한 발상을 내놨는데 이왕 소설가 동창생을 만났으니 우리도 독서모임을 만들면 좋겠다는 거였다. 문학작품을 갖고 일주일에 한 번씩 토론회를 하자고 했다.

적당한 소설을 추천하라고 해서 나는 얼결에 산도르 마라이[1]의 『열정』을 추천했다.

"두 친구가 하룻밤 동안에 나누는 대화가 소설의 주 내용이죠. 독백 화법으로 이야기가 진행되므로 쉽게 접근할 수 있을 거예요. 인간의 본성을 다룬 수작이어서 쉽게 모방하지 못할 테

―――――――――
1 헝가리의 대문호. 1942년에 발표된 「열정」은 1990년대가 돼서야 이탈리아와 독일에서 출간되었고, 이후 유럽 각지에서 베스트셀러가 됐다.

지만 읽기에는 쉬울 것 같아요."

"설정주씨가 추천한 작품이라면 뭐든지 좋아요. 정신세계, 창의력이 필요하단 말 같은데 그거야 어쩔 수 없고요."

남기문은 감동어린 목소리로 기쁨에 들떠 있었다.

세미나 당일. 남가문은 예정보다 30분 일찍 도서관에 도착했다. 정장 차림이었다. 팬티를 입고 산을 돌아다니던 놈이라고는 상상되지 않았다. 참석한 사람은 다섯 명이었다. 오후 3시가 되자 남기문은 줄거리를 프린트한 유인물을 나눠주었다. A4용지로 두 쪽이었는데 내용은 이랬다.

주인공 헨릭은 어느 날 절친한 친구 콘라드와 사랑하는 아내에게 기만당한 것을 알게 된다. 두 남자가 한 여자를 죽도록 사랑했고, 여자는 두 남자를 사랑했다. 콘라드는 친구 아내인 크리스티나를 사랑하지만 차마 친구를 배신할 수 없다. 그래서 혼자 떠난다. 헨릭은 분노했다. 아내를 용서할 수 없고 달아난 친구도 용서할 수 없었다. 하지만 크리스티나 입장에서 보면 자신을 배신하고 희생시킨 사람은 두 남자였다. 콘라드는 함께 떠나자는 그녀의 제안을 거절하고 도주해 버렸다.

헨릭은 배신감과 절망으로 아내를 가혹하게 처벌한다. 크리스티나는 사랑하는 사람의 예고 없는 배신, 남편의 냉담한 침묵에 괴로워하다가 죽어갔다.

75세의 퇴역장군 헨릭이 살아서 버티는 것은 배신한 친구가 언젠가는 자신을 찾아오리라는 기다림 때문이다. 마침내 41년 만에 돌아온 친구와 대화를 통해서 세 사람 인생을 파괴한 드라마가 펼쳐진다. 헨릭은 사랑과 정열, 우정과 신의, 진실과 거짓, 자긍심에 대한 문제를 냉정하고 단호하게 파고든다. 자신의 아픔을 이야기하고 죽은 아내에게 마지막에 한마디 선심을 베푼다.

"그녀는 우리보다 훨씬 인간적이었어. 그녀의 일부나 다름없던 우리가 비열하고 거만하고 오만하게 침묵했기 때문에 그녀가 죽었네." 이 한마디로 작가는 남자들의 오만함을 밝힘으로써 독자에게 소설의 핵심을 제시한 셈이 된다.

남기문은 의기양양한 표정으로 A4용지 유인물을 읽어 내려갔다. 나는 헨릭의 남성 중심적인 이기심으로 아내를 소장품으로 생각하고 남성들 소유로 본 점에 분노를 느꼈다. 하지만, 크리스티나 아버지의 말 한마디가 나를 진정시켰다.

"자네는 살아남지 않았는가. 살아남은 사람은 비난할 권리가 없다네. 살아남은 사람은 소송에서 이긴 거나 다름없고, 비난할 권리도 이유도 없지 않은가. 살아남은 자들은 더 영리하고 끈질긴 강자일세."

하지만 크리스티나는 남편과 연인의 손아귀에서 꼼짝 못하고 있다가 죽음을 선택하지 않았는가? 죽음으로 몰고 간 다음에 자신들의 유죄를 인정한다고 뭐가 달라진단 말인가? 나는 이런 생각에 빠져 있다가 고개를 든다.

남기문에게 질문을 던진다. 시니컬한 어조였다.

"위선자들이면서도 오명은 싫었단 말이죠?"

그러자 남기문은 헨릭을 이해한다면서 마치 자신이 친구와 아내에게 배신이라도 당한 듯이 열변을 토해 낸다. '그러면 그렇지. 네 단순한 머리에 여자의 입장에 대한 배려가 있겠어!' 하는 말이 내 입에 맴돌았다. 남기문은 입에 침을 튀기며 열을 올린다.

"처음부터 여자 마음을 후려내고 양심 운운하는 것도 비겁해요. 더구나 친구의 여자를."

그러자 시인이 응수한다.

"헨릭을 부러워했을 콘라드의 마음을 생각해 봐요. 모든 걸다 가진 자를 바라볼 때 느꼈을 상대적인 박탈감을. 그래도 콘라드는 양심의 소리를 외면하지 못한, 나름대로 의리는 있는 셈이죠?"

세 사람은 작중 인물에 대한 연민으로 입장이 달라졌다. 나는 크리스티나 심정을 이해했고, 남기문은 헨릭의 분노와 배신감에 동조했고, 시인은 콘라드 편을 들었다.

이날 그의 유인물은 대부분 해설서를 베낀 것이었다. 하지만 역시 좋은 작품은 읽는 사람을 즐겁게 하고 격을 높이기도 한다. 그와 견해가 좀 다르더라도 꽤 괜찮아 보인 순간이었다.

'우리가 희생자로 선택한 존재가 무슨 생각을 하고 있는지 아는 것이 전리품이나 결과보다 언제나 더 중요하지.' A4용지 뒷장에 에둘러 표현한 이 문장 하나만으로 충분했다.

그가 책과 만나 본 것은 어쩌면 이때가 처음이었을지도 모른다. 어쨌든 그는 그날부터 문학 소년다운 행동을 하기 시작했다. 새로운 세계에 대해 눈을 뜬 계기가 된 것이다. 집에 돌아와서 가방을 챙기던 그녀는 A4용지 뒷장에서 이런 말을 발견했다. 남기문이 파란색 볼펜으로 또박또박 쓴 것이다. 헨릭이 한 말이었다.

"어느 날 우리의 심장, 영혼, 육신을 뚫고 들어와 꺼질 줄 모르고 영원히 불타오르는 정열에 우리 삶의 의미가 있다고 자네도 생각하나? 그것을 체험했다면, 우리는 헛산 것이 아니겠지?"

14.

독서 모임이 시작되고 몇 주가 흐른 어느 토요일, 나는 남기문이 보낸 휴대전화 문자를 받았다. 꼭 할 말이 있다고 했다. 그즈음 나는 매주 수요일마다 스터디 그룹에 다니고 있었는데 현대문학과 서양철학에 관한 토론회였다. 프로그램에 관련되는 책을 사고, 신간도 둘러볼 예정이므로 서울 지하철 3호선 고속

터미널역사에 있는 Y문고 앞에서 만나기로 했다.

나는 약속시간보다 일찍 나갔으므로 서점에 들러서, 보르헤스의 『알렙』을 비롯해, 스티븐 킹의 『미저리』와 『유혹하는 글쓰기』를 샀다.

남기문이 세련된 양복을 입고 나타난 것은 Y문고 앞에서 5분쯤 지났을 때였다. 토요일이라 다른 날보다 인파가 북적였다. 점심을 먹자고 해서 옆에 있는 S백화점으로 향했다. 에스컬레이터를 타고 2층 전문 식당가로 올라갔다.

남기문은 도미찜을 시켰다. 그리고는 할 말을 잊었는지 방금 내가 산 책 중에서 『미저리』를 집더니 페이지를 넘기기 시작했다. 팬의 맹목적인 집착과 소설 창작의 괴로움을 그린 책이다. 나는 인터넷에 소개된 내용이 흥미 있고, 참고할 만할 것 같아서 샀다고 말했다. 좁은 공간 안에서 펼쳐지는 광기어린 팬과 작가, 두 사람의 심리가 어떤 스릴러 영화보다도 더 공포를 자아내게 한다는 것도 알려 주었다.

"미저리를 알아요?"

커피를 마시는 그에게 물었다.

"영화를 봤어요."

그가 대답했다.

목구멍에 차오른 말을 나는 할 수 없었다. 영화를 봤다면 살인을 하지 않아도 공포가 될 수 있고, 극한상황 속에서도 작가는 소설을 써야하는 절박함이 있다는 것을 그에게 설명하지 않아도 될 것 같기 때문이었다. 그래서 사랑하지도 않는 사람에게 사육당하는 공포가 어떤 건지 아느냐? 묻고 싶은 걸 참아내야 했다.

그녀는 도미찜을 집으면서 충무로 대한극장에서 보았던 영화 〈더 팬〉[2]을 떠올렸다.

영화 〈더 팬〉은 야구스타를 응원하는 광적인 팬과 선수의 심리상태를 보여준다. 나이프 세일즈맨인 길 레나드(로버트 드 니로 분)는 한때 야구선수 경력이 있다. 그의 삶에 의미가 있는 것은 오직 하나, 메이저 리그 슈퍼스타와 그에 대한 사랑이다. 팬은 자기가 좋아하는 선수를 응원하면서 자신이 원하는 경기를 하도록 압박한다. 사랑한다는 이유로 개인의 사생활 모든 것을 알아야 하고 일일이 참견한다. 그리고 집착한다. 그러나 본인은 그것이 집착이 아니라 사랑이라고 생각한다.

배우들이 열성팬을 거절할 수 없어 유명세를 치르는 고통을 이해한다. 물론 기쁨도 있다. 그렇더라도 팬들의 광적인 열성은 참기 어려울 것이다. 사랑이라는 굴레로 압박해 오는 팬이 있다

---

2 더 팬(The Fan) : 1996년 제작한 미국 영화. 야구의 열성 팬에 대한 이야기로 주연은 로버트 드 니로, 웨슬리 스나입스. 열광적으로 응원하는 광적인 팬 로버트 드 니로의 능청스러운 웃음과 번득이는 광기가 일품이다.

면 물리칠 수 있을까? 지금 내가 그랬다. 남기문의 호의, 관심에 모른 척할 수 없어 끌려들고 있다. 원하던 아니던 간에 사랑은 중독되는 법이므로.

이날의 A백화점 도미찜은 맛과 품격이 있었다. 전문식당에서 나온 두 사람은 커피숍으로 향했다. 커피를 마시며 나를 쳐다보고 있는 남기문을 보면서 주위를 살폈다. 스터디 그룹에 참여하는 사람들에게 남기문의 존재를 눈치 채게 될까 봐 겁이 났던 것이다. 내가 어떤 생각을 하고 있는지 모르는 남기문은 커피 잔을 앞에 놓고 불쑥 말을 꺼냈다.
"나도 소설을 써 보면 안 될까요?"
나는 순간적으로 그 말의 의미를 이해하지 못했다.

15.
난데없는 질문이었다. 그가 소설에 도전하겠다니. 그리고 글 쓰는 법을 가르쳐 달라고 간청하다니. 그의 길잡이가 되어달라니. 나는 10여 년 전 소설 때문에 죽음의 문턱을 넘나들던 때 생각이 떠올랐다.
비가 조금씩 내리고 있는 여름. 금요일 오후 3시. 나는 동숭동 대학로 H다방에 앉아 안미숙 선생을 기다리고 있었다. 문화센터 스터디클럽에서 함께 강의를 듣는 안 선생에게 작품 원고를 보낸 후 작품 평을 듣기 위해서였다. 동기생인 안미숙 선생은 타고난 재능을 발휘하여 짧은 기간에 유명한 작가가 되어 있었다. 몇 번의 혹평을 받고 최선을 다해 다듬은 작품이었다.

빗줄기가 굵어지자 안미숙 선생이 나오기 불편할 것 같아 나는 자꾸만 신경이 쓰였다. 안 선생이 우산에 흘러내린 빗물을 떨어내며 나타난 것은 약속시간 20분이 지나서였다. 커피를 시키려고 하자 손을 들어 거절했다. 나는 A4용지에 출력한 원고를 손에 들고 있는 안 선생의 무표정한 얼굴을 훔쳐봤다. 무슨 말이든 있어야 할 텐데 가타부타 말이 없다. 침묵이 길어지자 불안했다. 이젠 접으라는 말이 나올까 주눅이 든 채 앉아 있었다. 한참 후 침묵을 깨고 안 선생이 말했다. "자존심도 없어요. 이렇게밖에 안 된 작품을 들고 오다니." 단호한 목소리였다. 전에 없이 직설적인 말에 당혹스러웠다. 자존심을 뭉개는 혹평이라 충격이었다.

그녀는 여자의 자존심 따위는 안중에도 없었다. 이번이 마지막이다, 라는 생각으로 열심히 고친 작품이었다. 밤새워 글을 썼고, 행복했다. 웬 만큼은 자신 있었고, 기대했고, 이쯤이면 안 선생이 고개를 끄덕일 줄 알았다. 조금도 나아진 것이 없다는 말에 숙인 고개가 더 내려갔다. 어떤 반응을 보여야 좋을지 몰랐다. 그녀는 지나쳤다고 생각했는지 다시 설명했다. "설정주 선생, 저널리즘적인 글 말고 새로움에 도전해 보세요. 보르헤스나 밀란 쿤테라의 시각을 생각해 볼 여지가 있다고 생각합니다. 고정관념과 고착된 패턴을, 자신을 깨부수고 나와야 작가가 되는 겁니다." 나직하지만 냉혹한 평가였다.

　문학을 처음 시작할 때 K대학 사회교육원 문학창작 시간에 체코 작가 밀란 쿤테라의 『불멸』을 다룬 적이 있었다. 괴테의 연인, 베티나는 어머니의 오랜 연인이자 친구였던 괴테를 사랑한다. 베티나와 괴테가 단 둘이서 만난 것은 불과 서너 번 정도이다. 그녀는 그에게 편지를 많이 썼다. 쉰두 통이나 되는 장문의 편지를 보냈으며, 항상 경칭 없이 친근한 어투로 사랑 얘기만 했다. 그러나 단지 말의 사태일 뿐, 실제로 이루어진 건 아무것도 없으므로, 어째서 그들의 사랑 이야기가 그토록 유명한지 자문해 보지 않을 수 없었다. 그 대답은 이렇다.
　그들의 사랑 이야기가 그렇게 유명해진 것은 애초부터 사랑이 아닌 다른 어떤 문제였기 때문이라는 것이다. 그녀는 괴테에게 자신의 편지를 불태우거나 찢지 말라고 한다. 하지만 편지를 누구에게도 보여주지 말라고 부탁한다. 왜 이런 말을 적었을까? 베티나는 보여주지 말라는 명령문을 통해, 다른 누군가에게 보여주고자 하는 내밀한 욕망을 표출했던 것이다. 괴테는 이따금 자신이 보낸 편지들이 그녀 외에 다른 독자가 있을 수 있음을 깨달았다.

베티나는 편지에서 그에게 이렇게 적었다. "나에겐 당신을 영원히 사랑하리라는 굳고 견고한 의지가 있답니다." 이 문구를 주의 깊게 읽어보라. '사랑하다'는 말보다는, '영원히'와 '의지'라는 말이 훨씬 더 중요하다. 베티나의 사랑은, 괴테가 사랑의 동기도 목표도 아니기 때문이다. 문제는 사랑이 아니었다. 문제는 불멸이었다.

그녀는 친구와 함께 언젠가 설악산을 거쳐 동해안으로 떠났던 여행을 떠올렸다. 설악산 중턱 가파른 바위에 누군가 끌로 자신의 이름을 새겨 넣은 것을 보고 한심해 한 적이 있다. 하지만 돌이켜보면 그들도 이 세상에 자신의 흔적을 남기고 싶어서였다. 미라, 냉동인간, 직접 몸으로도, 몸이 아닌 모든 예술에 대한 영원성, 인간 모두가 불멸을 원하는 것이다. 그녀 또한 숱한 수모를 겪으면서도 소설에 목숨 걸 듯 매달리는 가당치 않은 욕구도 실은 불멸에 몸부림치는 것 같았다.

안미숙 선생은 주변 상황의 리얼리티만 가지고는 독자를 지루하게 만들 뿐, 남들보다 한발 앞선 생각, 새로운 인물을 창조해야 한다면서 창의력 부족으론 소설쓰기엔 역부족이라고 강조했다. 맞는 말이다. 하지만 가슴에 비수를 꽂았다. 그 말은 희망을 꺾으라는 말과 같았다. 그녀가 보기엔 가당치 않은 일에 매달리는 자신을 연민으로 바라보고 안타까움에서 나온 말인 줄 안다. 하지만 열등한 사람에게 헛수고며 헛고생이라는 사실을 일깨워 주는 것, 역시 잔인하다는 것을 안 선생은 몰랐다.

젊을 때의 치기어린 꿈이 아니라 인생을 살 만큼 살아 온 자로서 마지막으로 선택한 꿈이 바로 소설이다. 주위의 힐책이나 무시가 자신을 좌절시킨 것만은 아니다. 자신의 무능에 대한 절망이나 한계를 인정한 순간에 느끼는 꺾임이었다. 왜 이렇게 슬프지? 나는 누구지? 목표가 허물어지는 순간이었다. 나는 한 단어도 첨삭되지 않은 원고를 챙겨 들면서 고개를 숙였다. 시간을 내주어 고맙다고.

그녀는 흔들리는 우산을 붙잡고 몸을 지탱하면서 보도 위에 섰다. 점점 빗줄기가 거세졌다. 비바람에 퍼든 우산이 뒤집혔다. 가까스로 머리 위에 우산을 펼쳐 들었다. 살이 네 개나 부러진 상태였다. 걸을 때마다 부러진 우산살이 한 쪽 어깨에 닿았고 빗물이 원고가 든 가방 위로 흘러내렸다.

여기까지가 한계인 것 같았다. 자신의 삶을 증명하고 싶은 욕망을 거세당한 순간이다. 재능은 물론 노력도 부족한 상태에서 욕망만 하늘로 치솟은 셈이다. 능력과 노력은 동의어인지도 모른다. 나는 자판 앞에 앉아 에피소드 하나 던져 놓고 대충 읽어 해치우는 성격이다. 다음에 보충하면 되겠지 하고 미루어 버린다. 안미숙 선생은 주인공뿐만 아니라 엑스트라까지, 등장인물 한 사람 한 사람까지 자료를 확보해 놓고 시작하라는 것이다.

처음부터 플롯을 단단히 구상한 다음에 작품을 써야 한다는 것을 모르는 바가 아니다. 플롯이 중요하다는 것을 부정할 사람은 아무도 없다. 작품의 흥미를 유발하고 지속시켜주는 것이 플롯이고, 작가가 의도하는 주제를 효과적으로 전달하는 것이 플롯이기 때문이다. 그러나 나는 이를 배격한다. 늘 사건의 개연성이나 인물 설정 보다 스토리가 더 중요했다.

집을 지을 때 제일 중요한 것이 설계도라는 걸 모를 사람이 없다. 그런데 우리 삶은 그렇게 흘러가는 것이 아니라 상황을 전개시켜 나가는 것이다. 소설은 집이 아니다! 지나친 설계는 논문이지 소설이 아니다! 소설은 스토리가 아닌가. 에피소드가 있다면, 에피소드가 스스로 상황을 전개시켜 나가리라 믿는다. 그런데 에피소드를 어떻게 만들어야 할지 갈피를 잡을 수가 없었다. 답답했다. 담배라도 피우고 싶었다.

어느새 퇴근시간과 겹치고 있다. 거리에는 쏟아지는 빗속에서 사람들이 택시를 잡으려고 몰려들고 있다. 왼손에 우산을 들고, 가방을 든 오른손을 치켜든다. 택시들이 물을 튀기며 지나갔다. 멀리서 다가오는 택시 안을 기웃거린다. 유리창이 습기로 가려져 손님이 탔는지 안탔는지 분간할 수 없다. 낯선 곳이라

버스를 타려고 해도 어디서 어떤 노선을 타야 하는지 알 수 없다. 영원히 빗속에 갇혀 헤어나지 못 할 것 같다.

시간이 지나자 온몸이 떨려오기 시작했다. 축축해진 바지는 허리선까지 젖어오고, 우산을 움켜쥔 손이 저려온다. 돌아갈 길을 잃고 서 있다. 얼마를 지났을까. 까만 택시가 앞에 멎는다. 머리부터 차 안으로 들이밀고, 우산을 접어 빗물을 털어내고 두 다리를 끌어 모아 택시에 몸을 구겨 넣었다.

"좀 추우실 겁니다. 유리창이 보이지 않아서 에어컨을 좀 세게 켰어요." 운전기사가 에어컨을 켰어도 앞이 습기로 뿌옇게 보인다. 옆 유리를 손바닥으로 훑어 내린다. 지금 어디쯤 가고 있을까. 밖을 내다보지만 아무것도 보이지 않는다. 흘러내리는 눈물을 손으로 닦으면서 왜 울고 있을까, 생각하며 다시 바깥을 바라본다. 여전히 아무것도 보이지 않고 택시 안은 너무 추웠다. 강을 건너는지 바람이 웅웅대며 차창 훑는 소리만 들린다.

배반당한 인간은 자기 내면 깊은 곳으로 도피한다. 나는 집에 돌아오자마자 누워버렸고, 일주일 넘도록 심한 몸살감기를 앓았다. 능력 밖의 일에 매달리다가 몸이 먼저 추락한 것이다.

지금까지 나름대로 잘 살아왔고, 최선을 다 하고 있다고 생각했다. 그러나 자존감을 채울 수 있는 방법은 없다. 도전이 무조건 좋은 것은 아닌가 보다. 늘 쫓기는 삶이 있을 뿐. 누군가에게 보이기 위한 나와, 내 안엔 또 다른 내가 있다. 그래서 술을 마시고 잠깐이지만 해방감을 맛보기도 한다.

술은 옥죄인 자신을 풀어 줄 것 같고, 죽음도 마찬가지일 것 같았다. 내면에서 들려오는 고통스러운 목소리는 내게는 견딜 수 없는 시간이었다. 우울증이 극단으로 치달았다. 일생을 걸 만큼 중요하다고 생각한 소설이 하찮게 여겨졌다.

아무 의미도 없는 비현실적인 날들이 지나갔다. 시내 여기저기를 배회했다. 피곤했다. 어린 시절부터 가졌던 꿈은 사회 속에서 비하 당하였으며, 그로 인한 수치심 때문에 숨어버리고 싶었다. 어느 날 마침내 문을 잠그고 커튼을 내렸다. 주검처럼 침대에 누웠다. 머리가 텅 비어지더니 현실을 벗어나고 싶은 또 다른 자신이 끊임없이 그녀를 유혹했다.

자살 충동. 능력부족을 인정한 것에 대한 실망이 가져온 몸짓이다. 나는 혼자 의식을 치르기로 했다. 창문 블라인드를 내리고 앉아 술을 마신다. 더할 수 없는 희열에 감싸인다. 행복하다. 현실로 돌아가고 싶지 않다. 자신을 벗어버리는 일이 해야 되고, 할 수 있는 일 같았다. 마음속으로 원하거나 원하지 않는 것, 인정하거나 부정하는 것이 서로 대립할 때마다 한 쪽을 선택해야 한다. 그런 일은 이성이나 지성과는 관계없이 자신이 자유롭게 선택할 수 있는 영역이다. 그렇게 자신을 버리면 될 것을, 생각하니 자유로웠다.

그녀는 깨끗한 차림으로 침대에 누웠다. 그동안 모아두었던 수면제를 꺼냈다. 수면제를 털어 넣고 양주를 병째 마신다. 생각 따위 다 집어치우고, 그냥 사라지면 끝난다. 나를 뱉어내는 세상이여 안녕! 그녀는 눈을 감았다.

잠잠하던 생각들이 소용돌이치고 있었다. 마지막 순간에 다급해졌다. 살아온 이야기라도 써볼 것을…… 개인적인 하찮은 이야기는 독자들이 관심을 갖지 않을 것 같아 포기했던 것이다. 공연히 겉멋 들어, 그럴싸한 멋진 이야기를 쓰려는 허영이 자신을 힘들게 했다는 생각이 떠올랐다. 아! 어떡하지! 이제 와서…… 아무래도 잘못 생각한 것 같았다. 갑자기 살고 싶어진다. 몽롱해지려는 정신을 바로 잡기 위해 안간힘을 썼다. 사슬에 묶인 것처럼 꼼짝할 수 없다.

머리에선 돈짝만 한 작고 큰 동그라미가 커졌다가 사라지기를 반복하더니 아득해졌다. 점점 의식이 흐려질 무렵, 119 구급차 싸이렌 소리가 들린 것 같았다. 어렴풋하게나마 그래도 소설을 써 볼 것을 하는 생각이 스쳐 지나간다. 이날 오후 현주가 방배동 아파트에 들렀다가 그녀를 발견하고 119에 신고를 했던 것이다.

어머니는 사색이 되어 병원으로 달려왔고, 구차스러운 절차 끝에 자살소동은 끝났다. 입원해 있는 동안 정신과 의사가 서너 차례 다녀갔다.

정신과 의사는 네게 최근의 상황을 적어 보라고 했다. 자살소동과 연관된 원인을 찾기 위해서다. 정신과 의사는 열정의 과열, 욕심이 많아서라고 했고 한편으론 의욕일 수 있다고도 했다. 자신을 부정하고 싶은 죽음의 충동을 느끼는 것은 자신의 존재감을 알리려는 내제된 욕구라는 말도 했다.

억지 분석이었다. 사회에서 가치 척도는 좋은 학교를 바탕으로 능력을 발휘해야 한다. 그런데 열정이 지나쳐 학창 시절, 학업에 열중하지 못한 것이다. 널뛰듯 하는 변덕은 기초의 부실을 가져왔다. 성공이라는 익은 열매만 원한 것이다. 결과는 좌절이었다.

너는 오기가 생겼다. 너를 일으켜 세운 것은 최고에 대한 열망과 소설에 대한 뜨거운 사랑이었다. 그래서 '완전한 절망은 없다'는 말을 되새기게 되었다. 무모함이라도 용기만 있으면 다 되는 것 아닌가 하고. 10여 년 전의 일이었다.

16.

"나도 소설을 써 보면 안 될까요?"

남기문의 소설 쓰는 법을 가르쳐 달라는 말은 나를 멍하게 했다. 말문이 막혔다. 인간의 재능이 드러나는 모든 분야가 다 그렇듯이 글은 하루아침에 이루어질 수가 없다. 중독자가 되어야 가능하다. 소설을 쓰겠다고 덤비는 일은 스스로 고통을 자초할 뿐. 그동안 내가 당한 고통을 견뎌낼까 하는 생각에 포기하라고 말하고 싶다.

소설은 이야기이므로 누구나 쓸 수는 있다. 글을 써보려고 하는 남가문을 기꺼이 격려해주고 싶었지만, 그렇다고 누구나 작가가 될 수 있다는 거짓말을 할 수는 없었다. 많은 책을 읽고, 노력을 기울이고, 시의적절한 도움을 받는다면 작가가 되는 일이 불가능하지는 않을 것이다. 그러나 유감스럽게도 그는 너무 늦었다는 생각이 든다.

"세상엔 글 쓰는 법을 배우는 곳은 없어요. 다만 남의 글을 읽고 자신도 모르는 사이에 글 제재나 구성 등을 터득할 뿐이지요."

말이 끝나자마자 그가 다그쳤다.

"그래도 빨리 쓸 수 있는 지름길은 있을 거 아닙니까?"

"작가는 생활, 생각 자체 같아요. 우선 일기부터 써 보세요."

"그렇지 않아도 정주 씨와 나눈 문자 메시지와 만나서부터의 일을 모두 적어 놨습니다."

머리를 긁으며 웃는 남자를 보는 순간 나는 찬물을 뒤집어쓴 느낌이 들었다. 일기에 자신의 이야기가 나온다는 건 끔찍하다. 일기는 기억의 연장선이다. 그의 기억에 어떻게 그려질지 모르고, 남겨지고 싶지도 않았다. 사람의 기억이란 실제와 다를 수 있고, 겉으로 보이는 사실이라 하더라도 보는 사람에 따라서 주관이 개입되기 마련이고 진실과는 멀어지기 때문이다. 자신에 대한 이야기를 쓰고 있다면 중단시켜야 하는데 길이 없다. 무언가 방법을 찾아내야 한다.

"그러지 말고 좋은 작품을 필사해 보면 좋겠어요."

"그렇담 잘됐습니다."

그가 하얀 이빨을 드러내며 웃었다.

"몇 주 전부터, 설정주 씨 책을 베끼고 있습니다."

"뭐라구요! 그게 아니야. 내 졸작은 안 돼."

자신도 모르게 손사래가 쳐졌다. 그녀는 목이 타들어 가는 것 같았다. 짧은 생각, 거친 문장, 구성도 시원찮은 소설을 베끼다니. '그와 나, 모자라는 사람끼리 모이면 바보 군단이 될 것이다.'

"고전을 베껴보세요."

권했지만 나도 안 한 일이었다. 하릴없이 남의 작품을 필사하는 일이 시간낭비 같았기 때문이다.

"설정주 씨 작품이라야 합니다. 스토리가 탄탄해서 재미있잖아요. 어릴 적 고향 들판 풍경이 묘사된 부분이 나오면 그때 정경에 젖어 들기도 합니다.”

그는 어깨와 눈썹을 추겨 올리며 커피를 마시기 시작했다. 기초도 없는 것 같은데 작가가 되겠다고 달려들다니, 터무니없는 욕심이 아닌가? 왜 갑자기 소설을 쓰려는 걸까?

꿈을 향해 치달린 시간. 나는 지치고 힘들수록 더 악착같이 꿈을 꾸었다. 포기할 수 없었다. 결국 소설가란 타이틀을 얻었지만, 지금도 평범한 사고, 작품 구성·문장의 미숙함 등으로 고민하고 있는 처지다. 첫 작품집『시선』을 출판하면서 얼마나 부끄럽던지, 생각만 해도 얼굴이 붉어진다. 그가 작가가 되려고 하는 이유에는 자신의 가치를 구현하는 것 이외에, 자신의 인생을 그냥 넘기기에 억울한 무엇이 있고, 그것을 흘려버릴 수 없다는 의지도 들어 있기 때문일 것이다. 하지만 아무리 자전적인 이야기가 많다고 해도 무턱대고 글쓰기는 만만치 않을 것이다.

한편으론 그의 포부가 흔들림 없기 때문에 혹시 글을 쓸 수 있을지 모른다는 생각도 든다.

“진정한 인물, 창조자가 되는 길, 그 멋진 가능성에 전부를 걸 생각입니다.”

금방이라도 작가가 된 것처럼 그는 들떠 있다. 그의 이야기는 정돈되어 있지 않았지만, 그 진의만은 느낄 수 있었다. 하지만 그가 신나 할수록 난감해진다. 컴퓨터를 잘 사용하는지도 의

문이다. 그를 진정시켜야 했다. 그런데 그가 한발 빨랐다.

"컴퓨터를 사용할 일이 별로 없지만 자판 연습을 했습니다. 이젠 안 보고 쳐도 빨간 줄이 별로 없습니다. 처음에는 노트에 적다가 진도가 느려서 컴퓨터로 하니 빠르고 쉬워요."

그는 자랑스럽게 말했다.

"설정주 씨 소설책을 두 권 베꼈습니다."

사람은 누구나 자신이 선택한 삶에는 최선을 다하는 법이다. 이루고 못 이루고는 그의 몫이다. 나를 만난 것도, 소설을 쓰겠다는 것도 그 자신이 선택한 삶이다. 그에게 포기하란 말을 하고 싶진 않았다. 그는 해보지 않고 포기할 수 없다고 할 것이다. 나처럼, 남자는 예상대로 물러서지 않았다.

17.

일주일 후. 남기문을 다시 만난 것은 도서관에서였다. 그가 노트북을 들고 나타났는데, 다른 사람처럼 보였고 상당히 고무된 모습이었다. 그는 책 읽기의 새로운 점과 매혹에 대해 얘기했다. 여자의 책이 마음에 든다면서 공감이 가는 멋진 문장이라고 했다. 작가에게 자신의 작품에 대한 찬사만큼 큰 기쁨은 없다. 자신의 소설을 좋아해서 베끼고 있다는 독자를 싫어하기도 어렵게 됐다.

그는 미국 영화에 나오는 말투와 몸짓을 흉내 내며 "No problem!" 어깨를 들썩이며 양손을 펴 보인다. 한국말도 제대로 못하면서 웬 영어인가 했다. 두 사람은 성향이 비슷한 점이 있다. 지적인 허영심, 품격을 갖춘 삶을 살고 싶어 한다는 점이다. 그는 그녀 작품에 찬사를 늘어놓기 시작했다.

"그래! 그거야! 대단해!"

방송국 녹화장에서 방청객 분위기를 띄우는 도우미들처럼 소리를 지르기도 했다.

"와 근사해!"

또 시작하려고 한다. 그녀는 짜증을 참으며 얼굴을 돌리고 들고 다니던 원고지를 뒤적이는 척했다. 그의 머릿속은 어떻게 생겼는지 궁금하다. 그가 사랑이나 관심을 보일수록 행복하지 않았다. 그 이유 중에는 그의 사고의 깊이도 한 몫을 했다. 나의 지적 욕망을 채워 줄 수 없다는 점이다.

그녀가 보기에 그는 지나친 환상과 기대감을 갖고 있다. 작가가 되고 싶다면 무엇보다 두 가지 일을 반드시 해야 한다. 많이 쓰고, 많이 읽는 것이다. 이 두 가지를 슬쩍 피해갈 수 있는 방법은 없다. 지름길도 없다. 자기가 좋아하는 것을 쓰되 그 속에 생명을 불어넣고, 작가의 체취가 진하게 풍겨나는 독특한 것으로 만들어야 한다. 신이 인간을 창조하듯, 새로운 인간을 창조하는 일에 참여하는 것이다.

주위로부터 무시당하고 가족의 핍박에도 글쓰기를 포기할 수 없었던 이유는 소설 이외에는 즐거움이 없기 때문이다. 신은 나에게 문학에 대한 열정을 주었으면 재능도 주었어야지, 하고 울었던 적이 한두 번이 아니다.

소설 때문에 죽음의 문턱을 넘나들던 때가 다시 생각났다. 벌써 10년이나 지난 일이었지만 생생하게 기억하고 있다. 당신은 컴퓨터 앞에 엎드려서 밤새 흐느껴 울어본 적이 있는가? 하고 그에게 물어보고 싶은 걸 참는다. 내 틀린 문장들을 그대로 따라 쓰는 남기문을 볼 때마다 딱하다. 한심한 노릇이다. 잠시 생각에 잠겨 있다가 말을 꺼낸다.

"제 작품 필사는 그만 둬요."

"감히 정주 씨를 어떻게 따라가요."

"그만해요. 제발, 부탁이에요."

한참 후 그가 입을 열었다.

"알았어요."

얼굴이 어두웠고, 목소리가 떨렸다.

그녀는 얼굴을 들어 그의 얼굴을 쳐다보았다. 처진 어깨를 쉽사리 추켜올리기 힘들어 보인다. 겉으로 보기엔 체념한 것 같기도 했다. 그는 강렬한 성취욕을 채울 수 없는 열패감으로, 자신의 한계에 대한 절망으로, 영원히 해결되지 않을지도 모른다는 의구심으로 차 있을 것이다. 하지만 이미 소설이라는 병에 걸려 버렸는데 어쩔 것인가? 글쓰기에 대한 열망만은 가슴속에 묻어둔 듯해 보였다. 예전에 내가 그랬던 것처럼.

욕구가 크면 클수록 열등감도 커지게 마련이다. 나는 그를 이해할 수 있다. 처음엔 나 자신도 그랬으니까. 그러나 빠른 시간에 이루어질 수는 없는 일. 그녀는 처음으로 그에게서 자신의 모습을 보는 듯한 묘한 느낌을 맛보았다.

18.

월요일 새벽 4시. 여자는 여느 때와 마찬가지로 컴퓨터를 열었다. 명색이 작가가 작품은 못 쓰고 있어도 일찍 일어나 컴퓨터 여는 일로 하루를 시작하자는 연초 계획을 실천하는 중이다. 이메일을 점검해서 쓸데없는 내용들을 삭제시킨 다음, 잠시 음악을 보낸 스터디클럽 메신저 메일은 본다. 음악을 들어 보세요! 작업을 시작하기 위한 워밍업인 셈이다. 처음 보는 '노들섬'이라는 아이디에 시선이 꽂혔다.

'노들섬'이라니? 오래 전에 누군가 보낸 이메일인데 그냥 둔 모양이다. 낯선 메일은 대개 스팸메일이거나 광고일 가능성이 높다. 열어보지도 않고 지워 버린다. 도대체 어떤 사람이지? 궁금해서 클릭했다. 발신인은 남기문이었다.

그제야 그의 별명이라는 생각이 난다. 노량진에 살기 때문이라고 했다. 노들섬은 동작구와 용산구를 연결하는 한강에 위치한 섬인데 한강대교가 통과하고 있다. 섬에는 테니스 연습장이 있으며, 대부분은 모래와 갈대숲으로 이루어져 있다.

국립현대미술관을 관람하고 나와서 일행이 서울대공원 광장 맞은편 숲속에 있는 식당에서 구운 오리고기를 안주로 해서 막걸리를 마실 때 노들섬이 어떤 의미가 있냐고 물어본 적이 있다.

그는 신이 나서 삼십 분 이상 떠들어댔는데, 요약해 보면 대개 이랬다. 1917년 한강대교를 만들 때 강 중앙에 있던 모래 언덕에 둑을 쌓으면서 중지도中之島라는 이름으로 붙여졌다가 1995년 노들섬으로 개칭하였는데, 이 해에 한강 북쪽 수유리에 살다가 노량진으로 이사를 왔으므로 이를 기념하려고 별명을 '노들섬'으로 정했다는 것이다. 노들의 의미는 "백로가 노니는 징검돌"이라는 뜻이며, 지금의 노량진 주변을 말한다. 근처에 있던 한강 나루터를 '노들나루'라고 불렀는데, 이를 한자어로 바꾼 것이 바로 노량진이라고 했다.

그가 보낸 메일은 세 통이었다.

19.
노들섬 1

선생님을 보는 순간 왜 가슴이 그렇게 뛰었을까요?

많은 생각이 교차했고, 그건 사랑일 수도 있다고 생각했습니다.

운명이란 생각이 들었습니다.

내가 도달해야 하는 정점이 선생님이 서 있는 그 자리일지도 모른다는 벅찬 감동 말입니다.

내 사랑을 보고 왜 그래요? 어쩌자는 거예요? 하는 눈빛 알고 있어요.

세상에서 가장 무서운 게 선생님 침묵입니다. 두려웠어요.

어찌 할 바를 모르겠습니다.

등 뒤에서 누군가 내 등뼈를 칼로 콱 찍어 눌렀어요.

등이 반쪽으로 쩍 갈라질 것 같은데, 등이 아니라 가슴이 무너지는 소리가 들렸어요.

후배 시인과 셋이서 만났을 무렵 보낸 것이었다. 남기문은 후배와 함께 만났던 자신의 마음도 피력했다. 자존심이 많이 상했을 텐데 차마 시인을 바라보는 자신의 눈길에 대한 언급은 없다. 이때는 만난 지 얼마 지나지 않은 시기였다. 나는 이메일을 읽으면서 남기문의 입장에서 생각해 보았다.

나는 당신에게 매력을 느꼈다. 사랑이야말로 인생의 극치요,

그러므로 두 팔을 활짝 열고 내 사랑을 향해 달려갔다. 그런데 당신은 나를 거부했다. 바퀴벌레 보듯이 피했다. 속물근성이고 무엇보다 대화가 통하지 않는다는 거였다. 당신이 좋아하는 것은 문학이다. 내가 당신에게 접근하기 위해서는 문학에 대해 알 필요가 있었다.

수소문해 본 결과 중학교 후배 중에 유명한 시인이 있다는 걸 알았고, 후배에게 부탁해서 셋이 만나게 되었다. 물론 후배에게는 술을 샀다. 헌데 나는 그런 계획이 초래할 결과를 미처 상상하지 못했다. 당신은 나를 보지 않고 마치 최면 걸린 사람처럼 시인만 바라보고 있음을 확인했다. 지적 호기심이 강한 당신이 시인과의 만남에 흥미를 느끼고 있음을 아는 순간 나는 어찌할 바를 모르고 있었다.

그 후 나는 당신에게 작품 토론회를 갖자고 제안했다. 당신과 함께 있는 게 목적이므로 회원이 많을 필요는 없었다. 회원은 세 명이면 충분했다. 당신과 나, 그리고 시인. 후배 녀석은 참여시키고 싶지 않았지만, 나로서는 당신과 단 둘이서 문학에 대해 토론을 할 수는 없었다. 토론은 어느 정도 수준이 비슷해야 되는데 그것에 대해 내가 아는 게 없기 때문이다. 나는 토론회 준비를 열심히 했고 기대 이상으로 호평을 받았다. 이때까지만 해도 나는 글을 쓴다는 것을 생각해 본 적이 없다.

내게 작가가 되는 길을 물었을 때 당신은 이렇게 대답해 주었다. 작가가 되기 위한 첫 걸음은 진지하게 무언가를 찾아 방황하는 마음을 갖는 것이라고. 물론 당신은 가벼운 마음으로 대답했을 것이다. 나는 당신이 한 말을 잘 알아들을 수 없었고, 방황하는 마음을 가져야 한다는 이유를 잘 몰랐지만 하나의 희망을 발견했다. 나는 학창시절에 방황을 많이 했으므로, 작가가 되기 위한 기초는 닦여진 셈이라 여겨도 될 것 같았다.

작가가 되는 길이 어떤 건지 모르지만 그 길이 아무리 험하더라도 나는 기꺼이 갈 준비가 되어 있다. 그 길이 당신과 가까워질 유일한 길이라는 것을 알고 있다. 이제 당신과 단 둘이서 만날 수 있는 길이 열린 것이다. 나는 당신이 집필한 책부터 읽기로 마음먹었다. 사랑을 찾기 위한 진화된 단계로 접어든 것이다.

인간에게 목표가 주어지면 행복하게 된다. 내 목표는 당신과 공감대를 형성하는 것이다. 당신은 글쓰기를 할 때 행복하다고 했다. 나는 당신에게서 글쓰기를 배우기로 결단을 내렸다. 모르는 게 너무 많아서 쉬운 결정은 아니었지만 열심히 배우면 가능할 것 같다는 생각도 든다. 글쓰기를 지도해 주는 사람이므로 마땅히 선생님으로 불러야 한다고 여겼으므로 동창생인 당신에게 선생님이란 호칭을 쓴 것에 당신이 거부감을 느낄 필요는 없다. 지금 내가 해야 할 일은 당신의 책을 읽는 일이다. 그리고 당신의 책을 구하러 책방으로 달려가는 것이다.

아침이 밝아오고 있다. 나는 책방으로 달려가는 남기문을 상상하면서 책상 아래를 내려다본다. 원고지가 쌓여 있다. 세 번이상 고쳐 쓴 것이지만 마음에 들지 않는다. 나는 그것들을 그대로 내버려 두기로 마음먹는다. 나는 커피를 마셨고 두 번째이메일을 읽었다.

노들섬 2

안녕하세요. 선생님! 서점에서 선생님 작품을 만나는 순간 걸음이 멎었어요. 선생님을 처음 만날 때처럼. 새로운 느낌, 또 하나의 선생님이 거기 있는 것 같았어요. 그런데 지금은 내 안에 숨겨진 또 다른 나를 발견한 것이라는 것을 깨닫는 중입니다.

선생님 열정은 제겐 가늠도 안 되는 일이고, 그 열정이 버거워 다가갈 수 없습니다. 작품성 결여로 컴퓨터 앞에서 무수히 좌절했으나 결국은 부족한 사고는 끊임없이 타인과 협조해서 살아가는 숙명적인 과제라 여깁니다.

내 글에 대해서 어떤 형태로든 조언하고 싶어 하시는 선생님께 감사함인지 두려움인지 잘 모르겠는데 떨립니다. 잡문 정도면, 에둘러 말한 선생님의 의도를 알고 정신이 번쩍 납니다.

그래도 선생님처럼 소설가가 돼 보고 싶습니다. 무수히 좌절을 해 보면서 억수로 두들겨 맞겠습니다. 선생님 뜻에 부응한다면

일 년 후 내 모습은….

20.

겨울이 지나고 다시 봄이 시작되고 있다. 3월 어느 날 여자
는 남기문으로부터 전화를 받았다. 남산에 산수유가 만발했으
니 놀러 오라는 거였다. 소설 쓰기와 동시에 꽃가게를 정리하고
남산 자락에 작은 사무실을 마련했다고 했다. 사무실이라니 약
간 어리둥절했다. 하지만 스터디클럽이 중단되었고, 다시 토론
회를 시작하자고 하던 말이 생각나서 알았다고 대답했다. 사무
실에서 독서토론을 하면 좋을 것 같았다. 그리고 대화나 토론은
세 사람이 더 효과적일 것 같았다.

며칠 후 그녀는 남기문 후배인 시인과 함께 찾아갔다. 남산
에 도착하니 바람이 쌀쌀했다. 주차장 벽 양지바른 쪽에 노란
산수유가 눈길을 끌었다. 이런 날씨에 벌써 꽃이 피다니? 차에
서 내려 문을 닫으려는데 남기문이 나타났다.

내가 후배 시인과 함께 온 것을 보고 실망하는 눈치다. 차 키
를 받아들더니, 거칠게 빠른 속도로 좁은 공간에 주차시킨다.
차에게 화를 내고 있었다. 그동안 그는 혹시라도 여자 차에 흠
집이 생길까봐 능숙한 솜씨에도 불구하고 조심했다.

같이 밥을 먹고 차를 마시는 동안, 세 사람을 둘러싼 공기가

버걱거렸다. 그의 표정이 어둡다. 여자는 곧 알아챘다. 질투는 사람을 천박하게도 병들게도 한다는 것을. 시인은 난처한 처지를 얼버무리느라 과장된 몸짓을 해야 했다. '형님 요즘 좋은 일 있나 봅니다.' '산수유를 남산에서 보기는 처음입니다.' 하지만 남기문은 후배인 시인에게 놀라울 만큼 냉담한 태도를 보였다. 세 사람의 만남은 그날로 끝이 났다

여자가 다섯 번째 소설집 『하얀 여름』을 출간하기 보름 쯤 전이었다. 그즈음 남기문은 소설을 쓰겠다는 결심을 한 후부터 내게 선생님이라는 호칭을 사용했다. 선생님이 좋은 책을 쓸 수 있도록 모든 편리를 봐 주겠다고 했고, 시골집을 수리해 두었는데 언제든 집필실로 이용했으면 좋겠다고 했다. 선생님 책이 나오면 오백 권쯤 사겠다고 했다.

"그렇게 많이 어디다 쓰게요?"

"가지고 다니면서 작가님이 내 친구라고 할 것이거든요."

그녀는 말도 안 된다고 거절했다. 호의를 받아들여선 안 된다는 생각이 들었다. 그가 책을 사게 되면 다시 엮이게 될 것 같았다. 그런 일만은 피하고 싶었다. 그러자 그는 오히려 자신을 모욕한다면서 화를 냈다.

약속대로 얼마 후 그는 하얀 편지봉투를 그녀 가방에 넣어 주었는데 안에는 백만 원권 수표 다섯 장이 들어 있었다. 봉투를 돌려주자 그는 성의를 무시한다면서 막무가내였다. 어쩔 수 없

이 책값을 받아 두어야 했다.

소설집 『하얀 여름』에 실린 「신들의 만찬」은 중편소설인데 신에 대한 내 생각이 녹아 있는 작품이다. 남기문이 유독 이 작품을 언급하는 것을 보면 자신의 무조건적인 사랑에 변화가 온 모양이다.

노들섬 3

줄곧 선생님을 생각하며 격려해 주는 메일을 읽고 감격합니다. 참으로 열악한 내 사고와 글을 선생님 문학성에 비유할 수 있을까만 그저 욕심 하나로 지탱하면서 오늘의 내가 되었다는 것에 늘 고맙게 여기고 있습니다.

선생님의 삶에서 많은 것을 봅니다. 철저한 자기관리, 인간관계, 한꺼번에 두 마리가 아니라 세 마리 토끼를 잡고 사는 분입니다. 선생님은 자꾸 높아지는데 저는 두려워집니다. 저와 점점 멀어지는 것 같아섭니다.

『하얀 여름』에서 「신들의 만찬」을 세 번째 읽고 있습니다. 책에 밑줄 친 부분은 다음과 같습니다.

당신을 못 잊는 것은, 당신이 아니라 당신으로부터 온 내 기억이지요.

사랑은 배신을 전제로 해야 손해를 보지 않는다.

"사랑은 고통을 동반한다는 것 때문에 두려웠다"는 작가 노트는 다섯 번이나 읽었습니다. 날씨가 갑자기 차가워졌습니다. 따뜻한 차림이 필요할 것 같습니다.

21.

남기문을 다시 만난 것은 가을이 시작될 무렵이다. 여름 내내 소식이 없어 그의 존재를 잊고 있었다. 어느 날 전화벨이 울렸다. 남자였다. 들뜬 목소리였다. 서울 근교에 자연식으로 밥상을 차리는 집이 있으니 안내하고 싶다고 했다. 한동안 소식이 없었는데 좋은 일이 있는 것이 분명한 듯 했다. 밥 먹은 일쯤은 어떠랴 하고 차에 올랐다.

차가 국도를 달리고 있다. 남한산성 정상 수어장대가 있는 곳이 청량산이고 동쪽에 있는 산이 검단산이다. 남한산성에서 광주의 쌍령을 넘어가는 길은 녹색 터널 속을 지나가는 느낌이 들게 했다. 차가 멈춘 곳은 웰빙 음식점 앞이다. 한 눈에 유명한 건강식 집이란 걸 짐작할 수 있다. 안으로 들어서자 유리창 밖으로 소나무 숲이 출렁인다.

둘은 창가에 자리를 잡았다. 남기문은 가방을 어깨에 메고 있었다. 가방을 탁자 위에 내려놓더니 책을 한 권 꺼내 들었다. 그녀가 발표한 중편소설 『피에타』가 실린 계간문예지였다. 그 책은 일주일 전에 출간되었는데『피에타』는 어머니를 떠올리면서 쓴 작품이다. 책 표지가 너덜너덜했고 책갈피 사이에는 군데군데 쪽지가 꽂혀 있었다.

곧이어 식사가 나왔다. 남자는 먹을 만한 반찬을 집어서 밥 위에 얹어 준다. 나는 그를 향해 웃으려고 했다. 하지만 짧은 순간, 눈 둘 곳을 찾아 허둥거려야 했다. 그의 마음을 받아들이지 못해서 미안하고 그래서 어색했던 것이다. 마음을 들킨 것 같아서 나는 급히 눈을 아래로 깔았다. 순간 그의 얼굴 위로 곤혹스러운 표정이 지나가는 게 보였다. 매번 어긋나는 기대에 지쳐버린 걸가? 평상시 그는 나를 만나면 활기차고 말이 많은데 그날따라 말이 없었다.

"설정주 씨, 나 소설을 썼어요."

남기문이 입을 연 것은 한참 후였다. 부끄럽다고 했다. 하지만 그의 얼굴에는 만족스럽고도 당당한 표정이 떠올랐고 그게 훨씬 보기 좋았다. 그가 어떤 소설을 썼는지는 그리 중요치 않다. 중요한 것은 열정을 가지고 소설에 임했고, 그가 묵묵히 소설이라는 길 위를 걷고 있다는 것이다.

"잘 됐네요. 주제가 뭐지요?"

그녀가 물었다.

"어머니에 대한 얘기입니다.『피에타』를 읽으면서 돌아가신 어머니가 떠올랐습니다. 어머니의 슬픈 인생을 뒤돌아보니 안타깝고 허탈해서 어머니의 삶을 썼습니다. 일종의 사모곡인 셈이죠."

남자가 꺼내는 이야기는 어머니에 대한 얘기뿐이다. 지하철 안에서 어깨에 띠를 두르고 '예수를 믿읍시다'라고 절규하는 사람을 보는 것 같은 기분이 들게 했다. 그의 어머니라면 알고 있다. 신혼 때만 해도 어머니가 아버지를 사랑했음은 의심의 여지가 없다. 마을 사람들은 어머니가 아버지 없이는 살 수 없으리라 생각했다. 그러나 아들이 열두 살이었을 때 남편을 다른 여자에게 빼앗겼고 그 후 동네 산 아래에 있는 교회에서 기도로 세월을 보냈다고 들었다.

그런데 왜 갑자기 효자가 된 걸까? 학교 다닐 때 그는 어머니 속을 많이 썩였는데, 툭 하면 학교는 가지 않고 패거리지어 떠돌며 망나니짓을 했다. 그의 말로는 못난 아들에 대한 희망을 접고 어머니 자신을 위해서 살라고 그랬다고 했다. 잡초처럼 버려질까봐 두려워서 관심을 끌고 싶은 마음도 있었다고 했다. 자신이 속한 울타리를 벗어나 다른 세계에 뛰어들고 싶었다고도 했다.

생각해보면 그가 어머니를 그리는 지극한 마음을 이해 할 수 있다. 그러나 소재가 너무 진부하다. 그에게 어떻게 말해야 줘야 할지 난감하다.

"신은 어머니 죽음에서 우리에게 어떤 생각을 하라고 했을까요? 우리가 기억하는 한, 어머니는 부활하고 있겠지요. 아들의 가슴에서 새로운 모습으로……."

"미처 생각 못했지만 그렇군요. 작품을 써서 어머니를 살려 내고 싶어요."

"우리가 왜 슬플까요?"

그녀는 앞에 앉은 그를 쳐다보았다.

"우리가 왜 슬플까요? 어머니의 죽음 앞에서 슬픔을 느끼는 것은 가족과 자식을 위해서 자신을 헌신하고 자신의 삶을 희생시킨 사랑에 대한 경외감과 그런 사랑에 보답하지 못한 자신의 불효를 자책하기 때문이겠죠. 그래서 우리 가슴에 어머니를 떠올리면서 잠시나마 부활시켜 보려는 것입니다. 하지만 더 큰 이유는 내 유년이 사라졌다는 상실감이 아닐까요? 어머니가 이젠 이 세상 사람이 아니므로, 아무도 자신의 유년을 기억하는 이가 없다. 세상에서 내 유년을 기억하는 단 한 사람이 사라졌다는 상실감 말입니다. 인생의 반 토막이 뭉텅 잘려나간 기분일 것입니다. 어머니 가슴 속에 들어 있던, 유년의 날들이 갑자기 잘려 나갔다고 생각해 보세요."

"작가는 남보다 앞선 생각이어야 하는데, 설정주 씨 말을 듣고서야 깨닫게 됩니다. 늘 뒤처지고 있다는 것을 깨우쳐 줍니다."

남기문은 잠시 어색한 침묵을 지키다가 고개를 돌려 시선을 한동안 창 밖에 두었다. 그의 시선을 따라가 보니 소나무 숲이 바람에 흔들리고 있었다. 그의 입이 꾹 닫혀 있다. 어금니는 꽉 물려있고 주먹은 불끈 쥐어져 있다. 그는 중대한 거사를 앞두고 결전의 의지를 불태우는 전사처럼 보였다.

그녀는 생각했다. 나는 조금 전 그의 입술이 바르르 떨리는 것을 보았다. 내 예감은 틀린 적이 거의 없다. 그건 중대한 결단을 내릴 때 나타나는 무의식적인 행동이다. 하지만 나는 나 자신을 잘 안다. 나는 요즘 너무 예민해져 있다. 빨리 집에 가서 원고를 챙겨야 한다. 나한테 중요한 것은 원고를 책상 위에 올려놓고 다시 꼼꼼하게 읽어보는 일이다. 그래서 나는 빨리 집으로 돌아가야 한다. 이런 저런 생각으로 머릿속이 복잡해지려 할 때 그가 나를 쳐다보고 있는 느낌이 들었다.

"그런데 한 번 봐 줘야겠어요. 영 자신이 없어서……."

침묵을 지키던 그가 말을 꺼냈다.

작품을 봐 달라고 부탁하는 거였다. 그는 원고를 꺼내려고 옆에 놓아 둔 가방을 집어 들었다. 순간 나는 깜짝 놀랐다. 못 본 동안 얼굴이 많이 창백해져 있다. 왜 여태 그걸 못 알아봤을까. 다른 어느 때보다도 더욱 더 소설에 집중했던 것이 틀림없다. 매끈한 피부와 눈웃음은 간데없고, 눈 그늘이 무섭도록 깊었다. 다크 서클이 깔린 눈자위를 보자 나는 연민이 솟는다. 왜 저렇게까지 고민하면서 악착같이 소설을 쓰려고 할까? 난처했으나 대답을 해 주지 않을 수 없다.

"어쩌죠? 이달 말까지는 시간 내기가 어려워요."

그즈음 몰입하고 있는 작품이 있어서 부탁을 들어줄 수 없었다. 월말까지 K출판사에 원고를 보내야 했기에 시간을 빼는 게 힘들었다.

"보름 후라야 시간이 나는데요."

내 말을 듣고 난 그는 눈시울이 붉어졌다. 축축이 젖어 부풀어 두 눈으로 앞만 뚫어지게 쳐다봤다. 침묵이 흘렀다. 그는 한참 후 입을 열었다.

"할 수 없지요."

남기문은 원고가 든 가방을 도로 닫았다. 눈 주변은 거무스름하고 눈꺼풀은 빨갛게 부어오른 상태였다. 분위기가 무겁게 가라앉아 있었다. 물론 나는 그의 말이 무엇을 의미하는지 알았다. 더욱 수심이 깊어졌고, 더욱 창백해진 그의 얼굴을 보았기 때문이다. 하지만 지금은 어떻게 해줄 수 있는 상황이 못 되었다. 이담에 부탁할 때 그때가서 봐 줘야지. 별 생각 않고 헤어졌다.

그로부터 얼마 뒤에 그는 두 통의 이메일을 보내왔다. 하나는 2020년 6월 15일, 다른 하나는 6월 20일 보낸 것이다.

22.

노들섬 4

시간이 없네요. 설 선생님이 그런 말을 할 때 제 가슴은 무너집니다. 아주 어렵게 수백 번을 벼르다 한 말인데. 참으로 열악한 내 사고와 글에 선생님의 첨삭, 조언을 원했어요. 선생님에게 기대려고 하는 것은, 선생님이 열 번의 결실을 맺을 때 나는 한 번이라도 결실을 원하고 이룰 수 있다면 하는 것입니다. 꿈만은 아니겠지요.

노들섬 5

선생님의 격려 말조차 빳빳한 나뭇가지가 되어 나를 후려치는 것 같이 아팠습니다. 인정하면서도 서운했고, 선생님의 옆이나 한 귀퉁이에서라도 바라보도록 내버려두어도 될 텐데 하는 아쉬움이 있었지만, 그건 선생님 자유잖아요. 제가 모자라기 때문인데 어쩔 수 없다는 생각이 들었습니다.
솎음을 당하는 기분을 아세요? 과일이나 채소에서 구실 못할 물건을 초장에 버리잖아요. 선생님의 여린 정서로 저를 솎아내려는 손이 무거웠을 거라는 생각을 해 봤습니다. 저 자신이 잡초처럼 내동댕이 쳐진 것은 아닐까 하는 생각이 들었고, 끝까지 버텨내지 못한 자신의 무능으로 밀려난 느낌이었습니다.

그럼에도 다시 살아나려는 저는 밀려나지 않으려고 발버둥을 치고 있습니다. 부정적인 생각은 저를 해치는 일이라는 것을 뒤늦게 깨닫고 있습니다. 선생님을 위해 품위를 지키려고 하고, 어디를 가든 어깨를 들어 올리며 글에 대한 내 생각을 자랑스럽게 말하렵니다. 저는 단언할 수 있습니다. 선생님을 만난 것은 제게 행운이라고.

그녀는 이메일을 뚫어지게 바라보았다. 어리둥절하다. 버림받고 배반당한 한 사나이의 진짜 슬픔이 그녀를 어리둥절하게 하는 것이다. 자신은 별 생각 않고 한 얘기였으나 그에게 큰 타격을 주었음을 그녀는 확인했다. 하지만 이미 엎질러진 물이었다. 남자는 '숨음을 당한 기분'이라고 적었다. 나는 자신의 거절과 무심한 태도가 그의 신경을 극도로 자극했음을 알아차렸다.

그를 상상해 본다. 그들을 하나로 묶은 미래를 향해 헤쳐 나간다고 생각했다. 한데 갑자기 그 길이 사라져 버린다면? 더 이상 길이 없는데 어디로 간단 말인가? 남자는 마치 하나의 조각상처럼 굳은 듯 꼼짝도 않고 서 있다. 퉁퉁 부은 두 눈은 그녀의 몰이해와 냉담을 비난하고 있다.

그러나 그녀에게도 할 말은 있다. 우리가 소설책을 사는 것은 이야기를 읽기 위해서다. 스토리도 없는 문장을 소설이라고 가지고 와서 몇 번 스토리를 만들어 주었던 적이 있다. 줄거리와 순서도 없어서 온통 이해할 수 없는 황당한 소리뿐이었다. 생각들을 이야기로 연결시켜 보라고 했다. 그런데 그는 그것으로 끝이었다. 다음 스토리를 기다리며 나를 쳐다볼 뿐이다. 끝없이 나만 바라보는 그가 지긋지긋해질 수밖에. 결국에는 다 써주어야 한다는 얘기가 아닌가. 어떻게 그의 창작 욕구를 다 들어줄 수 있단 말인가?

어느 날 나는 도서관에서 돌아오다가 연립주택 앞에서 소포 하나를 받았다. 보낸 사람은 남기문이었다. 내용물을 들추어보고 싶은 조급한 마음에 나는 허겁지겁 층계를 뛰어 올라갔다. 방으로 들어가자 문 닫는 것도 잊어버리고 내용물을 살폈다.

안에는 책 한 권이 들어 있었다. 모르는 계간지였다. 그가 신인상을 받고 등단했다는 소식을 들은 것이 사흘 전이다. 방에 선 채로 책을 열고 목차를 살핀다. 남기문이 신인상을 받은 것이다. 드디어 해냈다! 그녀 앞에서 마침내 날개를 펴고 창공으로 날아오르는 순간이다. 반가워서 책을 보기도 전에 전화를 넣었다. 축하한다고. 작품을 봐 달라고 어렵게 부탁했는데 거절했던 것이 미안했다.

몇 장 넘겨 보았다. 등단작품을 읽던 그녀는 자신도 모르게 고개를 저었다. 기쁨은 잠시였다. 곧 착각이었음을 깨달았다. 작품을 읽어 내려가면서 실망을 감출 수 없었다. 그녀는 가슴을 쳤다.

제목은 「떠돌이」였는데, 늙은 개에 대한 이야기였다. 공터에 버려진 개를 발견하고 집에 데려와 치료해 주었는데 어느 날 돌아와 보니 개가 죽어 있었다. 다음 날 아침 공터에 묻어 준다는 내용이다. 개의 죽음을 그린 단편소설이다.

자신이 떠돌이라고 여겼기 때문일까. 사랑받는 애완견이 아니라 세상에서 버림받은 개라고 여겼기 때문일까. 제목은 괜찮았다. 하지만 소설이라고 할 수 없었다. 조금만 더 배려했으면 하는 아쉬움, 등단 작품만이라도 손 봐 줄 것을 하는 후회로 자책했다. 생각할수록 미련스러운 그가 한심하고, 그런 마음을 헤아리지 않은 자신도 한심하기는 마찬가지였다. 그가 이렇게 급작스럽게 등단할 줄은 몰랐다.

그렇게 시간이 촉박했으면 말해 줬어도 되는데. 그렇다면 내 작품을 뒤로 미루고 봐 주었을 텐데. 연민이 치밀어 오른다. 그는 소설에 몰입하면서 건강을 해치고 있었다. 방안은 열기로 곧 터져버릴 것만 같았다. 여자는 그가 부르는 이상한 노래를 듣는 착각에 빠져 들었다. 마침내, 그는 노래를 끝내고 마지막 말을 던지는 듯했다.

"어떻게 하든 겨울에는 책을 낼 겁니다."

그녀는 컴퓨터를 열고 그동안 그가 보냈던 이메일을 찾아 읽기 시작했다. 사흘 전에 보낸 이메일은 이랬다.

노들섬 6

2년 전 선생님을 만나면서부터 지금까지 가당치 않은 꿈을 꾸면
서 허둥대던 시절이었습니다. 그동안 어떻게든 문단에 이름을 올
렸습니다. 등단이라는 문턱을 넘은 것이 별것이 아닐 수 있으나
그것이 인정이고 관문이니 세정을 따랐습니다.

23.

　새벽이었다. 커피를 마시고 있는데 휴대전화기에 문자가 뜬
다. "아 살고 싶어!"라는 메시지였다. 청천벽력이다. 누군가 지
금 옆에서 살고 싶다고 절규하고 있다. 그녀가 아는 사람 중에
는 새벽에 이런 문자를 보낼 만한 사람이 없다. 언듯 끝번호가
친구 현주 번호 같았다. 전화를 걸어 다짜고짜 물었다.

　"현주, 별일 없니?"

　"응 웬일이야. 아무 일 없어."

　"정말 아무 일 없는 거지?"

　재차 확인해 본다. 한참을 앉아 있었다. 누가 보냈단 말인가?
남기문이 휴대전화로 문자를 보내는 일은 드문 일. 주로 전화를
하거나, 말로 하기 곤란하거나 긴 내용일 경우에는 이메일을 보

낸다. 주변을 두리번거리던 그녀는 다시 한 번 메시지를 보았다. 유심히 보니 남기문의 전화번호다. 무슨 일이 일어난 걸까? 전화번호를 눌렀다.

"설정수 선생! 나 간암이래."

울음 섞인 소리가 들려온다. 말할 수 없이 비통하게 들린 울음소리가 꽝 소리를 내며 방안에 부딪친 듯했다. 소식이 뜸했던 남기문이 암으로 투병 중이라니! 짧은 기간에 왕성한 필력을 자랑해 온 그였기에 이 소식은 사태의 심각성을 부추겼다. 분명 그는 지금 죽어가고 있다. 상태가 절망적이지 않다면, 한밤중에 전화를 걸지는 않을 것이다.

"근데 살 수 있을까? 겁이 나!"

전화 속에서 목소리가 떨린다.

"진정하세요. 지금 어떤 세상인데 그런 생각을 해요. 적절한 치료만 받으면 당연히 나을 수 있어요. 내가 책임지고 장담할게요."

여자는 억지로 침착한 척하며 허세를 부렸다.

허세를 부릴수록 손이 떨려온다. 그토록 마음에 들어보려고 애쓴 그, 소설을 써서 나와 같아지려고 한 그가 새삼 가슴을 아리게 한다. 그의 노력을 옆에서 지켜 본 사람으로서 한 인간의 몸부림이 가엾게 느껴진다. 나를 사랑해 보려고 했고, 냉담한 내게서 좌절을 맛 본, 그림자처럼 얼쩡대든 사람이다. 그녀는 깊숙이 그의 고독을 이해한다. 더 이상 방치할 수 없다. 평소 무엇이든지 가슴에 넣어두면 상처가 된다고, 뱉어내라고 했다. 그가 원한 것을 모른 체 하면서도 상처를 쌓아두지 말라고 했던 셈이다.

그녀가 남기문을 만난 것은 두 달 후였다. 지하철 여의도역 부근에서였다. 그는 병원에서 항암치료를 받으며 투병을 계속해 왔다. 아주 고통스러운 치료 과정을 꿋꿋하게 견뎌내고 있다고 했다. 12주의 항암치료를 받는다고 얘기해 주었다. 그녀는 자신의 눈을 믿을 수가 없었다. 상상했던 것과 달리 침착한 모습, 편안해 보였다.

"와! 남 선생 왜 그렇게 멋있어졌어요?"

그녀가 웃자, 그가 진지하게 대답했다.

"선생님이 그랬잖아요. 캐쥬얼보다는 양복이 어울릴 것 같다고. 나름대로 생활 패턴을 바꾸려고 합니다. 이제야 철이 든 건지 모르겠습니다."

처음 만났을 때 도저히 그를 봐 줄 수 없다고 생각했고, 아무리 노력해도 마음을 바꿀 수 없다고 생각했다. 코앞에서 얼굴을 들이밀며 웃을 때 하얀 이빨들이 튀어나오는 것도 혐오했고, 노골적으로 좋아하는 것도 지겹고 부담스러워 질색했다. 그때 생각은 그가 조금만 감정을 조절한다면 혐오감은 덜할 것 같았다.

지금은 그녀가 원한 대로 그가 진지해졌다. 불행하게도…….

"이젠 웃고만 살아야겠지요. 그러면 좋아진다니까."

"그렇고말고요."

그녀는 고개를 끄덕였다.

그에 대한 무조건의 거부감, 과연 자신이 그를 비하하거나 멸시할 자격이 있을까. 글에 대한 질책 또한 과거의 자신을 생각하지 못한 교만이었다. 그건 인간에 대한 예의가 아니었다는 생각이다. 이제 그에게 받은 사랑만 생각하기로 한다. 사람의 마음이란 간사해서 이젠 미안하고, 안쓰럽고, 연민으로 가슴이 아프다. 그녀는 갑자기 마음이 바뀌게 된 자신을 들여다본다. 모든 건 마음먹기에 달렸다는 말을 실감한다. 자신의 마음도 뜻대로 다스리기 어렵다고 생각한 일도 이젠 다르다. 그토록 마음을 주려고 해도 안 되던 일이었는데…… 이건 불길한 징조다.

아무리 긍정적인 생각을 하려고 해도, 세상이 좋아졌어도 간암 말기라면 순탄치 않을 것 같다는 느낌이 왔다. 덜컥 뜻하지 않은 불행이 찾아와 그의 육신과 문학적 이상을 꺾고 말았다.

24.

택시가 기도원 앞에 도착한 것은 맑은 여름 날 오후 2시쯤이었다. 산들이 그들을 에워싸고 있다. 나무숲이 울타리 노릇을 하니 별도의 담장이나 출입문이 필요 없었다. 남기문이 기도원에 가겠다고 말한 것은 출발하기 3일 전이다. 기도하면서 하느님의 품에서 쉬고 싶다고 했다. 그녀가 극구 말렸지만 그는 돌아가신 어머니가 하느님에게 가까이 가게 하려고 고난을 주신예시인 것 같다고 했다.

지나온 삶을 성찰하고, 신과 깊은 대화를 나누고 싶다는데 반대할 수가 없었다. 마음의 안정을 찾겠다는데 무슨 말이 필요할까? 함께 가주겠다고 했다. 그가 들고 있는 가방 속에는 노트북, 성경책, 책 서너 권과 필기도구, 옷가지가 들어 있었다.

기도원 입구 연두색 펜스 너머 나무 사이로 플래카드가 보여서 발걸음을 멈추었다. 거기엔 이런 말이 적혀 있다. "너는, 영생하리라!" 그들이 소나무 숲속을 오 분쯤 걸어가니 천막으로 만든 가건물이 나타난다. 숙소 겸 철야기도 장소였다.

안으로 들어갔다. 어떻게 왔느냐고 남자가 물었다. 60세 초반인 사내였다. 사내 뒤를 따라 주위를 둘러보았다. 천막 뒤에 골고다 언덕이 있고 커다란 예수상이 보인다. 사내는 자유시간이 주어지면 개인별로 거기에서 기도한다고 일러준다.

이백 평쯤 되는 공간에는 조금 높은 곳에 목사가 설교하는 강대상이 보이고, 그 아래에는 돗자리가 깔려 있다. 여기저기 누워 있거나 휠체어에 앉아 있는 사람들이 눈에 띈다. 따라다니며 설명하는 사내가 묻지도 않은 말을 한다.

"기도원에 와서 기도하면 응답 안 되는 일이 없답니다. 엄청난 기적이 있죠. 아픈 사람은 병을 고치고, 그리고 직장이나 가정에 문제 있는 사람은 다 해결됩니다."

그러면서 지금은 쉬는 시간이라 한가하지만 예배 시간이 되면 사람들로 가득 찰 거라고 했다.

그녀는 시계를 들여다보았다. 오후 5시. 서울로 올라가야 할 시간이다. 기도원 오는 차 안에서 했던 말을 반복하면서, 잘 먹고, 몸을 혹사 시키지 말라고 거듭 부탁한다. 일단 기본 건강을 챙겨야 할 필요가 있었다.

"첫째, 신께 의탁하는 정신적인 안정도 중요하지만, 병을 이길 육체적 영양분도 필요합니다. 꼭 식사를 거르지 마세요. 둘째, 안정을 찾으려 이곳에 왔으니 몸을 혹사하지 마세요. 희생이나 기도보다 마음이 원하는 대로 하세요. 신은 자신이 창조한 아들이 없는 죄도 들춰내가면서까지 고해성사를 하고 회개하는 것은 원치 않을 것 같습니다. 마음 속 깊이 회개가 얼마나 많은 에너지를 소모시키는 것인지 아세요?"

이렇게 말하고 그의 손을 잡았다. 금식기도를 하지 말라는 그녀 뜻을 알고 남기문이 빙그레 웃었다. 잠시 후 그가 한마디 던졌다.

"우린 모두 죄인이니까요, 내가 모르는 죄도 있을 것 아네요?"

그녀가 대답했다.

"신은, 우리 부모와 같습니다. 자식을 지켜보는 부모는, 자식이 즐겁게 살아가길 원할까요? 아니면 아픈 몸을 이끌고 죄인이라고 지지궁상을 떨면서 살아가길 원할까요? 남 선생 말대로 우리는 모두 죄를 지으며 살아가지요. 건강하게 태어난 몸을 관리 못하는 죄, 자신의 몸을 돌보지 못하는 죄 말입니다. 분명한 것은, 우리에게 생명을 준 신은 우리가 마음 편하고 행복하게 오래도록 살길 원한다는 것입니다."

기도원에 남기문을 남겨두고 집으로 돌아왔을 때는 밤이었다. 그녀는 침대 위에서 깜빡 잠이 들었는데, 이상한 꿈을 꾸게 되었다.

잠이 깬 후에도 가장 또렷하게 생각나는 것은 기이한 장면들이다. 죽었다는 그의 아내가 노려보고 있어서 고개도 들지 못하고 앉아 있었다. 몇 미터 떨어진 곳에서 문이 하나 열리더니 남기문이 나타났다. 그는 소설을 쓰다가 왔다면서 마지막으로 여자를 보러 왔다고 했다. 그의 아내를 피해 남기문에게 가려고 해도 꼼짝할 수가 없었다. 몸집이 크고 다부진 여자였다. 죽지 않은 아내는 집요해 보이기도 했고, 고독해 보이기도 했다. 잠에서 깨어난 그녀는 침대에서 일어나 책상 앞으로 갔다. 이상한 나라의 숲속을 헤매고 있는 듯한 기분이 들었다.

25.

기도원에서 남기문이 나온 것은 두 달 후였다. 안색이 나쁘고 더 수척해 보인다. 눈 그림자도 더욱 깊어졌다. 영양을 충분히 섭취하고 휴식을 취해야 하는 상황에서 금식 기도라니! 이성적으로 처신하겠다던 그가 꺼져가는 생명 앞에서 무모해지는 모습이 안타깝다. 기도원에서 하느님의 응답, 신의 소리가 들리더라고 했다. '너의 생명은 결코 멸하지 않을 것이며 하느님을 증거 할 시간을 주겠다'는 확신이 왔다는 거였다.

그녀가 어이가 없어하자 그가 말했다.

"제게 소설을 쓰라는 계시 같았어요."

맑은 미소가 편안해 보였다.

"내년 봄에는 어떻게든 책을 내려고 합니다."

다시 얼굴에 미소가 떠올랐다.

그녀는 남기문에게 마음을 열었다. 그도 어떤 의도나 욕심 없이 문학에 대해 이야기를 나누게 된 것을 즐거워했다. 나를 향한 사랑은 여전했고, 무엇이든지 주려고 했다. 그녀는 문득 그에게 처음으로 호감을 느꼈던 날이 생각났다.

여름이 끝나고 가을이 시작될 무렵이었다. 그때 나는 '용우회' 일행과 산행을 마치고 내려오고 있었다. 길이 수월해서 선두를 따라 열심히 내려왔다. 내리막길 아래 넓적한 바위를 향해 건너 뛰었다.

발이 허공을 갈랐다. 발이 바위 위에 닿는 순간, 나는 잘 못되었음을 깨달았다. 휘청. 흔들리는 몸의 균형을 잡느라 힘을 꽉 주었다. 하지만 이미 늦었다. 단단히 박혀 있는 줄 알았던 바위는 아랫부분이 부실했던 것이다. 건들거린 바위를 딛는 순간 비틀거리면서 중심을 못 잡고 굴러 떨어졌다. 어! 비명을 지르며 산 아래로 미끄러져 내려갔다. 머리가 바위에 부딪칠 것 같아 급히 오른손으로 땅을 짚었다.

손바닥이 찢어지고 피가 났다. 주변 사람들이 놀라서 쳐다보았다. 그때 누군가 부리나케 달려와서 어찌할 줄 몰라 하다가 땅바닥에 쪼그리고 앉았다. 그런 자세로 머리를 숙인 채 그는 팔을 잡고 이리저리 돌린다.

남기문이었다.

"정주 씨 많이 아파요. 뼈는 괜찮은가 모르겠습니다."

길게 긁힌 상처에 송글송글 피가 맺힌다. 손바닥에는 모래가 박혀 있었다. 마사토가 흘러내린 길에 굵은 모래가 넘어지면서 짚은 손바닥을 찢어 놓은 것이다. 나는 손을 감싸고 주저앉았다. 넘어진 모습 그대로 멍하니 쓰러져 있을 뿐이다. 핏줄기가 새나오고 손바닥이 저려온다. 그는 손바닥을 들여다보았다. 손바닥 한가운데에 핏방울이 보였다.

"이게 다 내 잘못입니다."

탄식을 토해 낸다.

"내려오는 길이 더 어려운 것을. 가랑잎 속에 숨어 있는 얼음
만 미끄러운 게 아니라 경사진 곳에 있는 모래가 더 위험할 수
있어요."

그는 난처한 표정을 지으며 손수건으로 흘러내리는 피를 닦
아낸다. 그리곤 자리에서 벌떡 일어서더니 배낭을 내려놓고 무
언가 꺼냈다. 연고와 압박붕대였다. 배낭에서 꺼낸 연고를 손바
닥에 바르고 진지한 표정으로 압박붕대를 감기 시작했다. 그녀
가 남기문을 쳐다보며 호감을 느낀 것은 그때가 처음이다.

26.

기도원을 나와서 고향으로 내려간 남기문이 어느 날 소식도
없이 그녀 앞에 나타났다. 양손에 커다란 가방을 들고 있었다.
그는 조금은 조급증을 가진 사람처럼 행동했다. 마치 군대의 행
군과도 같았고 절반은 달리듯 했다.

"이것 좀 봐요!"

그의 목소리는 들떠 있었다.

"설정주 선생을 생각하면서 키웠는데 제일 먼저 수확한 것이
라는 것만 알아줘요."

고향 텃밭에서 직접 재배한 토마토였다.

"어떻게 이렇게 크게 키웠나요?"

"좀 뭣하지만 계분을 주었습니다."

슈퍼 토마토가 얼마나 큰지 하나를 썰어 놓아도 커다란 접시에 넘칠 정도였다.

"내년에도 제일 먼저 예약을 해야겠네."

"물론이죠. 설 선생에게 제일 먼저 드리겠습니다."

그는 내년에도 달라는 그녀 말에 감동했다. 그녀가 해줄 수 있는 말이 그뿐이고, 덕담이라는 말을 알고 그녀 마음을 받아들인 것이다.

"그런데 내년까지 가려나?"

"물론이죠, 걱정 말아요."

고속버스터미널역에 있는 Y문고 앞이었다. 병원에 다녀 온 남기문은 삼 개월 만에 그녀를 만났다. 눈 그림자가 깊어 보였지만, 악수를 청한 그의 손에는 힘이 넘쳤다. 그것은 그가 건강을 되찾고 있음을 의미했다.

"십 년은 끄떡 없겠네."

그녀가 깜짝 놀라자 그도 따라 웃는다.

병원에서 의사가 이제 회복기에 들어섰고 조만간 시골 농장에 가서 요양을 할 수 있게 되리라고 말해 주었다고 했다. 그들은 2층 레스토랑에 자리를 잡았다. 점심식사는 또 다른 잔잔하고 가슴 뭉클한 즐거움이었다. 그는 추억에 잠긴 듯 어렴풋한 미소를 떠올렸다.

인간이 신을 만들었다는 그녀 주장에 남기문은 깜짝 놀랐다. 동그레진 눈으로 그녀를 빤히 쳐다보았다. 놀라는 모습이 우스워서 그녀가 웃자, 그도 따라 웃었다. 그녀는 우주창조가 우연에 의한 물리법칙에 의한 것이라는 생각이 신의 뜻에 의한 창조 이론보다 더 매력적인 것 같다고 했다. 그가 결정론이나 운명론에 빠지지 말고 자신이 주도적인 생각을 가지라는 뜻으로 한 말이었다.

점심을 먹고 나오면서 둘은 커피숍에 들러서 테이크아웃해서 커피를 마시면서 거리를 걸었다.

남기문은 행복감과 함께 도시를 둘러보았다. 한때 간절해 있어도 설 선생은 꿈쩍하지 않았는데 지금은 그런 것이 모두 멋진 추억이고 아름다운 시간이라고 했다. 그동안 썼던 작품을 모아 책을 출판할 거라면서 지금의 행복한 마음을 표현할 길이 없다고 했다. 함께 보낼 시간을 연장하기 위해서, 그들은 지하철 4호선을 타고 혜화역에 내려서 대학로를 거닐었다. 그녀는 남기문에게 진정으로 원하는 삶을 살아가라고 이야기해 주었다.

남기문은 정기검진 받으러 병원에 다녀와서 다시 소식 전하겠다고 말했다. 그리고 나서는 앞으로 더 많은 시간을 그녀와 함께 할 수 있겠다고 했다. 물론입니다, 하고 그녀가 대답했다.

그는 그녀를 부를 때 선생님이라 하기도 했고, 정주 씨라고 했다. 그에게 새로운 날의 초록빛 속에서 모든 것들이 다시 옛날처럼 되돌아오고 있었다. 헤어질 때 남기문은 벅차오르는 가슴을 가까스로 진정시키며 그녀에게 말했다.

"설정주 씨, 내년 봄에 내 책이 나옵니다. 그럼 다시 만날 때까지……. 오늘 즐거웠어요."

남기문은 며칠 후 그녀에게 이메일을 보냈다. 처음으로 그녀에게 당신이라는 호칭을 사용했다.

노들섬 7

기쁘고, 즐겁고, 만족하고, 멋있어 보였을 때 사람들은 무슨 말로 표현할까. 나는 행복이라는 말로 표현하려고 한다. 지난 수요일 전에 없던 행복을 경험했다.

엘리베이터를 타고 내려와서 커피점에 들러 테이크아웃 컵을 손에 들고 마시며, 골목길을 걸으며, 그리고 지하철을 타고 환승하며 지하철 안에서 30분이라는 시간 속에 있었던 일이 행복이었다. 특별히 나눈 대화도 없다. 평범한 오후 한때의 일상이었다. 그 일상이 아름다웠다. 십 년은 끄떡 없겠네. 당신의 혼잣말, 그냥 지나치는 말이었다고 해도 내 감동은 충분했다.

이 년 전에는, MB정권 임기까지만 살았으면 했는데……. 세월은

급해 있고 내 투정을 당신은 일소에 부치고 격려했다. 좋아 보여요. 좋아졌어요. 내게 꼭 살아야 한다는 것을 누구보다도 강조했다. 알면 알수록 모를 신비함이 당신에게 있다. 당신 말을 믿고 싶다.

27.

2020년 11월 축축한 가을날 새벽. 나는 내설악에 위치한 만해마을 '문인 집필실'에 칩거하여 새로운 작품을 구상하려고 머리를 쥐어짜고 있었다. 이곳에 온 건 한 달 전이다. 10월과 11월 두 달 계획으로 머물고 있다. 하얀 콘크리트 5층 건물 집필실에 자신을 가두면 작품을 쓸 수 있을 것 같아 작정하고 찾아온 것이다. 이제 그녀는 창작에 몰두했고, 그래서 잠시도 중단되지 않는 미친 듯한 행복을 맛보고 있었다. 하루 열다섯 시간씩 작품에 매달렸고 밤을 새울 때도 많았다. 창문 너머로 새벽이 오는 걸 바라보면서 커피를 마셨고, 그리고 다시 작품을 썼다.

11월 셋째 일요일 오후 1시. 1층 식당에서 점심식사를 마친 후 나는 자신의 집필실로 올라갔다. 커피를 마시면서 컴퓨터를 켜는 순간 매우 낯선 느낌을 받았다. 메시지 함을 열고 내용을 확인했다.

노들섬 8

설정주 씨! 영원히 안녕!

내 사랑, 설 선생님, 그대를 만난 것,

내 옆에 있어서 행복했습니다.

짧은 내 삶에 사랑을 할 수 있었다는 것, 고맙습니다.

예기치 않은 의료 실수인가 봅니다.

움직일 수 없으며 만날 수도 없습니다.

내 사고 능력도 점점 쇠잔해 갑니다.

내 사랑, 설 선생님 모든 것이 고맙습니다.

기억이 아주 사라지기 전 마지막 순간까지 선생님을 떠올려 보렵
니다.

건강을 염려해준 선생님의 사랑 잊지 않고 떠납니다.

행복과 문운을 기원합니다.

영원히 안녕…….

그녀는 가만히 앉아 있었다. 감히 움직일 엄두가 나지 않는
다. 노들섬의 메시지. '영원히 안녕'이라는 글자가 점점 커다랗
게 확대되어 시야를 파고 든다. 일어난 일을 도무지 알 수 없다.
한동안 우두커니 앉아 있었다. 갑자기 머릿속이 텅 비고 현기증
이 인다. 지난 번 그를 만났을 때 눈 그림자가 더욱 짙어졌던 기

억이 난다. 어두운 눈길이 불길했고 삶의 끈을 놓칠 것 같은 느낌이었다. 그녀는 조급해져서 급히 답장을 보낸다.

남 선생님이 우울해 하면 저도 축 처지게 됩니다. 선생님의 웃는 모습을 보면 저도 같이 기분이 좋아지거든요. 이메일을 받고 우울했습니다. 병원에서 그렇다고 해도 통증만 없으면 자신이 아프다는 것을 잊고 사셨으면 합니다. 하루를 한 달, 혹은 일년으로 늘려서, 아끼면서 산다고 생각하면 조금은 편안할 것 같아요.

병원에 입원하기 전엔 건강해 보였는데 갑자기 악화 되었다니 믿기지 않습니다. 기운을 내시고 퇴원하면 꼭 시간을 내주세요. 남 선생! 우리 그냥 그렇게 헤어질 수 없어요. 마지막이라니요. 남 선생 얼굴을 새겨 두고 싶은 의미도 좋고, 멋있는 만찬을 함께 즐기고 싶습니다.

그녀는 정신없이 숨을 헐떡이며 소나무 숲을 지나 '선녀탕 입구'라는 간판과 부딪치며 들판 어딘가를 헤매고 있다. 숨도 제대로 쉴 수 없다. 구멍가게에서 산 인제 막걸리를 손에 들고 마시며 걸었다. 보도에 부딪치는 발소리에 잠시 귀를 기울인다. 그녀는 자신의 운명에 대한 두려움을 느낀다. 사랑할 수 있어서 고맙다는 말을 남긴 그의 죽음은 세상에 대한 공허, 빈 시간들이 밀려오게 만든다. 가을하늘은 새털구름도 밀어낸 텅 빈 채였다. 문인의 집, 5층 건물에는 눈먼 창들이 가슴으로 안겨 온다. 지금 서 있는 곳이 어디인지, 어떻게 해야 하는지 알 수 없었다. 그날 그녀는 밤새도록 술을 마셨고 눈물을 흘렸다.

2020년 11월의 마지막 주 오후 3시, 휴대전화기에 다음과 같은 문자가 떴다.

"남기문 선생님이 어제 밤 별세하셨습니다."

여자는 그 섬뜩한 문자를 한동안 바라보기만 했다. 그가 이 세상 사람이 아니라는 것을 믿을 수 없다. 그의 부재가 믿어지지 않는다. 무언가가 툭 끊어져버린 느낌이다. 잡고 있던 끈이 끊어졌다는 사실에 허둥거렸다. 그의 갑작스런 죽음을 받아들일 수 없고 준비할 시간도 없었다. 생명이 남아 있을 때 편안하게 해주지 못했고 편협했다는 자괴감에 허덕인다. 너는 무엇이 잘났다고 그렇게 오만했을까. 오만할 자격도 없는 주제에. 반성문을 쓸 자격도 없는 자신이 부끄러웠다.

길들은 모두 미로이고, 인생은 가장 행렬처럼 모두 가짜로 보인다. 허무와 고독이 그녀를 짓누르고 있다. 진실한 것은 없으며 모든 꿈은 죽음으로서 끝난다. 회한이 밀려온다. 그의 강렬하던 시선이 떠오른다. 들짐승 같은 시선, 현실세계의 그 어떤 것과도 닮지 않은 순수한 욕망, 그에게 배타적이라는 것을 알고 있던 그 시선. 그림자처럼 그녀 옆에 붙어 있는 그가 지겨웠고, 안 보면 편안할 것 같았는데 이 허망함은 도대체 왜지? 소설 쓰기의 조언자로 자처했지만 그에게 해준 것이 아무것도 없다.

참 잘 쓰셨네요! 그녀 한 마디를 듣고 싶어 한 그였다. 등단작에 대한 평가를 들어보려고 바라보던 시선, 혹 칭찬의 말이 나오지 않을까 기대로 눈을 빛내고 있었다. 그런데 그녀는 말없이 읽고 책장을 덮고 나서 아무 말도 하지 않았다. 그의 작품을 묵살한 것이다. 예상하고 있었다 하더라도 섭섭했을 것이다. 왜 한 부분이라도 괜찮다고 말해 주지 못 했을까. '아, 너는 모질고 인색했다.' 그것이 잘못임을 알면서도 말이다.

네가 처음 작품을 시작할 때 누구라도 조언을 해줬다면 그토록 오랜 시간 가슴앓이를 하지 않았을 것이다. 그럼에도 그에게, 너도 고생하며 혼자 해냈다며 그래야 한다는 어쭙잖은 훈련 과정이랄까 그런 생각도 있었나 보다. 하지만 그건 아니다. 그에게 협조자가 되어 주었다면 그가 어떤 작품을 쓰든 가슴을 다치는 일은 없었을 것이다.

2020년 12월 초. 설악산 '문인 집필실'에서 그녀가 서울로 돌아온 것은 이틀 전이다. 남기문이 죽었다는 문자를 받은 지 일주일이 지났다. 여자는 장례식에 참석하지 않았다. 기회가 되면

나중에 혼자 찾아보려고 했다. 춥고 피곤한 날이었다. 오전에
도서관에 들렀다가 오후에 시내를 한바퀴 돌아보고 전철을 탔
다. 아파트 입구 슈퍼에서 마실 것을 사고 막걸리도 두 병 샀다.
컴퓨터를 켜놓고 커피를 끓이면서 슈퍼마켓에서 사 온 것들은
냉장고에 넣어 두었다.

커피를 천천히 마시면서 텔레비전에서 저녁 8시 뉴스를 보았
고, 밤 11시까지 작품을 썼다. 컴퓨터를 끄기 직전에 이메일을
확인해 보았다. 그즈음 이메일을 보낼 사람이 별로 없었으므로
사흘이나 나흘에 한 번쯤 열어 보았다. 어떤 때는 일주일 동안
한 번도 열어보지 않을 때도 있다. 이날은 컴퓨터를 열어 보고
싶었다. 편지함을 보던 여자는 깜짝 놀랐다. 노들섬이 메시지를
보낸 것이다. 죽은 사람이 문자를 보낼 수 있단 말인가. 믿어지
지가 않았다.

그녀는 뛰는 가슴을 붙잡고 한참을 그대로 앉아 있었다. 떨
리는 손으로 마우스를 클릭하자 화면이 바뀌면서 메시지가 뜬
다. 생전에 저희 아버님를 사랑하신 분께 고마움을 전한다는 인
사말이 보이고, 삼우제를 잘 치렀다는 말이 보인다. 그 아래에
묘지 사진이 한 장 있는데, 묘지 앞에는 화사한 장미꽃이 놓여
있다. 메시지를 보낸 날짜는 11월 30일이고, 보낸 사람은 남일
호였다. 언젠가 술에 취한 남기문이 아들 자랑을 했는데, 이름이
남일호라고 했었다. 첫째라서 일호로 부른다고 했던 것 같다.

다음 날 오전 10시, 그녀는 남기문과 자주 만났던 H백화점 입구 Y문고 앞에서 그의 아들을 만났다. 아들은 울먹이며 이렇게 얘기했다. 아버지 사랑을 모르는 척할 수가 없고, 아버지 마음을 전해야 될 것 같아서 연락드렸습니다. 남기문을 닮지 않아 알아보지 못했는데 키도 크고 몸피도 튼튼했다. 장례식은 Y고등학교 '용우회' 회원들과 교회에서 참석했다고 했다.

　　저런 튼실한 아들을 두었으면서 남기문은 아들이 자신의 병을 알면 마음 아파할까 봐 병을 숨겼다.

　　"아버지는 돌아가시면서도 자신의 책을 갖고 싶어 하셨어요. 암투병 중에 글을 쓰는 아버지에게 그깟 책이 목숨보다 더 중요한가하며 극구 말리기도 했고, 생명을 단축시킬 지도 모를 일에 집착하는 아버지가 어리석어 보였습니다. 아마 지병 때문에 더욱 작품에 애착을 느낀 것 같습니다. 의사 말로는 예상보다 일년을 더 버텨냈다고 했습니다."

　　그러면서 청년은 자신의 흔적을 남기고 싶은 열망이 작품에 몰두하게 만들었을 거라고 했다. 여자는 청년에게 말했다.

　　"아버님은 아들이 자신의 병을 모른다고 했어요. 알면 아들이 제 간을 떼어 준다고 할 것이 틀림없다면서……."

　　그녀는 그가 아들 걱정을 할 때 '꿈 깨세요, 혼자만의 생각이라고, 어리석기는.' 하며 비아냥거렸다는 말은 삼켰다. 암이 다른 곳으로 전이된 상태였다. 지금 생각해 보니 그의 말이 옳았다. 아들이 알았다면 서로에게 고통만 더 컸을 것이다. 만약 간이식수술을 했다면, 아들은 아버지를 위해 주겠다고 하고 아버지는 안 받겠다고 거부했다면, 그 사랑이 더 숭고했을까? 어떤 선택이 진정한 아름다움일까? 아들은, 아버지가 글을 쓰다가 원고지 위에서 숨을 거뒀다고 했다.

28.

그녀가 노들섬을 찾은 것은 2020년 12월 10일 아침이다. 그의 사랑에 대한 예의라기보다 면죄부를 만들 작정인지도 모른다. 하지만 꼭 가야될 것처럼 갑자기 절박해진다. 소용없는 일이지만 그에게 좀 더 다정하게 굴었더라면 하는 후회만 남는다. 그의 무덤은 고향 선산에 위치했는데 국도에서 멀지 않은 곳이다.

청년이 운전을 하는 동안 그녀는 창밖을 내다보았다. 노들섬에게 희망과 병을 함께 준 셈이다. 문학이라는 열정을 주었고, 그때문에 그는 한때 행복해 했고 희망을 가졌다. 물론 좌절도 함께였지만⋯⋯. 그는 내게 친절하다고 감격했다. 아픈 사람에게 베푸는 연민이란 사실을 그가 몰랐을 리 없다. 내 조그만 친절에도 감격하는 그를 원하는 모습이 아니라고 멀리 하면서 그의 마음만 모르는 척 받았는지도 모른다.

노들섬은 자신의 사랑이 헛된 망상이라는 사실을 알고 고민했을 것이다. 절망에 빠지게 했고, 그 결과 죽음을 앞당기게 했을지도 모른다. 어쩌면 그의 지병의 근본이, 책임이 자신일지도 모른다는 생각이 든다.

"꽤 먼데 가 보시겠어요?"

차가 마을 입구로 들어설 때 청년이 물었다.

산으로 오르는 그녀는 고백성사를 보는 심정으로 하늘을 바라보았다. 이제 와서 아무 소용이 없지만, 그의 영혼을 달래줄 수만 있다면 가슴 속 못다 한 말을 들을 수 있다면 심령술사라도 부르고 싶은 심정이었다. 그는 다시 돌아오지 않을 것이다. 그가 침묵할수록 존재감이 커진다. 그를 스쳐 지나오는 바람의 부피는 그 냄새도 다르다. 그녀는 모자를 깊이 눌러쓴 채 앞으로 나아갔다.

십 분쯤 걸어 올라가자 소나무 숲으로 둘러싸인 공터가 나타난다. 붉은 마사토를 입은 벌거숭이 무덤이 보이는데, 그 앞에는 장미꽃 두 송이가 놓여 있었다.

"아버지는 작가로 죽고 싶다고 했습니다."

청년은 눈물을 훔치면서 흐느낀다. 아버지가 한치 앞을 내다볼 수 없는 힘겨운 상황 속에서도 소설 쓰기를 한다는 것에 한없는 행복감을 느꼈다고 한다.

노들섬은 자청해서 내 수호신이 되겠다고 했다. 그는 조건 없이 나를 사랑했다. 나를 생각했고, 나에게 주의를 기울였고, 나를 세심히 보살폈고, 나에게 감정적으로 공감하는 태도를 보여 왔다. 그동안 보이지 않던 있는 줄도 모르게 붙어 있던 그의 그림자가 사방에서 쫓아온다. 길가다 발목에 걸려 뒤돌아보면 사라진다. 얼마나 많은 시간을 속죄해야 그의 그림자가 떨어져 나갈까? 하지만 그림자가 떨어져나가면 섭섭할지도 모른다. 감히 섭섭하다거나 아쉽다고 생각한다면 그의 영혼을 욕되게 하는 일일 지도 모른다. 철저히 그를 희생시켜 놓고. 노들섬의 마지막 인사가 가슴에 남아 마른 눈물을 흘린다.

기도를 마치고 고개를 드는데 무덤 앞에 인상적인 묘비가 서 있다. 비석은 화려하지도 않고 그렇다고 초라하지도 않았다. 묘비명이 눈을, 가슴을 찌른다. 그의 삶의 무게 중심이 어디에 있었는지 알려주는 징표 같았다.

　─소설가 남기문 여기 잠들다. 1974~2020.

무덤과 여자 사이에 고요가 흐르고 있다. 여자는 무덤과 말을 섞어본다. 언젠가 우리가 만나는 날 우리는 고요로 만나게 될 것이고, 고요가 고요조차 모르게 될 거라고. 지금은 깃털 맨숭한 몸을 오그리고 있지만 새 한 마리가 되어 날갯짓을 달고 언젠가 날아오르게 될 거라고.

시간이라는 개념엔 일회적인 단면이 있을 뿐, 반복이 없다. 지금 내가 느끼는 슬픔의 찌꺼기는 내면에 적체된 욕망을 분출하지 못한 아쉬움인지도 모른다. 언젠가 그가 '설정주 씨는 내게 돌아올 거야.' 말했을 때 절대 그럴 일은 없을 것이라고 생각했다. 그 말을 흘려들었을 뿐이다. 그의 진심을 몰아내려고 했던 것은 바로 허영이 빚은 치졸한 자존심이었다. 그런데도 끝까지 그에게 사랑 받고자 했던 내 이중적인 욕망은 무엇인가? 그리움이 꿈틀대면서 허망함이 흘러내리고 있다.

구름이 잔뜩 낀 날씨가 눈발이 날리기 시작한다. 갑자기 눈보라가 사선으로 내리치고 있다. 우산 챙기는 것을 잊었다. 습관적으로 옆을 돌아본다. 그가 불쑥 나타나 우산을 받쳐 줄 것 같다. 그의 서격한 시선이 아니라 연민의 시선을 기다린다. 그가 웃으며 튀어 나올 것만 같다. 나를 바라보던 그 커다란 눈동자를 영원히 잊지 못할 것이다!

29.

차에서 내린 여자는 집을 향해 걸어간다. 큰 길에서 좁은 길로 갈라지는 분기점에 이르렀다. 뜨거워지는 눈길을 슈퍼 쪽으로 돌린다. 그곳에 서서 기다릴 그의 환상을 본다. 눈가의 검은

테두리, 형형한 눈빛, 얼굴 주름이나 목의 힘줄, 곤란한 말을 꺼낼 때 입술의 움찔거림, 턱과 손가락의 움직임이 되살아난다. 걸음을 멈추고서 매장 안을 둘러보다가 캔맥주 두 개를 사들고 나온다.

아파트로 들어가는 길목에 서서 뒤돌아본다. 눈발이 더욱 굵어지고 있다. 계단을 올라가면서 한 번 더 뒤돌아본다. 유리창 너머로 보이는 건 모두 하얗게 바뀌고 있다. 현관문을 잠그지도 않고 거실 스위치를 올린다.

거실은 온통 어질러진 채다. 이면지로 쓰려고 모아둔 퇴고 원고지를 옆으로 치우고, 그 사이에 앉아 맥주 캔 두껑을 뜯는다. 남기문이 숨어서 보고 있을까? 밖에서 기다리고 있을 것만 같다. 그녀는 불을 켜 둔 채 밖으로 나갔다.

돌아온 것은 새벽이었다. 컴퓨터 앞에 앉아 뜬눈으로 밤을 새며 남자와 보냈던 시간을 돌이켜본다. 그토록 살고 싶어 한 그의 꿈은 책에 대한 갈망이었고, 소설에 목숨을 걸고 한 작품이라도 좋은 글을 남기고 싶어 했다.

처음에는 나에 대한 사랑으로 출발했을 지라도, 생명이 얼마 남지 않았음을 알았을 때 자신도 모르게 불멸을 떠올렸을 것이다. 기도원에서 무릎을 꿇고 그가 기도했던 것이 소설 쓰기라고 했지만 그것은, 불멸에 대한 열망의 또 다른 이름이었을 것이다. 컴퓨터를 열고 노들섬의 이메일을 다시 클릭했다. 남자가 마지막으로 보냈던 메시지가 눈에 들어온다.

내 소설 어떻게 해! 앞으로 삼 개월을 버텨낼지 모르겠습니다.
그때까진 원고를 정리해서 책으로 내야 하는데 도와줘요.

오 헨리의 「마지막 잎새」가 떠오른다.

남기문은 책을 마무리하기 전에는 죽을 수 없다고 했다. 나는 걱정 말라고 했고 그의 작품을 꼼꼼히 읽기 시작했다. 그가 고쳐야 할 부분, 채워 넣어야 할 부분을 표시해서 보냈다. 그는 병원을 다녀와서 퇴고해 보겠다고 했다. 빈 칸을 채우지 못했는지 그의 원고는 내게 돌아오지 않았다. 자신의 존재를 알리려고 소설에 집착을 했지만 그의 몸은 열망을 버텨내지 못했다. 지나친 열망이 생명을 소진시켰다. 그러나 그가 소설에 집착했던 열정만은 불멸로 남을 것이다.

어찌 보면 불멸의 의지로 사랑한 것은 나에 대한 사랑보다, 소설을 통해 자신의 불멸을 의도했을 것이다. 자꾸만 불멸이란 단어가 떠오르지만 내가 그에게 해줄 수 있는 말이 그것뿐이다.

30.

노들섬에게 다녀 온 다음 날 나는 오현주에게서 커다란 봉투를 하나 받았는데 남기문의 원고였다.

그가 죽기 얼마 전 병문안을 갔었는데 그때 네게 전해 주라며 받아 둔 것이라 했다. 나는 머리가 터져버릴 것 같아 몸을 움츠리고, 두 손으로 봉투를 감싼 채 그대로 꼼짝하지 않고 있었다. 지금부터 내가 해야 할 일은 컴퓨터 앞에 앉는 것이다. 소설에 목숨을 걸었지만 꿈을 이루지 못하고 쓰러져 간 한 남자에 대한 이야기를 쓰려는 것이다. 하지만 좀처럼 정신을 가다듬을 수 없다.

나는 그 남자를 상상해 본다. 그는 이마를 양 무릎 사이에 처박고 십자가 앞에 몸을 움츠린 채 엎드려 있다. 그는 무슨 기도를 드리는 걸까? 하지만 나는 그가 무슨 기도를 했는가를 영원히 알 수 없을 것이다. 그러나 그가 원했던 것은 알 수 있다. 불멸. 그는 이 말을 원했다.

아픈 가슴을 그대로 자판 위에 대면 스며드는 그런 컴퓨터는 없을까? 생각은 널뛰듯 출렁거리는데 자판은 움직일 줄을 모르고 있다.

남자는 자신의 이야기를 하기 시작한다. 한 남자가 마음에 드는 매혹적인 여자를 만났는데 작가라는 사실을 알게 된다는 내용이다. 나를 사로잡은 것은 남자가 직면한 딜레마이다. 나는 이런 딜레마를 벗어나려는 남자의 행동 패턴과 추구하고자 하는 것에 대해서 재미있게 쓰려고 한다. 사랑과 소설쓰기 그리고 불멸에 대해서. 사랑하거나 절망하기는 죽은 남자나 소설 쓰는 여자, 두 사람 모두 같은 입장일 것이다. 나는 남기문이 보내 온 원고를 다시 꺼내서 펼쳐 본다. 갑자기 장님이라도 된 듯 내 눈길은 멈추어 더 이상 움직이지 않는다. 성경의 한 대목이었는데 거기엔 볼펜으로 이렇게 적혀 있었다.[3]

"내가 너와 함께 있겠다. '있는 나' 이것이 영원히 불릴 나의 이름이다."

---

3 탈출기 3,14. 하느님이 모세 앞에 나타났을 때 모세는 누구라고 불러야 할지 몰랐다. 그러자 하느님께서 모세에게 '나는 있는 나.' 하고 대답하셨다. "'있는 나' 이것이 영원히 불릴 나의 이름이며, 대대로 기릴 나의 칭호이다."

미경이

나는 지금 미경이를 찾아가는 중이다. 2월의 햇살은 화창했지만 날씨는 아직도 쌀쌀하다. 미경이 생각으로 설렜다. 언젠가 여기 왔었다. 중학교 3학년 때 그녀를 집 앞까지 바래다 준 적이 있었다. 그 기억을 찾아서 철길을 건너고 골목길로 들어섰다. 아직 그 집에 그녀가 살고 있는지는 모른다. 골목길을 이리저리 기웃거렸다.

　내가 미경이를 처음 만났을 때 그녀는 다정다감하고 정이 많았다. 얼굴은 동글납작하고 평범한데 살결이 우유빛깔처럼 매우 뽀얬다. 중학교 때부터 남학생에게 인기가 있는 꽤 잘 나가는 날라리였다. 남학생을 보고 웃기를 잘했다. 그녀는 동네에서도 인기가 있었다.

　철길을 경계로 해서 우리 집은 윗동네에 그녀는 아랫동네에 살았다. 그래서 학교 가는 길에서 우연히 만나는 일이 많았다. 그때도 나는 여학생에게 관심이 있었던 것 같았다. 그래도 먼저 말을 건네지를 못 했고, 여학생이 걸어오면 고개도 들지 못하고 땅을 보고 걸었다. 그녀는 언제부터인지 모르게 등교 길에서 만나면 나를 보고 배시시 웃었다. 나는 그 모습이 좋았다. 더러는 제 친구들과 가다가 마주치면 제 친구들에게 나를 가리키며, 입을 가리고 키득거리고 웃기도 했다.

미경이 하얀 이를 드러내면서 웃을 때는 입가에 볼우물이 두 번 웃는 것 같았고, 나를 통째로 끌어당기는 것 같았다. 마음 같아선 미경의 볼우물 속으로 내 몸도 함께 딸려 들어가고 싶었다.

일 년 정도 미경이와 잘 지냈다. 손을 먼저 잡은 것도 미경이었다. 처음으로 미경이와 손잡고 철길을 함께 걸었던 기쁨은, 좋다는 말로는 설명되지 않는다. 감전된 것처럼 정신이 없었다는 말로도 부족하다.

일 년 정도 우리는 사귀다가 헤어졌다. 왜 헤어지게 되었는지는 잘 모르겠다. 확실한 것은 다른 남학생이랑 시시덕거리는 것을 내가 서너 번 보았음은 틀림없다. 어떻게 다른 남학생이랑 웃을 수 있는지 나는 이해가 되지 않았다. 나는 단 한 번도 미경이 이외에 다른 여학생을 쳐다보지도 않았는데 말이다.

헤어지고 일 년 후, 그러니까 내가 고등학교 다닐 무렵에 미경이를 다시 보게 되었다. 딴 사람이 된 것 같았다. 손목엔 하얀 붕대가 감겨 있고 목덜미에는 파스 한두 장이 붙어 있기 일쑤였다. 시내에서 놀았는데 아예 막가파로 뛰어든 것 같았다.

그녀는 중학교 때부터 남학생과 어울렸다. 학원을 마치고 밤 늦게 골목길을 지나가다가 남학생과 돌아다니는 걸 몇 번 본 적이 있었다. 고등학교 땐 주로 시내에서 남학생과 어울렸다. 토요일 밤늦게 버스를 타고 지나가다가 남학생과 함께 걸어가는 것을 보기도 했다.

내가 해병대에 지원했을 때 모두들 깜짝 놀랐다. "훈련이 힘들다는 데 견딜 수 있겠니." "가지 말어, 왜 사서 고생하려고 하니." 일부는 걱정했고 일부는 말렸다. 군에 입대하기 하루 전날 도서관 옆에 있는 휴게실에 앉아 있었는데 음악이 흘러나오고 있었다. 학과 사무실은 들르지 않았다. 지도교수나 친구들에게도 군에 간다는 사실을 알리지 않았다. 다음 날 아침 나는 군용열차를 타고 진해로 떠났다. 그리고 해병신병훈련소에서 훈련을 마치고 서부전선에 배치되었다. 그리고 첫 휴가를 받고 내가 살던 곳으로 돌아왔다.

골목길 한 모퉁이에 나무판자로 된 담장이 있는 집을 지났다. 주위에 있는 집들은 모두 시멘트 블록으로 바뀌었는데, 아직도 그 집만은 나무판자로 된 담장이었다. 그때 그 담장이 틀림없었다. 다시 되돌아가서 담장 안을 들여다보았다.

젊은 여자 둘이서 마루에 걸터앉아 뜨개실을 감고 있었다. 옆에서 얌전히 앉아서 자주색 실타래를 들고 있는 머리를 짧게 커트한 여자가 눈에 들어왔다. 낯이 익다. 아니 미경이가 틀림없었다. 가슴이 뛰었다.

그 집 대문 앞을 몇 번이고 왔다 갔다 했다. 나는 잠시 망설이다가 피우던 담배를 골목길에 집어던지고는, 아랫배에 힘을 주었다. 판자로 만들어진 대문을 거침없이 밀치고 마당으로 들어섰다. 마당이래야 손바닥만 한데, 마당 한가운데 수도가 보였다. 수돗가에 있는 붉은 플라스틱 양동이에서 수돗물이 조금씩 떨어지고 있었다.

두 여자는 갑자기 들이닥친 낯선 사람을 보고 조금 놀랐다. 미경이는 얼떨떨한 표정으로 누구 찾아오셨는데요, 하는 표정으로 군인인 나를 바라보았다.

"야, 오랜만이다!"

나는 당당하게 말했고, 미경은 눈을 크게 뜨고 순간 당황해했다. 그러나 곧 나를 알아보았는지 환하게 웃었다.

옆에 있는 젊은 여자가 물었다.

"아는 사람이야?"

"응, 조금. 편…… 지…….."

미경인 손으로 입을 가리면서 웃었다.

"누구?"

"언니, 위문편지로 알게 된 군인 아저씨야."

미경은 내게 위문편지를 보낸 적이 없었다. 언니라고 불린 젊은 여자는 미경의 말을 그대로 믿었는지 아닌지는 모르지만 어정쩡한 모습으로 나를 물끄러미 바라보았다.

"멀리서 오신 것 같은데. 잠깐 안으로 좀……."

마루를 가리키면서 나를 마루에 걸터앉게 했다. 그러고는 마루에 있는 주황색 플라스틱 바가지를 들고 수돗가로 가더니 수도꼭지를 틀어서 물을 받아서 부엌으로 들어갔다. 잠시 후 커피가 담긴 플라스틱 컵을 들고 와서 내 앞에 내려놓았다. 나는 천천히 커피를 마셨고, 젊은 여자는 커피를 마시고 있는 나를 찬찬히 훑어보았다.

그때 미경이가 말했다.

"빨리 마시고 나가자!"

젊은 여자는 미경이와 내가 어떤 사이일까 궁금해하는 것 같았다.

"마시며 천천히 얘기해요."

나는 떳떳했다. 그동안 미경이와 포옹이나 키스를 해 본 적도 없다. 잘못이 있다면 미경이와 손을 몇 번 잡아 보았다는 것밖에 없었다. 그것도 내가 미경이 손을 잡은 것이 아니라 미경이가 내 손을 잡은 것이다. 우리는 순수한 사이라고 말할 참이었다. 그러나 젊은 여자는 내게 아무것도 묻지 않았다.

"나 옷 갈아입고 나올게. 추우면 들어와 기다려."

"아니, 괜찮아."

우리는 골목길을 빠져나와 옛날처럼 나란히 철길을 따라 걸었다. 나는 무언가 말하려 했지만 별로 할 이야기가 없었다. 철길 옆에는 군데군데 마른 갈대 잎이 서걱거렸다. 야전 점퍼 주머니에 손을 찌른 채, 발밑만 내려다보며 걸었다.

"왜 위문편지로 알게 된 군인이라고 했니?"

"그냥, 귀찮아서."

"귀찮다고?"

"그게 아니고, 윗동네 누구라고 하면 우리 언니 욕심이 생길 거 아냐. 빨리 결혼하라고……."

아마도 남자들과 어울려 다니는 미경이를 처치할 방법은 빨리 결혼시키는 것이 좋겠다고 생각한 모양이었다.

난 처음 미경이를 만난 날을 생각하며 걸었다.

화창한 봄날, 그녀는 중학교 2학년이었고, 나는 중학교 3학년이었다. 어느 날 하교시간에 맞추어 함께 가자는 약속을 했던 것 같다. 나는 철길로 들어서는 길옆에서 미경이를 기다리고 있었다. 잠시 후 미경이는 빨갛게 볼을 물들이고 나타났다.

"천천히 오지, 뛰지 말고."

달려오느라 빨개진 미경이의 얼굴을 보며 말했다.

"오늘 청소 당번인데 도망쳤어."

쿡쿡 웃었다. 하얀 교복 깃이 미경이의 흰 얼굴을 더욱 환하게 했다. 그때 우리는 자유롭고 평화로웠다.

지금도 미경은 여전히 아름답지만 어딘지 조금 달라보였다. 물론 그때보다 덜 예쁘다는 게 아니다. 그때보다 성숙한 여자 냄새가 많이 났다. 나란히 걷던 미경이가 나를 향해 돌아섰다. 그리고 이상하다는 듯이 물었다.

"왜, 벌써 군대에 갔어?"

그러나 나는 아무런 말도 하지 않았다. 나는 숨이 막힐 것 같은 평범함이 싫었다고, 일상에서의 탈출이라고 말하려다가 얘기가 너무 길어질 것 같아서 그만두었다.

"슬퍼서."

대신 짧게 말했다.

미경은 알아듣지 못한 표정이었다. 열정 때문이라고 말하려다가 그것도 적절치 않은 것 같아서 그저 멋쩍게 웃기만 했다.

"왜? 내가 군대 가면 안 돼?"

"그게 아니라…… 네가 해병대에 갔다는 게 조금 아니, 많이 이상해."

미경이는 나를 보고 웃었다. 이번에도 나는 아무런 말도 하지 않았다.

"너랑 해병대는 안 어울려."

여전히 고개를 갸웃거렸다.

나는 어울리는 사람이 따로 있냐? 하려다 그녀의 얼굴을 보고 웃기만 했다. 그리고 미경이 입고 있는 감색코트가 잘 어울린다고 생각했다.

내 오른쪽 가슴에는 빨간색 바탕에 노란색 실로 수놓인 '대한민국 해병대'임을 알려주는 빨간 명찰이 군용점퍼 위에서 반짝이고 있었다. 그것은 열정을 상징했다. '멋있잖아!' 하고 자랑스럽게 말하고 싶은 걸 참았다. 그리고 이 빨간 명찰이 그동안 고통을 참고 견딘 나의 분신이라는 말을 하고 싶었다. 그러나 아무런 말을 하지 않았다. 말을 해도 모를 것이란 생각을 했기 때문이다. 대신에 나는 자랑스럽게 가슴을 앞으로 내밀었다. 미경이 내 마음을 알건 모르건 간에 개의치 않았다.

미경이가 나를 이상하다는 눈으로 바라보았다. 그것이 나를 경이로운 눈으로 보는 것 같아서 기분이 좋았다.

"지내기는 어때, 힘들지?"

"아니, 재미있어."(야, 말 마라. 죽는 줄 알았다.)

그날 우리는 해가 질 때까지 골목길과 철길을 돌아다녔다. 난 군대에 관계되는 이야기는 하지 않았다. 내가 맡은 임무가 국가기밀사항에 해당된다고 판단했기 때문이다. 스무 살의 앳

된 휴가병과 열아홉의 처녀는 마냥 행복했다. 그 옛날처럼…….

우리는 다정한 오누이처럼, 아니다, 단칸방부터 시작한 신혼 부부처럼 손을 잡고 다정히 식당으로 들어갔다. 깍두기를 집으려다 서로 젓가락이 부딪혀서 쿡쿡 웃었다. 저녁을 어떻게 먹었는지 기억에 없다. 둘이 함께 웃은 기억뿐이다. 그리고 함께 소주를 마신 것 같았다. 거리로 나오자 밖은 컴컴했다.

"우리 어디 갈까?"

"좀 걷지, 뭐."

철길 아래로 개천을 따라 걸었다. 지나는 사람은 없었다. 미경은 스스럼없이 팔짱을 꼈다. 나는 얼굴이 붉게 달아올랐다. 어둠에 취해, 술에 취해, 여자 냄새에 취해, 가끔씩 내 팔꿈치에 쿡쿡 부딪히는 미경이의 젖가슴 감촉 때문에 걷기가 힘이 들었다. 어둠이 달아오른 내 얼굴을 감싸주었다.

내 팔꿈치에 퍼지던 뭉클하던 젖가슴의 느낌이 참 좋았다. 나는 숨을 깊게 들이마셨다가 천천히 내쉬었다. 내 생각을 들키기 싫었다. 그리고 마음 같아선 미경이에게 무엇이던지 해 주고 싶었다. 막연했지만. 미경은 끼었던 팔짱을 풀고 내 손을 잡았다. 나는 떨고 있는 내 손이 부끄럽고 민망했다. 대신 미경이를 살며시 당겨 끌어안았다. 미경이는 끌려왔고 자연히 입술이 포개어졌다.

미경의 혀가 내 입 속으로 들어왔다. 나는 어쩔 줄 몰라 주춤

하다 입술을 받아들이고 있었다. 온 세상이 다 들어온 것처럼
환해졌다.

"우리, 어디로 갈까?"

미경이 속삭였다. 막연히 걷고만 있을 수는 없지 않은가. 그
렇다고 어디 여관이라도 들려서 쉬었다 가자고 말하기엔 쑥스
러웠다.

"네가 가고 싶은 데로."

미경이는 더 이상 아무 말도 하지 않았다. 나는 꿈을 꾸는 것
같았다.

육교 계단을 오르던 미경이가 멈추어 서서 나를 돌아보았다.

"정말…… 나랑 같이 있고 싶어?"

미경은 낮은 목소리로 내게 물었다. 그녀는 웃음 가득한 눈
빛으로 나를 바라보았다. 우리는 서로 마주보았고 나는 육교 건
너편에 깜박이는 불빛을 향해 눈짓을 했다.

여관 앞이다. 어떤 가게에서 누가 맥주를 샀는지는 기억에
없다. 나는 그녀 뒤를 따라갔던 기억뿐이다. 오후 내내 계속 걷
기만 했던 우리는 피곤했다. 가로등 불빛이 점점 밝아오고 있었
다.

지금껏 미경이와 단둘이 있는 상상을 얼마나 많이 했던가.

상상이 현실이 되고 꿈의 공간에 도착한 것은 행운이다. 아! 드디어 단 둘이 등을 기대고 앉아 쉴 수 있는 공간으로 들어왔다. 아무 시선도 따라다니지 않는 우리만의 공간, 나는 몸과 마음이 편안해졌다. 미경은 나에게 쉴 자리를 제공한 것이다.

난 벽에 기대어 두 다리를 쭉 뻗고 앉았다. 그 다음엔 어떻게 해야 할지 몰랐다. 내가 하도 말이 없자 미경이가 일어서서 TV를 켰다. 방안에는 우리 둘뿐이다. 미경이와 그리고 나.

미경은 코트를 벗어서 옷걸이에 걸었다. 감색 바지에 밤색 반목 폴라 티셔츠도 벗었다. 놀랍게도 누런 내복 위에 브래지어가 겉으로 드러난 차림이었다.

"네가 추울까 봐 급히 나오느라고 옷을 제대로 챙겨 입지를 못 했어."

미경이 집안으로 들어와 기다리라고 했었는데 내가 밖에서 기다리겠다고 거절했던 것이 생각났다.

"응. 괜찮아."

나는 재빨리 야전점퍼를 벗어서 미경이 코트 위에 걸쳐놓았다. 그리고 군복 윗옷과 바지를 벗고, 화장실을 다녀왔다. 뭔가가 우리를 점령하기 시작했다. 정신이 아득해지는 것 같았다.

미경은 내복을 입은 채 이불 속으로 먼저 들어갔다. 나는 어쩔 줄 몰라 TV를 보면서 그대로 앉아 있었다. 미경이 무슨 말이라도 해보라는 듯 나를 바라보았다. 그러나 나는 여전히 입을 열 수가 없었다.

"추운데 이리 와!"

미경이 이끄는 대로 이불 속으로 들어가서 누웠다.

나는 지금껏 마음만 부풀었다. 어떻게 시작해야 하는 것인지 아무것도 몰랐다. 여자와 어떻게 하는 건지…… 여자 옷을 어떻게 벗겨야하는지…… 옷은 누가 벗기는지. 어떻게 말해야 하는지, 전희는 어떻게 하는지, 내가 아는 것은 아무것도 없었다. 그저 욕망만 앞설 뿐이었다. 나는 그동안 내가 여자에 대해 잘 알고 있다고 생각했다. 그리고 미경이를 다시 만난다면 그녀를 위해서, 그녀가 원하는 모든 것을 다 해주고 싶었다.

미경이 내 옆으로 바싹 다가왔다. 미경이가 위로 올라오려나? 아님 내가 미경이 위로 올라가야 하는 건지. 어떻게 해도 괜찮을 것 같은데…….

"어서…….."

미경이는 눈을 반쯤 감았다. 나는 미경이가 정말로 잠을 자고 싶어 한다고 생각했다. 그녀가 피곤할 것 같았다.

"넌, 저것 안 돼?"

"뭐? 뭐 말인데…….."

미경이가 한숨을 쉬며 손으로 가리키는 TV에선 한 남자와 한 여자가 침대 위에 있었다. 남자가 침대 위에 누워 있는 여자 위에서 열심히 허리를 움직이는 장면이었다. 격렬한 움직임은 계속되고 남자의 등 뒤에, 목 언저리에 땀이 흐르고 있었다.

"저거?"

난 손가락으로 TV 속의 남자를 가리키면서 별거 아니란 투로 말했다.

그렇지 않아도 마른침을 삼키고 있던 참이었다. 아랫부분이나 여기 있다고 고개를 쳐드는 바람에 정신을 차릴 수가 없었다. 그놈의 물건이 커다랗게 부풀었다. 나는 주체를 할 수가 없었다. 창피하다. 마음을 들킨 것이…… 부끄러움으로 벌겋게 달아오른 얼굴을 감추고만 싶었다. 엉덩이를 뒤로 뺀 채 가쁘게 숨만 들이쉬고 있었다. 가슴이 하도 쿵쾅거려서 미경이도 알아차렸을 것이라는 생각에 침을 꿀꺽 삼켰다.

미경이 말없이 내 허리를 끌어 안았다.

"아무 말도 하지 마."

미경의 허락을 받은 셈이었다. 마음은 다급했다. 그러나 몸을 움직일 수가 없었다. 여자의 옷을 어디서부터 벗겨야 하는 것인지, 브래지어 고리를 어떻게 풀어야 하는지도 모르겠다. 그렇다면 팬티도 벗겨야 하는 것인지, 여자가 스스로 벗어야 하는 것인지도 모르겠다. 왜 이렇게 모르는 것이 많은지…… 늘 여자를 만나면 우아하고 민첩하게 옷을 벗기고 여자가 수치심이 들지 않도록 해야 한다고 생각해 왔었다. 그런데 실제 닥쳐보니 마음만 급했다. 더군다나 손이 떨려서 제대로 할 수 있는 것이 한 가지도 없었다.

그동안 생각만으로는 무엇이든지 근사하게 할 것 같았다. 첫 경험 여자에게도 아름다운 추억을 만들어 줄 자신이 있었다. 무조건 미경을 끌어안았다. 그리고 브래지어를 가슴 위로 밀어 올렸다. 미경의 목에서 브래지어가 불룩하게 쳐 받친 채 있었다. 미경의 유방을 움켜잡았다. 마른침을 삼켰다. 겉잡을 새 없이 성급해졌다. 어떻게 해야 하는지 모른 채 엉거주춤 미경이 위로 올라갔다.

"아파! 거기가 아니구."

미경은 작은 소리로 말했다.

"응? 아니라고?"

나는 멈칫했다.

미경의 도움으로 겨우 여자의 몸속으로 들어갔을 때서야 안도의 한숨을 쉴 수가 있었다. 얼결에 올라가서 몸이 원하는 대로 움직인 셈이었다. 여전히 서툴렀다. 마음은 급한데 어떻게 하는 것이 잘 하는 것인지 모르지만 잘 하고 싶었다. 잘 한다는 것은? 미경을 즐겁게 하는 것이지?

"천……천……히 해."

미경이 미간을 찌푸렸다.

움직임은 계속되었다. 움직이지 않을 수 없었다. 움직이지

134

않을 수 없었다기보다 움직임만이 살길인 것처럼 처절했다.

나는 마음만 앞섰다. 어떻게 하는 것이 여자를 즐겁게 하는 것인지 모른다. 즐겁게 해야 한다거나 아니면 적어도 실망시키지 않아야 한다는 생각이 앞서서 초조해졌다.

시시한 절정은 초라한 몸을 감당해야 했다. 성마른 행동으로 실추당한 남자가 된 것이 부끄러웠다. 미경이 배 위에서 옆으로 굴러 떨어졌다. 멈춤 동작은 곤혹스러웠다. 그대로 누워버렸다. 미경은 나를 쓰다듬으며 낮은 목소리로 속삭였다.

"너 여자랑 자 봤어?"

"응?"

미경은 내 말을 긍정적으로 받아들인 모양이었다.

"아 알았어. 얘기하지 않아도 돼."

"……."(어떻게 알았다는 거지? 많이 한 것? 아직 못한 것?)

그동안 여자를 상상하면서 미경을 생각하면서 수없이 많은 자위행위를 실제처럼 생각해 왔다. 그러나 역시 실전과 상상은 달랐다. 그래도 나는 수많은 경험이 있는 베테랑처럼 말하고 싶었다.

"정말 처음이니?"

미경이 물었다.

"아니야!"

나는 자신 있게 말했다.

미경이 흥미롭다는 듯 내 얼굴을 바라보았다.

"불 꺼!"(부끄럽단 말이야.)

"우리, 한 번 더 할래?"

미경이 웃으며 안겨왔다.

어떻게 여자가 먼저 더 하자는 말을 할 수 있는지 어이가 없었다. 남자와 몸을 섞은 후에 얼굴을 붉히며 부끄러워하는 것이 정상이 아닌가. 남자인 나도 쑥스러운데. 일순, 씁쓸하기도 하고 섭섭하기도 했다. 그토록 아름답게 상상하며 갈망하던 첫 번째 섹스가 불쾌해졌다. 창녀촌에 갔다면 당연한 일이겠지만.

"잠깐 기다려."

나는 힘없이 말했다. 울고 싶었다. 너무나 변해버린 미경이 때문이었다. 어떻게 그런 말을 할 수 있을까? 화가 나기도 하고 슬프기도 했다. 아무리 생각해도 닳고 닳아버린 미경이 석연치 않았다. 그러나 그것은 다음 생각하자, 마음을 돌렸다.

"물론이지. 밤새도록 해 보자!"

짜증스럽게 말하고는 미경에게 다시 다가갔다. 미경이 웃으며 안겨왔다.

'자신 있게!'

이번에는 본때를 보이고 싶었다. 나는 자신에게 '자신 있게 해야 한다'는 주문을 걸었다. 한 번의 경험만으로 선수가 된 것처럼 안정을 찾아갔고 서서히 미경에게 달려들고 있었다.

"행……복……해……너……무……행……복……해…….."

두 손으로 내 목을 감고, 들릴 듯 말 듯 중간중간 끊어지는 목소리가 내 귓전을 감돌았다. 그럴 때마다 나는 허리에 힘을 줬다. 미경이는 내 온몸을 자신에게로 끌어들이고 있었다. 강력한 흡인력으로 밀착해 오는 그녀는 온통 나를 없애버릴 작정을 한 것만 같았다.

그녀가 행복하다는 것은 그녀 자신 때문인지 나 때문인지는 몰랐지만 상관할 바가 아니다. 다만, 나는 더 이상 할 말이 없었다. 무슨 말이든 해야 할 것 같았지만 떠오르지 않았다.

"응…… 음."

정확히 말하자면 나도 나쁘지는 않았다. 그렇다고 행복한 것까지는 아니었다. 대신에 미경이 행복해 하는 얼굴만 바라보면서 허리만 거칠게 움직였다.

이제 열아홉인 여자애가 나에게 매달려 행복하다고 말할 때 처음엔 잘못 들은 게 아닌가 생각했다. 미경이가 입을 다물지 못하고 내 귓속에다 계속 말을 해댔다. 미경은 남자의 몸을 거세게 빨아들였다. 기가 막혔다.

"더……세……게……세게……음…….."

나는 슬펐다. 그렇지만 내 몸은 점점 더 세게 움직이고 있었다. 이제 갓 고등학교를 졸업한 여자애가 남자의 목에 매달려 이렇게 좋아하다니, 처음엔 내가 잘못 들은 게 아닌가 생각했다.

미경이가 좋아하고 있는 것은 내가 좋아서, 나만을 사랑해서 가 아닐 터였다. 그동안 많은 실전과 훈련을 거쳐서 지금의 미경이가 있다는 것을 인정해야 했다.

쓸쓸해 하면서도 나는 점점 세게 움직였다. 미경이 가슴 위에서 때때로 달리기도 하고, 걷기도 하고, 결승전을 향해 전력투구도 하고 쉬기도 하면서, 자유롭게 뛰어 놀았다. 다만, 어떻게 하는 것이 미경이를 행복하게 하는 것인지 몰랐지만, 그렇게 하면 미경이가 나를 더 세차게 끌어안았기 때문이다. 지금으로서는 미경이를 즐겁게 해 주고 싶었다. 아니, 그건 젊은 내 몸이 원하고 있었다.

"너! 참 잘 해."

"뭘……!"

"누군 날 때부터 잘 하냐."

"야, 이거 하는데, 잘 하고 못 하고가 어딨냐? 하면 되는 거지."

"이렇게 잘하면서, 그동안 왜 한 번도 나랑 자고 싶다고 말 안 했어."

나는 아무 말도 하지 않았다. 그것은 어떻게 하는 것이 사랑하는 것인지 잘 몰랐기 때문이다. 그것은 지금도 마찬가지다.

사랑해서 너를 아끼고 지켜주고 싶었단 말도, 너랑 하고 싶었는데 적당한 기회가 없었을 뿐이란 말도 하지 않았다. 지금 미경이와 하는 이것이 사랑이라고 말할 수는 없지만, 미경의 사랑법과 나의 사랑법에는 차이가 있다고도 말할 수가 없었다.

"널 기다렸어. 그런 눈으로 쳐다보지 마. 묻지도 말고…… 나 처음은 아니야."

"아무 말도 하지 말어."

"그런데 첫 번째는 너랑 하고 싶었어."

미경이는 나를 보며 훌쩍였다. 머리 위에 매달린 전등불이 희미해서 미경의 눈물을 보지 못했지만 울고 있다는 걸 알 수 있었다.

"미안해. 아마 외로움 때문이었을 거야. 변명 같지만 누군가를 사랑하지 않고는 견딜 수 없었어. 누군가의 보호 아래 있고 싶었어."

"난, 기다렸어. 사랑을 위해서……. 그러면서도, 솔직히 너와 자는 상상도 했었지."

자는 상상을 했다는 나의 말에 미경은 조금 놀란 듯 미간을 찌푸리고 나를 바라보았다.

"기약 없는 기다림보다는 외로움, 외……로……움……때문이야."

미경은 웅얼거리듯 말했다.

"난, 말이야. 석희, 너는 그런 생각을 하지 않을 거라고 생각했어."

미경의 말에 슬픔이 묻어 있었다. 그때 나는 미경의 맑은 눈가에 어리는 눈물방울을 보았다. 그 순간 무언가 가슴을 치고 지나가는 것 같았다.

"미안하긴, 내가 여자 심리를 잘 모르잖아. 사랑하는 사람은 아껴야 한다고 생각했어."

"그건 그래. 그런데 나는 사랑 같은 걸 할 자격이 없어."

미경이 힘없이 말했다.

"사랑이 어떤 건지 사람마다 다르잖아."

미경이 내 목을 끌어안았다.

"물론 어떻게 해야 하는 지를…… 너라도 먼저 말했으면 좋았을 텐데."

나는 누운 채로 담배를 피워 물었다. 천장을 향해 후 하고 담배 연기를 내뿜었다. 그렇게 슬프지 않았는데도 눈가에서 시작한 물기가 귀밑을 축축하게 했다.

날이 밝아오기 시작했을 때 허리 동작을 멈추고 내려왔다. 미경이는 행복하게 웃었다.

조금 전 미경이 주도로 소위 섹스라는 것을 했지만, 마음속에서는 슬픔이 강물처럼 출렁였다. 내 바람은 두 사람 다 미숙해서 쩔쩔매기도 하고 부끄러워하면서 일을 치렀다면…… 얼마나 좋았을까 하는 생각이었다. 만약 그랬다면 미경이와 함께 살아도 좋을 것 같았다. 그러나 이제는 풋풋한 사랑을 영원히 간직하고 싶었던 그 시절이 그리울 뿐이다.

나는 화가 나려고 했다. 밤새 미경이와 환락의 밤을 보내놓고 갑자기 슬퍼지다니! 그동안 미경을 두고 아름다운 상상을 했던 내 순수의 시간을 빼앗긴 것 같은 생각이 들었다. 이런 감정은 내 이기심이란 것도 알고 있다. 인정하고 싶지 않지만 내가 처음인 것처럼 너도 처음 이어야 한다는 생각이 들어서 자꾸 억울해지니 나도 어쩔 수가 없었다. 나는 창가에 서서 펄럭이는 커튼으로 얼굴을 가리고 있었다.

이렇게 매력 있는 미경이를 도둑맞은 기분이었다. 도대체 어떤 놈들이 미경이의 몸을 거쳐 갔단 말인가. 내가 아껴둔 여자를. 미경이가 예뻐 보이면 보일수록 자꾸만 슬퍼졌다. 자꾸만 화가 나서 화가 치밀어서 견딜 수가 없었다.

"앉아볼래?"

미경은 여전히 웃으면서 일어나 앉았다. 그녀의 얼굴을 한참 동안 바라보았다. 그윽하게 웃고 있는 미경의 얼굴은 달빛처럼 고요했다.

나는 미경이가 '네가 처음이야'라고 말해 주길 바라면서 혼자 비장해져 있었다. 나는 나 자신의 연민 때문에 미경이를 끌어안고 울고 싶었다.

미경이 나를 보며 웃었다. 아마 내가 키스를 하려고 한다고 생각했을 것이다. 두 팔로 그녀의 어깨를 밀어서 벽으로 밀쳐냈다.

"똑바로 앉아 봐!"

미경이를 거쳐 간 놈들에게 화풀이라도 하는 듯이. 아니 나 자신에게 화가 났다. 그것은 생각해서 한 행동이 아니었다. 그녀가 원망스러웠다. 나는 서러웠고, 나 자신이 싫었다. 마음과는 달리 나도 모르게 오른 손이 그녀의 뺨으로 올라갔다.

"아니, 왜 이래,"

미경은 놀라 눈을 커다랗게 떴다. 믿을 수 없다는 듯 나를 쳐다보고는 빨간 나일론 이불 위로 쓰러지면서 서럽게 울었다. 그녀는 울고 싶은 때를 기다렸다는 듯이 자신의 얼굴을 부여잡고 소리 내어 울기 시작했다.

미경이가 울며 말했다.

"너무 아프게 때리지는 마!"

갑자기 가슴이 철렁했다.

'무슨 짓을 한 거지!'

언젠가 미경의 팔에 멍이 든 것을 본 적이 있었다. 술주정뱅이 미경의 아버지가 미경에게 화풀이를 한다고 했다. 아버지에게 툭 하면 매를 맞았다는 것이 이제야 생각난다.

미경이는 술 먹는 사람이 싫다고 했다. 왜 남자들은 술을 먹으면 집에 와서 가족들을 못 살게 구는지 모른다며, 난 이담에 가족들과 사이좋게 지낼 거라고 말했었다.

미경이의 그런 마음을 나도 물론 알고 있었다. 그런 내가, 순간 자기 연민을 못 이겨서 슬픈 미경이를 또 아프게 했다. 무슨 권리로 내가 그녀를 때린단 말인가. 다른 사람을 사랑했었다는 이유로? 그건 아니었다.

내가 왜?

굳이 변명하자면 내가 생각했던 것보다 미경이를 많이 사랑한 것 같았다. 사랑하지 않았다면 그녀와의 만남을 황홀해 했을 것이다. 화를 낼 이유가 없었다. 난 자신에게 화가 났던 것이다. 설혹 화가 났더라도 미경이를 때린 난 비겁한 놈이다.

창호지를 바른 여관집 창문은 누렇게 변색되어 있었다. 얼었다 녹기를 반복해서 얼룩진 창문으로 새벽빛이 희붐하게 들어오고 있다. 밤이 낮과 섞이고 있었다. 내가 무슨 말을 했는지는 확실히 기억이 나지 않는다. 나는 횡설수설 지껄였다.

"넌, 알아?"

미경이를 부둥켜안았다.

"내가 널 얼마나 사랑했는지, 얼마나 그리워했는지."

"내가 외로울 때, 너는 뭐 했니?"

미경이는 의외로 담담하게 말했다.

지금에 와서 무슨 소용인가? 넌…… 한때 내 꿈이었고 전부였다고 말하고 싶었지만 말하지 않았다. 그동안 다른 남자, 누구와 많이 잤냐고도 묻지 않았다.

미경이의 울음이 내게도 전염이 되었다. 미경이가 우니까 갑자기 호흡이 멈춰지고, 나도 눈물이 나왔다. 다시 한 번 마음을 가다듬었다. 미경이에게 분명하게 말하자. 사랑한다고……. 아니 사랑했었다고……. 그러나 말은 나오지 않았다.

대신에 나는 미경이를 부둥켜안았다. 우린 서로 한참 동안 서럽게 울었다.

잠시 후, 보리차를 컵에 따라 무릎걸음으로 미경이에게 다가갔다. 미경을 뒤에서 끌어안고 왼팔을 둘러 어깨를 잡았다. 그리고 오른팔로 미경이에게 보리차를 먹였다. 그러자 미경이는 신기하게도 울음을 뚝 그쳤고, 보리차를 홀짝홀짝 받아 마셨다. 왼팔을 돌려서 미경이의 머리와 어깨 사이를 잡고 있어서 미경이의 얼굴을 볼 수 없었지만 보리차를 마시고 있는 미경이가 웃고 있다는 것을 알 수 있었다.

그녀의 입술에 피가 묻어 있었다. 물수건을 만들어 그녀의 입술 주변을 찬찬히 닦아주었다. 그녀의 입술이 조금 부풀어 있었다.

"따뜻해."

"미안해."

"아무 말도 말어."

나는 미경이의 어깨에 두 손을 얹으면서 진심으로 사과했다.

"그만 됐어."

그녀는 부어오른 입술로 살짝 웃었다.

지금 미경이에게 내가 해 줄 수 있는 일은, 이 밤을 춥지 않게 그리고 슬프지 않게 해 주는 일이다. 나는 미경이를 계속해서 안아 주었다. 미경이가 내 목을 끌어안고 행복해 하는 것 같았다.

"우리, 이렇게 같이 있고 싶어. 조금만 더…… 이렇게…….

우리가 누워 있는 이부자리는 비닐이 들어 있어서 서걱거리는 소리가 났다. 그 요 위에서 미경이는 행복해 했다. 너와 나, 우리가 함께 있는 것이 꿈만 같다고 했다.

뜬눈으로 밤을 새웠어도 우리의 눈은 초롱초롱하게 빛이 났다. 천장을 향해 누워서 창 밖을 바라보았다. 날이 밝아 오는 것을 지켜보면서 우리의 역사가 지나가고 있구나 하는 생각이 들었다. 밖에는 바람이 부는지 창문이 계속 흔들리고 있었다.

내가 담배를 찾으려고 두리번거리자, 미경은 웃음 가득한 얼굴로 무언가 살짝 내밀었다. 담배였다.

"깜빡했네. 이거, 너 주려고 가져온 거야. 줄 게 이것 밖에 없네…….

나는 목이 메어 담배연기를 입 밖으로 뿜어냈다. 사랑 때문에 울지 않았다. 울었던 것은 순수를 잃어버린, 지나간 시간에 대한 서러움 때문이었다. 미경이는 아무런 일도 없었다는 듯이 명랑해졌다. 아니, 애써 아무렇지도 않은 척 즐거운 표정이었다. 미경이가 보리차를 마시면서 내게 말했다.

"너, 대단해."

나를 똑바로 응시했다. 그 얼굴에 아름다운 미소마저 떠올랐다.

얼마나 시간이 흘렀을까. 창 밖에는 맞은편 건물의 네온사인이 비에 젖은 채 현란하게 깜박였다. 밤새 비는 그치고 날은 눈부시게 밝아왔다. 무릎이 쓰라렸다. 바지를 걷어 보았다. 양 무릎은 생살이 까져서 빨갛게 되었다. 빨간 무릎엔 피가 나는 것이 아니라 맑은 이슬이 맺혀 있었다. 미경이가 보지 못하도록 나는 급히 바지를 내렸다.

"언제 가?"

"내일."

나는 일어섰다. 그리고 방 모퉁이에 있는 옷걸이에서 미경이의 코트를 집어 들었다. 감색코트는 새것처럼 산뜻하고 깨끗했다. 코트를 집어 들고 털어서 미경이에게 입혀주고 싶었다. 코트의 먼지를 터는 순간 안감이 눈에 들어 왔다. 안감은 낡아서 넝마처럼 너덜거리고 있었다.

나는 얼른 눈길을 다른 곳으로 돌리면서 안감이 보이지 않도록 코트를 뒤집었다. 낡아서 헤어진 안감을 못 본 척했다. 코트를 들고 서 있는 나를 보자, 미경은 당황한 얼굴로 황급히 코트를 낚아챘다.

"코트를 입혀 주려구⋯⋯."

"누가 널 더러⋯⋯."

나는 코트에 관심이 없는 것처럼 행동했다. 미경의 어깨를 토닥거렸다.

아주 짧은 시간이지만 미경이는 어색하고 부끄러워하는 얼굴이었다. 미경이가 부끄러워하는 모습을 내가 본 것은 그때가 처음이었다. 미경은 코트 안감이 낡아 너덜거린 것을 내게 들켰을지도 모른다고 생각했던 모양이다. 미경이가 당황해할 때, 내 의사와는 상관없이 그녀와는 다시는 만날 수 없을 거라고. 아니, 미경은 다시는 날, 만나지 않을 거라는 예감이 들었다.

이미 날은 밝아서 여관임을 알리는 네온사인이 꺼져 있었다. 이른 아침에 스무 살의 앳된 군인과 열아홉 살의 처녀가 서로 손을 잡고 여관 문을 나섰다. 누군가 우리를 보았다면, 군복만 안 입었으면 미성년자들처럼 보였을 것이다. 새하얀 얼굴, 사람들이 보기엔 어린애들인 줄 알 것 같았다. 나는 미경이의 손을 잡으면서 해병대 팔각모를 깊이 눌러썼다. 그래도 우리는 밤새 가슴앓이를 한 연인이었다.

우리는 앞만 보고 걸었다. 그래서 나는 미경이가 어떤 표정을 짓고 걸었는지 모른다. 그 골목길이 백 리쯤 되었더라도 우리는 앞을 보고 계속해서 걸었을 것이다. 그러나 아쉽게도 골목길은 끝이 나고 있었다. 큰길 입구에서 우리는 잠깐 멈추었다. 그러고는 뒤로 돌아서서 우리가 걸어 나온 골목길을 한참이나 바라보았다.

우린 서로 아무 말도 하지 않았다. 두 손을 마주잡고 손에 힘을 주면서 서로를 바라보았다. 나는 말없이 고개를 아래위로 끄덕거렸다. 말을 하면 울어버릴 것 같았다. 미경이도 말없이 고개만 끄덕였다.

우리는 서로 똑같이 돌아서서 등을 붙였다. 그리고 약속이나 한 듯이 심호흡을 하고는 각자 앞으로 걸어갔다. 나는 오른쪽으로 미경이는 반대로……. 서부영화에 나오는 결투 장면처럼.

나는 뒤돌아보지 않으리라 마음을 먹었다. 그래서 뒤돌아보지 않았다. 그래서 미경이가 곧바로 걸어갔는지, 아니면 걸어가다가 뒤돌아보았는지는 모른다. 사랑하는 시간은 짧았고, 이별하는 시간은 길었다. 나는 뒤돌아보는 대신에 하늘을 올려다보았다.

새벽하늘은 맑았다. 두부장수의 종소리가 들렸다. 두부장수의 리어카가 앞서 지나갔다. 안개처럼 부연 새벽공기가 눈을 자꾸만 아프게 했다. 나는 안다. 내가 미경이를 생각한 만큼, 그녀도 날 기다렸음을…….

　미경이가 조금 전에 한 말이 생각났다.
　"아프면 안 돼. 우리가 지나온 시간에 대해 아파하지 말자! 상처받지 말고 좋은 것만 생각해 줘. 석희 씨, 사랑했어!"
　미경이가 뛰어가는 발자국 소리가 들렸다.
　'미경아! 너도 아프지 말고 행복해라.'
　나는 뒤돌아보지 않았다. 소돔과 고모라를 떠올렸다. 그 자리에서 소금 기둥이 되어서 떠나지 못할 것 같아서 그랬던 것은 아니다. 뒤돌아보면 눈이 아플 것 같아서였다. 멀리서 버스가 오고 있었다. 나는 달려오는 버스를 향해 손을 흔들면서 달려갔다. 버스가 정류장에 도착하여 문이 열리고 나는 가까스로 버스에 급히 올랐다. 다시 버스는 출발했다.
　버스 안은 한산했다. 운전석 바로 뒷자리에 앉으려다 통로에 선 채 뒤돌아보았다. 미경이가 손을 흔들고 있었다. 코끝이 시려왔다. 참았던 눈물을 쏟아내고 싶다. 그러나 입술을 물었다. 사랑에는 약하지만 귀신 잡는 해병이 울 수는 없다고 생각했다.
　내가 탄 버스를 향해 손을 흔드는 미경을, 나도 쓸쓸하게 바라보았다. 등을 뒤로 돌린 채 나도 그녀가 보이지 않을 때까지 눈을 돌리지 않았다. 거리엔 바람이 불고 있었다.
　'한때 넌, 내 전부였는데…….'

가슴이 시려오고 눈시울이 뜨거워지려 했다. 도시의 빌딩 위로 햇살이 비치기 시작했다. 거리엔 사람들이 늘고 있었다.

그녀는 시야에서 점점 작아지다가는 한 점으로 변해버렸다. 나는 뒤돌아 앉아서, 뒤 유리창에 얼굴을 갖다 붙이고, 점으로 변한 그녀를 찾았다. 이제 점도 보이지 않았다. 부릅뜬 눈이 자꾸만 시려왔다.

아모르, 아모르 미오

1.

사랑에 대한 이야기라면 어떤 것이건 들을 준비가 돼 있다. 공기의 움직임은 바람이 되고 소문이 되어 알 수 없는 기운이 안개처럼 다가와서 네 영혼의 문을 두드린다. 그러면 너는 공기 중 떠돌던 말들을 듣고 모아서 새로운 인물을 만들어내야 한다는 의무감에 시달린다. 그럴 때면 감성적인 역할을 담당하는 우뇌와 지능적인 역할을 담당하는 좌뇌가 동시 다발적인 협동 작전을 펼치면서 작전을 수행하고, 주인의 생각과 의도를 알아차린다. 네가 실행키를 누르면 가상 인물이 탄생한다.

과거가 머릿속에서 빠져나와 한데 모이고 죽은 자들의 영혼

---

* 아모르 미오(Amor Mio) : 아모르 미오는 스페인어로 '내 사랑'이라는 뜻이다.

이 네 앞에 되살아난다. 그렇게 과거의 죽은 자들이 현재의 너에게 흘러 들어오면 순간적으로 강렬한 창작 의욕으로 충만해진다. 너는 그 순간을 잡고 달아나지 못하게 묶어 놓는다. 자신의 일생을 통해 무언가를 증명하려는 듯. 연애와 사랑을 성찰한다.

그가 누구든 개개인의 사랑은 귀중하다. 먼 과거에도, 현재에도, 먼 미래에도 사랑은 영원하다. 금지된 사랑은 더더욱 애달프고 죽음도 불사한다.

단테의 『신곡』(1321)에 등장하는 4쌍의 가슴 저린 사랑을 떠올려본다. 파올로와 프란체스카 커플(형수와 시동생의 금지된 사랑)을, 아더왕에게 충성을 맹세한 기사 랜슬럿과 아더왕의 부인 귀네비에(위험한 사랑)을, 서로에게 매혹당하나 끝내 둘 다 세상을 떠나는 트리스탄과 이졸데(숙모와 조카의 파괴적 사랑)를, 또 베아트리체를 보고 첫눈에 반한 뒤 평생 사랑한 단테를. 그들이 네 앞에 나타난 것 같은 기분이 든다. 시대가 바뀌어도 숨 쉬는 생명체에게 사랑은 축복임과 동시에 피할 수 없는 저주다. 그중에도 가질 수 없는 사랑은, 그것이 이룰 수 없는 사랑이라면 처절하다. 너는 네가 듣고, 느끼고, 알았던 세 사람의 사랑이야기를 여기에 서술해본다.

현자가 사춘기에 접어들어 연애소설을 읽었을 때 사랑이란

운 좋은 사람이나 찾아낼 수 있고, 치명적인 사랑은 멋진 운명이라고 생각했다. 하지만 어른이 된 뒤에는 사랑이란 거짓 종교가 말하는 천국이라는 결론을 내렸다. 이제 그녀는 사랑이란 은총도 환상도 아니라는 것을 조금씩 깨닫기 시작했다.

박봉구와 아내 청평 댁은 딸 현자, 그 밑으로 아들 둘 그렇게 다섯 식구가 경기도 용인읍내에서 조금 떨어진 마을에서 평범한 삶을 사는 전형적인 농부의 가족이다.

현자는 1950년 한국전쟁이 한창일 때 12살이었다. 전쟁은 많은 사람들을 뒤섞어 놓고, 갑자기 변한 시대에 일찍 세상을 알아가게 했다. 조용한 시골 마을에 각지에서 몰려온 피란민들과 섞여 살다보니 뜬소문과 실제를 구분하기 어려웠고, 모두들 갑작스런 변화에 어리둥절해졌다. 사람들이 얽혀 살다보면 많은 사건을 만들어낸다. 그들은 살기 위해 발버둥쳤고 본능도 함께 꿈틀거렸던 것이다. 하루하루 어떻게 될지 모르는 상황이고 여유가 없던 시절이어서 삶은 목숨을 부지하는 일에 여념이 없던 때다. 전쟁 중에도 생명이 있는 한 본능은 꿈틀대고, 그 본능은 사랑이라는 감정을 만들어내고 그 감정은 치열했다.

순덕언니네 가족도 경기도 연천에서 피란민들 틈에 끼어 무작정 남쪽으로 내려오다가 용인 관골마을에 들러서 현자네 헛간에서 잠시 쉬겠다고 짐을 풀었다가 그냥 주저 앉아버린 사람들이다. 얼마 후 현자 아버지 봉구 씨가 윗마을에 있는 그의 사촌 집에 비어있는 방 하나를 구해서 그들은 그곳으로 옮겨갔다.

순덕을 처음 본 동리사람들은 과년한 처녀가 부모를 따라 피란을 온 그 집 큰딸로 알았는데 알고 보니 젊은 며느리라고 한다. 순덕네 가족은 시아버지와 시어머니 그리고 시동생 둘, 그 중 막내 시동생은 젖먹이였다. 동갑내기 남편은 국군에 나갔다가 전사했다고 한다.

다섯 식구가 연천에서 피난을 내려와 현자네 마을에 머물게된 것이다. 그 집 딸인 줄 알았던 동리에서 며느리라고 밝혀지자 사람들은 어쩐지 그 집 식구들과 닮은 곳이 없어서 미심쩍어했던 표정을 풀었다. 전형적인 농사꾼 같은 시부모님과 달리 헌칠한 키에 눈이 부시게 흰 피부가 귀티가 나서 지나가면 누구나 한번쯤 돌아보게 만들었다. 하얀 얼굴에 눈썹이 짙고, 눈, 코, 입 모두 크다. 지금이라면 커리어 우먼 정도는 되었을 법한 잘생긴 여자였다.

일찍 결혼한 순덕언니는 시부모를 따라 피난을 왔고 현자 아버지인 박봉구 씨 집과 인연이 된 것이다. 현자가 순덕을 19살 언니라고 부르기엔 다소 벅찬 모습이다. 키가 크고 몸집도 다른 여자들과 달리 컸다. 당시 시골 사람들 기준으로 보면 여장부 스타일이다.

순덕언니 시어머니는 젖먹이가 있어 일을 못하고 시아버지는 40살도 안 된 나이인데 며느리를 보고나서 어른 행세를 하느라 손을 놓은 상태다. 군대 가기 전에 장가부터 들고 가라고 결혼시킨 큰아들은 전사를 하고 억울하게도 처녀만 과부로 만들어 데리고 피난을 온 처지다. 집에 일할 사람이라고는 순덕언니 뿐이어서 봉구 씨 집일을 도와주고 먹을거리를 챙기는 처지다.

봉구 씨 부인 청평댁은 누구보다 순덕을 반겼다. 그녀는 두 살 터울로 줄줄이 낳은 아이들과 농사일로 눈코 뜰 새 없이 바쁜 와중에 일할 사람이 생겼다는 것은 행운이었다.

순덕은 봉구 씨와 들일을 하기 시작했다. 지게를 지고 소에 먹일 꼴을 베고, 밭을 매고, 타작을 하고, 모든 농사일을 늘 봉구 씨와 함께 해낸다. 두 사람이 늦게까지 함께 일을 하고 잠도 봉구 씨 집에서 자게 된다. 밤늦게 일이 끝나면 윗방에서 현자와 함께 지내게 되었고, 늦게까지 일한 언니가 윗동네까지 가기는 어려웠다. 굳이 새벽이면 또 내려와야 하는 일을 반복하기는 번거로웠던 것이다.

청평댁은 봉구 씨와 순덕이 웃고 눈길을 주고받아도 아랑곳하지 않았다. 순덕이라는 일손이 생긴 것만으로 고마워했다. 울고 보채는 갓 젖 떨어진 둘째 아들을 업어주고 부엌일을 돕고 밭을 매고 친구처럼 동생처럼 싹싹한 여자를 누가 싫어할 수가 있겠는가. 친동생처럼 받아들일 뿐이다.

밭을 매고 뒤돌아서면 또 잡초가 자라서 사람의 손길이 필요하다. 오죽하면 '그놈의 풀은 사람 발뒤꿈치를 보이자마자 자란다'고 말할까. 때를 놓치면 안 된다. 하루가 다르게 밭은 잡초로 뒤덮이기 때문이다. 어쩌다 시기를 놓쳐서 밭에 풀이 극성을 부리면, 동리사람들은 지나가면서 '호랑이가 새끼를 치겠다'고 혀를 찼다. 소작농은 자신들이 소작을 하고 싶어서이고 토박이는 주인의 게으름을 두고 비웃는 것이다. 정 씨 집정촌인 마을에 해방이 되어 서울에서 내려간 봉구 씨에게 정 씨 토박이들은 타성바지(자기와 다른 성(姓)을 가진 사람)라는 이유로 굴러들어온 돌처럼 배타적이었다.

그런 와중에 순덕이 청평댁을 돕게 된 것은 북쪽에서 내려온 보물 중에 보물이고 봉구 씨와 청평댁은 복덩이를 얻은 셈이다. 그녀는 안과 바깥일을 척척 다 해내는 것이다.

순덕은 웃기를 잘해서 커다란 입으로 하얀 이가 드러나도록 활짝 웃는다. 그러면 청평댁과 봉구 씨도 따라 웃는다.

밥을 먹을 때는 봉구 씨와 순덕언니, 두 사람이 장난을 친다. 마치 모처럼 만난 연인들처럼 재미있어 죽는다. 반찬그릇에 똑같이 젓가락이 가다가 부딪치면 '까르르 까르르' 순덕언니가 웃으면 봉구 씨는 한술 더 떠서 반찬을 집어서 순덕언니 밥그릇에 얹어 준다. 그러면 그녀는 뒤로 넘어갈 듯 깔깔댄다. (낙엽 굴러가는 모습만 보아도 웃는다는 19살, 만으로 18살이다. 멋모르고 시집을 가서 신혼에 남편을 잃고 피난 온 아가씨. 잘 웃는 나이고 웃는 것은 당연하다.)

옆에서 보고 있던 봉구 씨 딸 현자가 눈을 흘긴다. 비위가 상하고 아니꼽다. 두 사람의 수작이 창피하고, 아버지가 킬킬거리며 웃는 것이 보아줄 수가 없을 정도로 유치하다. 늙은 사람이 (현자의 눈에는 아버지는 늙은 사람이다) 순덕언니를 따라 웃고 수작을 부리는 것이 주책이다. 현자는 고개를 젓다가 자신도 모르게 말이 튀어나간다.

"저 주책들."

청평댁을 쳐다보며 응원의 눈길을 보내도 모른 척하고, "엇쭈!" 입을 비죽이 내밀어도 청평댁은 그저 웃기만 한다.

'엄만 바본가 봐. 저것들 주책을 그냥 보고만 있게.'

모르기는 현자도 마찬가지다. 순덕언니 덕에 설거지를 안 해도 된다는 것을 생각하기 싫었다. '그건 그거고….'

현자의 시선이 그들에게 되돌아왔다. 현자가 "엇쭈"를 연발하든 말든 아랑곳하지 않고 그들의 사랑 놀음은 계속되고 입속으로 '별꼴이야'를 읊조리든 말든 눈치를 보지 않고 두 사람은 마냥 행복해 보인다.

귀한 자반고등어 찜이나 꽁치조림이 상 위에 오르는 날엔 더욱 가관이다. 순덕언니가 고등어 대가리를 집으려고 하면 봉구 씨는 젓가락으로 툭 쳐서 대가리를 떨어뜨린다. 그리곤 고등어 가운데로 순덕언니의 젓가락을 이동시킨다. 그렇다고 고등어

가운데 토막을 집을 순덕언니가 아니다. 여전히 고등어 대가리만 집으려고 한다. 봉쇄작전을 몇 번 시도하다가 안 되니까 이번에는 봉구 씨가 젓가락으로 고등어 가운데 토막을 집어서 순덕언니 밥그릇에 올려놓는다.

알고 보니 고등어 대가리를 두고 쟁탈전이 아니라 못 먹게 하는 방어전, 처음엔 쟁탈전처럼 보였는데 실은 순덕언니가 고등어 대가리를 못 먹게 하려는 방해 작전이었다.

"아이 왜? 그래요. 아저씨."

가끔 현자의 몫이던 고등어 살이 순덕언니 차지가 된 것이다.

"엄마. 왜 싫다는 순덕언니에게 고등어를 주느냐고."

심통이 난다.

"왜 왜. 아버지는 싫다는 순덕언니에게 주지 못해 난리야."

현자는 아버지라는 인간을 경멸한다. 뾰로통해서 불만을 표하면 옆에서 청평댁이 나무란다.

"순덕언니는 잘 먹어야 해. 일을 많이 하잖아."

박봉구 씨 나이가 이제 30대 중반이다. 충분히 사랑을 취할 수 있는 젊은 남자다. 그러나 그의 딸 현자는 주책바가지 같은 늙은 남자가 징그럽다는 생각을 한다.

그렇게 봉구 씨의 여름은 행복하게 지나갔고 가을이 왔다. 가을도 행복을 몰고 왔고 아무리 힘든 농사일도 순덕언니와 함께하면 뼈가 부서지도록 일을 해도 즐거워하는 것 같았다. 그의 행복이 영원할 것 같았어도 세상에 영원한 것은 없는 모양이다. 봉구 씨에게 추운 겨울이 닥쳐오고 있다.

늘 같은 날이 계속되던 어느 날이었다. 순덕언니가 저녁이 되면 시부모가 있는 윗마을 단칸방으로 자러가는 일이 생긴 것이다. 피난민들은 헛간을 개조한 방 하나에 둥지를 틀기도 빠듯한데 굳이 좁은 곳으로 돌아가는 것이 수상하다.

그동안은 시부모를 위해서도 잠자는 곳을 봉구네로 선택한 것이다. 그녀의 시아버지 또한 40대였고 성생활이 가능한 나이였기 때문일 것이다. 시어머니는 늦둥이 젖먹이가 있을 정도로 아직 젊었다. 그랬어도 순덕언니가 왜 갑자기 잠자리를 옮겼는지 이상했다.

어렴풋이 며칠 전 밤이 수상하다는 생각이 드는 것은 왜였을까?

누가 업어 가도 모를 정도로 깊은 잠에 빠지기 일쑤인 현자는 그날따라 이상한 소리에 잠이 깼다.

2.

천정은 석가래 밑을 철사줄로 얽어서 그 위에 종이를 바른 벽지가 축 늘어져서 배가 불쑥 튀어나온 것이 금방이라도 내려앉을 것 같았다. 쥐 오줌이 여기저기 내비쳐서 군데군데 얼룩덜룩

물든 천정에 쥐들이 뛰어다닐 때마다 전쟁이 난 것처럼 우당탕 쿵탕~ 거린다.

밀가루 풀을 쑤어 바른 천정벽지는 쥐들이 내려오기 편하게 벽 바로 위쪽에 구멍을 낸다. 밀가루 풀을 갉아먹으려고 했는지, 윗방에 둔 곡식을 먹으려고 했는지 사람이 발라놓으면 쥐는 천정을 뚫고 결국 사람보다 쥐가 이긴다. 천정과 방은 쥐들의 통로이다. 쥐들은 걷지 않고 뛰어다니기만 하는 것 같다. 밤이면 쥐들이 줄달음치고 사람들은 잠을 설칠 지경이다.

어른들은 '저 놈의 쥐들이 대동아 전쟁'을 치른다고 말하기도 했다. 더러는 3차 대전이 일어나기라도 할 참인가? 쥐들이 극성을 부리는 것을 보니. 전쟁 땐 쥐들이 먼저 난리를 친다고 해서, 걱정을 하기도 했다. 쥐들이 많아서 쥐잡기 운동의 일환으로 학교에서는 쥐꼬리를 열 개씩 가져오라는 숙제도 있었다. 깜깜한 밤중이면 쥐들이 천정에서 내려와 방을 뛰어다니고 밤은 쥐들의 천국이 된다.

현자가 자는 윗방은 일본가옥이어서 가미사마(일본 조상神)를 두는 곳이고, 이층으로 되어 있어 아래층은 곡식 가마니를 놓아두고 위층에는 이부자리를 얹어놓는다. 밤이 되면 어떻게 아는지 쥐들이 가마니에 덤벼든다. 그렇게 방안을 휘젓고 다니다가 쥐가 얼굴을 타넘어 지나가기라도 하면 얼굴이 따가워서 깜짝 놀란다. 쥐들 발바닥은 거칠어서 아무리 깊은 잠에 빠졌다가도 자신도 모르게 '휙' 손으로 내치게 된다. 기억에는 피부에 닿은 거친 쥐 발바닥뿐이 아니다. 얼굴을 지나가는 껄끄러운 발의 촉각으로도 잠을 깨울 수 있지만 청각으로도 잠을 깨기도 한다. 그렇듯 험하게 쥐들이 찍찍거리며 뛰어도 깨지 않던 현자가 이상한 소리가 들은 건 며칠 전이었다.

그날 밤 현자는 자신이 한참 동안 숨을 멈추고 있었음을 깨달았다. 소곤거리는 작은 소리에 그녀의 귀가 민감하게 반응했다. 지금껏 듣지 못한 소음인 것이다. 서로 사랑놀이를 하는 쥐들의 찍찍거리며 내달리는 소리와 다른 소리였다. 거친 숨소리가 귀 옆에서 들리고 있다. 허어헉어헉헉. 소곤소곤. 평소에 들어보지 못한 숨소리였다. 좀 이상하다고 생각했지만 그때는 그냥 잠들어 버렸다. 쥐들의 소음도 견뎌낸 잠꾸러기이니까.

순덕언니가 잠자리를 옮긴 것은 그 일이 있고 난 후였다. 봉구 씨와 순덕언니의 눈이 깊어지고 있고 말수가 줄어들었다.

두 사람이 서로 애타게 그리워했는지는 모른다. 순진한 순덕언니가 얼떨결에 잠자리를 옮겼지만 봉구 씨를 그리워하는 것 같다. 두 사람의 사랑을 속이려면 평상시처럼 행동해야 함에도 순덕언니는 그렇게 하지 못했다.

한편 순덕언니 시아버지 강만길은 며느리 주위에 나쁜 놈들이 넘볼까 봐 눈알을 부라리고 살폈다.

"어느 놈이고 잡히면 망신을 주거나 죽여버린다"고 벼르고 있다는 소문도 들렸다. 순덕에게 호감을 가진 동리 젊은이들은 강만길 눈이 무서워 순덕에게 접근을 못 했다.

"그놈의 영감탱이 며느리를 누가 잡아먹나?"

"지키려고 혈안이 되어 있다던데."

"젊은 며느리를 생과부로 만들려고 한심한 늙은이 같으니라구."

별의별 소문이 다 돌았다. 소문 때문인지는 몰라도 아무도 순덕언니 근처에 가기를 꺼릴 뿐 아니라 집적거리는 일은 엄두도 못 냈다. 만길 씨가 아무리 눈알을 부라려도 뚜렷한 증거가 없이는 생사람을 잡을 수는 없는 일. 마을 누구도 순덕과 어떤 관계라는 소문도 없이 무사했다. 다음 해 겨울 순덕 가족은 서울로 이사를 갔다.

봉구 씨는 순덕언니 가족과 서로 돕고 살던 처지라 섭섭해서 눈물을 삼켰다. 하지만 온 가족이 이사를 가는 마당에 어쩔 수 없이 순덕언니와 헤어지고 만다. 순덕언니 시아버지 만길 씨도 봉구 씨 덕을 보던 처지라 다정하게 대했다. 봉구 씨와 며느리와의 관계가 다소 수상했지만 눈으로 직접 본 것도 아니다.

고마운 사람이라고 생각한 것 같다. 그동안 끼니를 이어가게 도와준 이웃이어서 서로 친밀감을 표한다. 봉구 씨는 순덕이 떠나는 것이 안타까워서 그들의 이사를 도와주기로 한다. 그들 가족이 안착한 곳은 서울 변두리에 있는 하꼬방 단칸방이었다.

시간은 연인들이 그리워하든 가슴 터지도록 보고 싶어 병이 들든 아랑곳하지 않고 제멋대로 흘러갔다. 그 언니가 떠난 후 집안은 텅 빈 것 같았지만 일이 산더미처럼 밀려오는데 살아남으려면 일을 해야 한다. 옛말에 '날아오는 매를 안 맞을 도리는 없다'고 했던가. 닥친 일을 피할 수 없기에 마냥 연인만 그리워하기에는 하루하루가 너무 바쁘다.

현자의 일상은 가족이 한자리에 함께 앉아 밥 먹은 기억이 없다. 전처럼 밥상머리에서 입을 삐죽거리며 눈을 흘길 일도 없다. 바삐 돌아가는 틈새에 아침을 먹는 둥 마는 둥 학교 가기에 바쁘고 여름의 농촌은 모두가 뜀박질 선수처럼 뛰는 느낌이었다.

그 후 봉구 씨의 사랑이 가슴속에서 얼마나 오래 남았는지, 지금도 불씨가 남아 있는지, 그 불씨를 한번 다시 피워보고 싶은지, 먼발치에서라도 순덕언니 얼굴이라도 보고 싶은 건 아닌지, 죽기 전 버킷리스트 중 하나인지는 아무도 모른다. 그저 바삐 가족을 위해 일하고 있는 모습만 기억할 뿐이다.

3.

이젠 현자의 이야기를 시작할 참이다. 6학년이 끝나면 중학교에 가야 한다. 피란 온 학생 수가 많아 한 반에 100명쯤 몰아 놓고 수업을 했다. 수학 문제를 칠판에 써 놓고 먼저 푼 사람은 가도 좋다고 했다. 전깃불도 없는 시절이어서 손전등을 비춰가면서 문제를 보여주기도 했다.

칠판에 가득 쓰여있는 문제 중에는 원뿔에서 부피와 면적을 계산하는 문제도 있었다. 현자는 열심히 집중을 해서 첫 번째로 문제를 풀었다. 선생님이 문제를 푼 사람은 가도 좋다고 했다. 현자는 검사를 통과했기 때문에 의기양양하게 혼자 일어나 가도 된다. 그러나 혼자 벌떡 일어나서 잘난 척하기도 쑥스러워하고 있는데 현자네 집 개울 건너에 집이 있는 서울에서 큰집으로 피란 온 정덕진이 두 번째로 문제를 풀었다면서 일어난다.

뒤이어 여기저기서 대여섯 명이 문제를 푼 것으로 기억한다. 선생님이 칠판에 글씨가 보이지 않게 되자 학생들 전원을 귀가시킨다. 덕진과 현자는 같은 방향이어서 앞서거니 뒤서거니 하며 같이 집으로 돌아온다.

현자는 서울에서 치과의원을 하는 아버지 밑에서 귀하게 자랐다는 덕진이 좋다. 시골 아이들보다 귀티가 나고 게다가 남학생들 중 공부를 제일 잘했다.

초등학교 졸업식 때도 정덕진은 졸업생 대표로 상장을 받았다. 늘 그 애를 보면서 현자는 마치 자신이 상을 타는 것처럼 자랑스러웠다.

곧 국가고시를 치르게 된다. 남녀가 시험장소가 달라 어디에서 시험을 보았는지 모른다. 그런데 그렇게 공부를 잘한다고 여겼던 덕진이 현자보다 국가고시 성적이 낮았다. 그랬어도 서울로 돌아간 덕진은 성적대로 들어갔는지 그의 아버지 덕을 보았는지 알 수 없지만 서울의 경기중학교에 입학을 했다. (당시 명문학교에 불합격을 해도 추후 보결로 들어간다는 소문이 돌았다.) 그해 여름 덕진이 시골 큰집으로 내려왔다.

파란 상의에 회색 점박이가 있는 바지, 교모에는 백색 선이 하나 있고 경기라고 쓰인 모표가 빛난다. 그동안 동창생들을 보러 내려온 것이다. 경기중학교도 뽐낼 겸 해서인 듯하다. 현자는 덕진을 얼핏 보았다. 작은 개울 건너편 그의 큰집은 나무들에 가려 언뜻언뜻 파란 교복 상의만 보인다.

찾아갈 용기도 없고 초등학교 졸업생 반창회를 연다는 소식도 듣지 못한 터라 마음만 졸였다. 그 후 언제 서울로 올라갔는지 알지 못한다. 나무들 사이로 비치는 파란색만 보이면 덕진일 것 같아 가슴이 울렁거릴 뿐이었다.

겨울이 지나고 다음 여름방학이 왔다. 현자는 어김없이 덕진이 왔을 것이란 기대감으로 즐거웠다. 덕진이 이곳에 왔을 거란 생각을 하면 가슴이 뛰고 산천초목은 빛이 났다. 햇빛은 유난히 맑고 뜨거웠고, 푸른 잎들은 더 푸르렀고, 공기는 청량하다 못해 달콤했다.

현자는 기쁨에 들떠 터무니없는 환상에 발걸음은 하늘을 날았고, 붕붕 떠다녔다. 온천지가 빛났으며 아마도 현자 얼굴도 빛이 났으리라. 엄마가 부르면 목소리를 가다듬고 자신의 가장 예쁜 목소리라고 생각을 하고 "네-에" 하고 대답했다.

몸은 운신의 폭이 좁아진다. 어디서 덕진이 보고 있을지도 모른다는 생각으로 약간 뒷발을 들고 걸었다. 그런 것이 멋있는지 아닌지 몰랐지만 멋있어 보이고 싶었기 때문이다. 그토록 혼자서 예쁘게 하려는 노력에도 불구하고 덕진의 모습은 볼 수 없었다. 방학 내내 덕진의 그림자라도 볼 수 있었으면 하고 바랐지만 헛수고였다. 무언가 미진했지만 언젠가 내년 아니면 다음을 기약하기로 했다.

현자의 엄마 청평댁은 큰 발견이라도 되는 듯 웃으며 말했다. 아이에서 사춘기로 접어들 기미는 발뒤꿈치를 들썩이고 '꺼정꺼정거리며' 걸으면 틀림없다고 했다. 그러면 엉덩이에 뿔이 나기 시작한 증거라나? 아마도 현자가 그때 청평댁 말처럼 '꺼쩡꺼쩡' 걸었나보다.

현자는 시골 고등학교에 진학했고, 들리는 소문으로 재경 용인 학생들 모임에 덕진이 나타났다는 소식을 들었다. 국가고시 성적이 안 좋아 서울로 가지 못하고 고향에 남아있던 중학교 반 친구들은 고등학교는 서울에 있는 고등학교로 진학을 했다. 소

위 말하는 부잣집 친구들이었다. 당시 경기도 용인은 학구열이
대단했다.

서울에서 살다가 국회의원에 출마하려고 용인에 내려온 지
방 유지들이 있었다. 선거사무실을 서로 자기 집에 차리고 싶어
했는데 당선이 되면 그 덕에 딸을 서울에 있는 명문 여고에 합
격시키려고 한다는 소문이 자자했다. 결과가 어쨌든 그 소문을
뒷받침이라도 하듯 자기 집에 선거사무실을 차려 당선시킨 자
녀들이 서울에 있는 명문 고등학교에 간 것은 틀림없었다. 다들
명문 학교로 갔으니 사실을 증명하고도 남으리라.

서울에서 저희들끼리 모임이 있다고 했다. 그리고 현자에게
충격적인 것은 덕진이 용인에서 가장 부잣집 딸인 그녀 친구와
사귄다는 소문을 들었을 때였다. 현자는 덕진을 잊기로 했다.
잊지 않으면 안 된다. 자신의 손에 잡히지 않는 엉뚱한 희망을
잡고 환상에 사로잡혔던 시절이었다. 그 후 사랑에 대한 꿈은
그녀로 하여금 신기루보다 더 멀었으며 짝사랑의 허무를 깨닫
게 되었고, 사랑은 멀리 멀리 사라진 것이다.

현자는 그때의 트라우마와 실망감으로 오랫동안 심리적 불
안을 겪었다. 상상이나 꿈속에서도 사랑하는 남자를 빼앗기는
일이 일어났고, 애인을 만나지 못하거나 잠시 잡았다고 생각하
다가도 언젠가 떠나갈 것이라는 강박증에 시달렸다.

4.

자! 이젠 박봉구와 강만길 이야기로 들어가자.

순덕언니가 서울로 떠난 후 봉구 씨 마음이 어땠는지는 아무도 모른다. 꼭 다문 입에서 어떤 말도 새어나오지 않았고 사랑을 가슴속에 꼭꼭 묻어 두었던 것이다. 그리고 열심히 농사일을 했다.

봉구 씨는 22살에 결혼했는데 삶을 위해서 열심히 일한 그는 사랑이라고 하면 아내와 잠자리를 하는 것이 전부였다. 한 번도 누구를 그리워한다거나 하는 감정을 느끼지 못하고 산 것이다. 아런한 첫사랑의 감정을 가져본 적도 없고, 알 필요도 없었다. 그런 그가 뒤늦게 30대 중반에 열병을 앓게 된 것이다. 그러나 사람은 원한다고 해도 이루지 못하는 일이 많다. 그래서 첫사랑은 잊기 어렵다고 한다. 이루어질 수 없는 사랑에 대한 그리움은 목숨과도 바꿀 수 있을 것 같았다.

봉구 씨는 묵묵히 여름을 견디며 열심히 일했다. 가을이 왔다. 자신이 지은 농산물 중 가장 좋은 것으로 골라서 짐을 꾸렸다. 서리태(까만콩, 겉은 검은색을 띠며 속은 녹색인데 서리 이후에 수확한다고 해서 서리태라 부른다) 한 말, 비단 팥 한 말, 그리고 참기름 한 병, 들기름 한 병, 참깨 한 되를 가지고 순덕언니가 있는 서울로 올라간다.

청평댁은 봉구 씨 마음을 이해하기도 했지만 착한 그녀는 젊은 순덕언니가 자신을 도와주었던 일을 생각하고 아낌없이 봉구 씨가 짐을 싸는데 도움을 준다.

형님! 형님 하면서 청평댁의 부엌일을 도왔다. 남자 장정이 할 일을 하고도 집안일을 도왔던 그녀를 잊을 수가 없다고 했다.

그리고 한마디 거들었다.

"여보, 가서 순덕을 만나면 내가 너무 고마웠다고 전해 주어요."

박봉구가 서울 변두리 달동네 하꼬방을 찾았을 때 순덕의 시부모는 반갑게 맞아 주었다. 봉구 씨 아니었으면 자신들이 어떻게 피난지에서 살았을지 모른다며 생명의 은인이라도 되는 것처럼 반가워했다.

그리고 가지고 간 물건을 보고 강만길 아내 연천댁이 반색을 한다.

"이걸 청평댁이 싸주었어요. 고맙기도 해라."

"예 집사람이 순덕 씨에게 많이 고마워해요."

연천댁은 봉구 씨를 보며 말한다.

"세상에나! 청평댁처럼 착한 분은 없을 거예요."

만길의 처, 연천댁은 자신의 남편과 봉구 씨가 큰며느리를 좋아한다는 것을 알고 있다. 그럼에도 자신이라면 미워해도 모자

랄 판에 땀 흘려 지은 농산물을 아낌없이 보내준 청평댁에게 칭
찬을 하지 않을 수 없는 것이다.

"순덕 씨가 우리 집에서 도와준 걸 생각하면 고맙다고 늘 말
했어요. 그래서 집사람이 성의라고 하면서 싸줬구먼요."

연천댁은 묻지도 않았는데 요즘 순덕, 큰며느리는 공장에 다
닌다고 했다.

순덕의 시아버지 만길 씨가 말한다.

"우리 큰애는 아들 대신으로 우리 집 보물이고 살림 밑천이
지요. 그 애 없인 우린 못 살았을 겁니다."

만길 씨의 말에 그의 아내는 시큰둥하더니 한마디 거든다.

"허긴 그렇지요. 산 입에 거미줄 치지는 않는다고 하지만, 덕
은 봤지요."

말끝을 흐린다. 지나치게 남편 만길이 며느리 편을 들고 애
지중지하는 것이 꼴사나웠는지도 모른다.

"그 애도 이젠 제 갈 길을 가도록 우리가 놓아주어야지요. 젊
은 애를 마냥 붙잡고 있을 수만은 없지요."

"갈 때 되면 어련히 갈려구!"

만길 씨는 한숨을 쉬면서 말한다.

"쓸데없이 다그치지 말어?"

그는 아내에게 눈을 흘긴다.

저녁 겸 술상이 차려지고 그동안 서로 지난 이야기로 밤이 깊

도록 이야기꽃을 피운다.

그때 순덕이 공장에서 돌아오는 기척이 났다.

"아버님 다녀왔어요. 누가 오셨어요?"

"아가. 어서 와라. 봉구아재 왔다."

"잠깐 세수 좀 하고 들어갈게요."

순덕은 손에 들고 들어온 코트를 벽에 걸고 잠시 후 말갛게 씻은 얼굴로 배시시 웃으며 인사를 한다. 순덕이 눈을 깜빡이자 숱 많은 속눈썹이 파르르 움직인다. 반듯한 이마에서 빛이 난다. 전등 불빛에 순덕의 귀밑으로 솜털이 보스스하게 일어서는 것이 보인다. 봉구 씨는 너무나 아름답게 변한 순덕을 보면서 꿈인가 생시인가 할 정도였다.

봉구 씨는 순덕을 보면서 한참 동안 숨을 멈추고 있었음을 느끼고 입술을 열어 가만히 날숨을 쉰다. 넋을 놓고 바라보다가 상 위에 놓인 술잔으로 눈길을 잠시 내려놓는다. 다시 순덕에게로 옮겨간 시선이 그대로 멈춘다. 그리도 보고 싶었고, 가슴속에서 한시도 잊어본 적이 없는 얼굴이었다.

순덕의 시선이 술잔 위로 내려앉는다. 그 눈, 속눈썹 위로 봉구 씨 시선이 멈추자 그는 순덕이 그동안 자신을 그리워했을 것이라는 긍정적인 생각을 한다. 적어도 자신만큼은 아니어도 분명 보고 싶어 했을 것이라고 믿고 싶어진다.

봉구 씨는 술잔을 든 순덕의 손이 눈에 잡히고 술을 따르는 순덕의 예쁜 손에 눈을 뗄 수 없다. 술잔을 받으면서 자신의 손을 본다. 여름 내내 일을 해서 뭉툭하고 거친 손을 보면서 평생 처음으로 손이 부끄럽다고 느낀다. 순덕의 분결처럼 고와진 손과 자신의 시커먼 손이 가지런히 술잔을 사이에 두고 겹쳐진다.

그때 문득 불길한 생각이 든다. 자신의 농투성이 손과 하얗고 매끈한 순덕의 손 차이처럼 두 사람이 다른 세계에 속한 것인지도 모른다는…….

술잔을 들고 생각에 잠겨있는데 옆에서 보기에 민망한 지 만길 씨가 말을 건다.

"어서 한 잔 더 드시게."

"예. 그러지요."

봉구 씨는 황급히 술잔을 비운다.

만길 씨는 마치 이젠 그만 들어가 보라는 듯 순덕을 향해 눈짓을 해 보인다. 그럼에도 순덕은 청평댁 안부를 묻는다.

"형님은 잘 계시지요. 그리고 수동이는 많이 컸어요? 아프더니."

"그 아인, 갔어."

"형님이 고생 많이 하셨는데 그여히 살지 못했군요."

"얘야 넌 들어가 쉬어라. 하루 종일 피곤했을 테니."

만길 씨가 순덕에게 재촉을 한다. 이미 밤이 깊기도 했다. 그리고 마지막 주인공이 나타나자마자 끝을 낼 모양이다.

'이런 심술쟁이 영감탱이.'

봉구 씨는 청평댁이 전하라는 말을 다 하지도 못하고 그냥 말문을 닫는다.

연천댁이 한마디 거든다.

"어려운 길 하셨는데 술 한 잔 따라드려라."

"집사람이 연천댁에게 고맙다고 전하래요."

"형님은 좋은 사람이에요. 제가 고맙지요."

순덕은 일어나 베니아 합판으로 겨우 구분해 놓은 윗방으로 사라진다.

술이 취한 만길 씨와 봉구 씨는 한방에서 구부러져 잠을 잤다. 아침에 눈을 떠 보니 순덕은 이미 출근을 한 후였다. 마지막 인사도 못하고 가버린 것이다. '말갛게 씻긴 얼굴'을 한 번 보려고 봄부터 여름 그리고 가을을 지나 겨울 초입까지 기다려온 셈이다. 이젠 더 이상 있을 수도 명분도 없어 시골로 내려가야 한다.

"또 오시게."

만길 씨가 그렇게 말하자 봉구 씨는 힘없이 대답했다.

"글쎄요. 내년에 보지요."

봉구 씨는 돌아오면서 눈물을 흘렸지만 그래도 한 번 그녀의 얼굴을 본 것으로 만족하자고 다짐했다. 순덕이 하얀 이를 드러내고 웃던 그 모습만 기억하기로 한다. 다시 내년을 기약해야지 별수가 있겠는가. 체념한다.

집에 돌아와서 아무렇지도 않는 것처럼 담담하게 청평댁에게 말한다.

"당신 말을 전했더니 좋아하더라구. 그리구 애들과 당신 안부를 물었어."

봉구 씨는 아무렇지도 않은 것처럼 섭섭함을 감추고 말했다. 그럼에도 불구하고 주책없이 감정이 북받친다. 쏟아지려는 눈물을 삼키고 목이 메어 말을 더듬다가 아내가 볼까봐 고개를 돌린다.

청평댁이 물었다.

"왜? 못 만났어요?"

"아니. 보긴 봤지 잠깐."

청평댁은 아무 말도 못하고 만다.

봉구 씨가 내년에도 서울로 순덕을 찾아가겠다고 한 모양이다. 청평댁은 말을 하려다 그만둔다.

'아무리 찾아가도 이젠 남일 텐데…….' 아직도 헛것에 마음을 두고 있는 남편이 불쌍하다. 한마디로 어처구니없는 짓임을 왜 모를까. 딱하다고 혀를 찼다.

5.

　다음 해 초겨울 봉구 씨는 농산물을 들고 순덕이 살고 있는 산동네 뚝방촌을 찾아 길을 떠났다. 청평댁은 마지못해 남편을 배려하기로 했다. 아무리 그리워해도 데려와 살 수 없는 일. 그럴 바에는 허탕을 치더라도 마음이라도 달래주려고 작정했다.

　봉구 씨가 청평댁이 바리바리 싸준 농산물을 등에 지고 순덕이 살고 있는 집에 들어섰을 때 연천댁은 망연 실색했다. 저 순진무구한 봉구 씨를 어쩌지 하는 태도였다.

　연천댁은 땀 흘려 일한 농산물 중 가장 좋은 것을 골라 들고 온 것이 자신들을 위해서가 아님을 안다. 순덕을 보기 위해서 핑계 삼아 들고 온 심정을 알고 있다.

　만길 씨는 근처 복덕방에 갔다고 했다. 연천댁이 속이 상한다고 봉구 씨에게 남편에 대한 불평을 얘기했다. 며느리가 시집을 가고 나서 날마다 술타령이라고 푸념했다.

　"언감생심焉敢生心, 어찌 감히 그런 마음을 먹을 수 있는지. 영감탱이가 며느리를 평생 잡고 살려고 했는지 저렇게 지랄병이 났어요. 기가 막혀서 원. 그럴 거면 처음부터 못 가게 하던지. 못 가게 한다고 안 갈 애도 아니지만 저도 그만큼 시집에서 봉사했으면 우리가 놓아줄 때가 지난 줄 알아야지. 남자들이란 도대체 대책 없이 잡아두려고만 한다니까요. 그래도 체면은 있어서 고개를 끄덕여 놓고 저런대요."

마치 봉구 씨 들으라는 듯 싸잡아 불평을 한다. 그리고 연천댁은 순덕을 보내면서 남편과 자신이 슬퍼했던 이야기를 꺼낸다.

"며느리가 마지막이라고 술상을 차렸어요. 그리고 제 시아버지에게 술 한 잔을 따라드리고 우리 부부에게 큰절을 하고 앉아 술잔에 술을 채우는데 영감이 그 애 손을 잡고 꺼이꺼이 대성통곡을 하지 뭐예요. 민망해서 말려도 소용없었어요. 그 애도 눈물을 훔치며 그동안 친정 부모처럼 고마웠다고 하더군요. 그리곤 가끔 찾아오겠다고 말했어요. 하지만 못 올 거라고 생각해요. 전 남편 시집 식구를 찾아 무얼 하겠어요. 온다고 해도 오지 말라고 할 판인데요."

만길 씨는 죽은 아들놈을 원망했다고 한다.

"복도 없는 놈 죽기는 왜 죽어서 제 마누라 하나 지키지 못했느냐고 죽은 아들만 원망했어요. 젊은 놈이 죽고 싶어 죽었겠어요? 전쟁 탓이지. 생때같은 내 아들을 데려다가 죽였는데 어디다 누구에게 원망을 하느냐고 푸념을 했지만 무슨 소용이람. 우리 복이 그만인 걸."

연천댁은 목이 메었다.

"그 애와 우리 인연이 여기까진 걸 속을 끓인다고 뭐가 달라져요?"

"……."

"죽은 자식 불알 만지기라고 다 소용없는 일이지요. 막말로

178

아들 전사통지서 받고도 목 놓아 울지 못했는데 며느리 보내면서는 대성통곡을 하더라구요. 미쳤지.”

연천댁이 이야기를 계속한다.

“큰아들, 생때같은 내 아들의 전사통지서를 받았을 때 생각하면 억장이 무너져요. 무릎이 콱 구겨져서 주저앉아 버렸지요. 처음엔 눈물도 나오지 않더라구요. 눈앞이 캄캄하고 나중엔 목줄기가 아파서 말을 못했지요. 세월이 약이라고 해도 가슴에 돌덩이는 그대로예요.”

이야길 하고 있는데 만길 씨가 돌아왔다. 연천댁이 “양반은 못 되는군.” 입을 삐죽하며 부엌으로 사라지자 강만길이 박봉구를 보고 반갑게 손을 잡는다. 하소연할 상대를 만나서였는지 마주 쥔 손에 힘이 들어갔다.

“어이. 친구 마침 잘 왔네.”

만길 씨는 이미 한잔 걸친 것 같다.

“우리 한잔 해야지?”

연천 댁에게 술상을 봐오라고 하고 두 사내가 마주 앉았다.

봉구 씨는 쭈글쭈글한 비닐장판 격자무늬 바닥에 시선을 두었다. 눈물을 삼키고 순덕이 밟고 지나갔을, 비닐 장판 위에 찍혀 있을, 그녀의 발자취를 찾아보려는 듯 뚫어지게 방바닥만 바라보았다.

만길 씨와 술상을 마주하고 봉구 씨는 할 말을 잃었다. 두 사람은 술잔만 연거푸 입으로 가져가고 서로 눈물을 보이지 않고 가슴속 가득한 슬픔을 달래려고 텅 빈 가슴을 술로 채웠다. 말을 잊은 두 사내는 순덕이 떠난 것을 안타까워하며 가슴속으로 울고 있다. 손에 넣을 수 없는 것을 알고 있었지만 슬픈 것까지는 각자의 몫인 것이다.

순덕이 시집을 갔다는 말에 봉구 씨는 하늘이 무너졌음을, 술잔 속을 들여다보며 자기 인생의 절반이 무너졌음을, 아니 죽을 때까지 다시는 이런 사랑을 되돌릴 수 없음을 느꼈다. 그리고 순덕을 다시 볼 수 없다는 사실이 믿기지 않았다. 이렇게 힘이 들 줄은 몰랐다. 잊어야 한다는 것이 죽음처럼 다가왔다.

옆에 앉은 연천댁이 말한다.

"저 양반은 아들 전사통지서 받았을 때도 소리 내어 울지 않았는데 순덕이 떠난다고 하니 목 줄기가 끊어지도록 울더라구요. 그 애도 울고 온 집안이 울음바다가 되었지요. 그동안 정을 어떻게 한 번에 끊어내겠어요. 하지만 대놓고 울어대니 남 보기에 창피해서 '저 영감이 미쳤지 않았나' 하는 생각이 다 들더라구요."

"내 아주 솔직히 말하겠는데, 봉구 씨."

만길 씨가 말했다. 목소리가 울먹였다.

"어느 고통이 더 큰지는 몰라도 이젠 나도 늙어서야. 아들 일은 체념해서인지 몰라도 며느리 일은 마지막 희망, 아들과 연결된 끈이 마지막이라는 기분입데다. 그나마 내 식구로 알고 지낸 세월이 아쉽고, 우리 집과 인연이 완전히 끊어진다는 생각이 들자, 아들을 두 번 죽이는 것 같더라굽쇼.”

봉구 씨는 한동안 만길 씨를 물끄러미 바라보다가 고개를 끄덕였다.

“알겠네, 만길 씨.”

봉구는 피곤한 목소리로 말하고 나서 눈물이 나올 것 같아서 몸을 돌렸다. 밤늦게까지 술을 마신 만길 씨는 잠에 곯아떨어졌다.

봉구는 뜬 눈으로 밤을 새고 새벽 아침밥도 거른 채 만길 씨의 집을 나섰다. 골목길을 빠져 나오면서 봉구는 뒤돌아보지 않았다. 밤새 눈이 붓도록 울어 부은 눈을 들키고 싶지 않기도 하고 순덕이 없는 집에 한시도 있고 싶은 생각이 없었다.

‘내가 없으면 간 줄 알겠지.’

빨리 벗어나고 싶은 마음뿐이었다. 버스 정류장까지 어떻게 걸어 왔는지 기억이 없다. 철지난 겨울 논에 이젠 쓸모없이 서 있는 허수아비가 된 기분이었다. 초겨울의 쌀쌀함이 옷 속으로 파고들었다. 창백한 하늘아래 헐벗은 나무에 앙상한 가지가 마지못해 달려있고 나무등걸은 가지를 버틸 힘도 없어 보였다.

바지저고리 윗옷만 걸어왔고 몸뚱이는 어디다 내버려두고 왔는지 감각이 없다. 버스에서 내려 저만치 집이 보이자 개울가 자갈밭에 털썩 앉아버렸다. 순간 바지와 윗옷이 주르르 미끄러지듯 그 자리에 주저앉는다. 초겨울 서리에 사그라든 풀잎이 엉덩이 밑에서 같은 신세라도 된 듯 축축하게 젖어 들어온다.

　주위는 차차 어두워졌고 봉구 씨는 순덕을 다시는 볼 수 없다는 것을 깨달았다. 까무룩 정신을 잃은 봉구 씨 앞으로 희미한 그림자가 다가온다. 저만치 보이는 것은 순덕이다. 까르르, 까르르 웃는 얼굴로. 그녀 웃음소리가 봉구 씨 가슴을 헤집고 들어와서 기억 속에 자리를 잡는다.

책도둑

그가 갖고 있는 책은 특이했다. 모두 같은 위치에 붉은 도장이 찍혀 있었다. 더러는 황금색의 직인도 눈에 띄었다. 내가 의아해하는 것을 보고는 그가 옆에서 설명을 곁들였다. 그리 오래되지는 않았지만 '책冊 도장'을 찍는다는 그는 자신의 책이자 자신의 소유물이라는 증표로 책에 도장을 찍는다고 했다.

1.

우연한 만남이었다. 예측 불가능한 세계에서의 만남은 우연이 아니라 필연적이라고 말할 수도 있다.

너는 문학인들의 모임에 참석하게 된 것 자체를 즐겨보기로 했다. '전국 문학인의 밤' 행사는 망년회를 겸해서 하는 세미나이다. 연말 모임은 잔칫집처럼 활기에 넘친다. 오랜만에 만나는 사람들, 같은 분야에 몸담고 있는 사람들끼리 한자리에 모이기는 쉽지 않은 일이다. 세미나는 형식이고, 아는 얼굴들과의 만남이 우선인 것처럼 들뜬 분위기이다.

세미나에 참석하는 것은 새로운 문화 적응 차원이다. 함께 온 친구에게 가다가 발길을 멈추고 문단 선배들 웃음소리 쪽으로 기웃거렸는데 한참 우스개가 진행 중이었다. 촌철살인의 우스개로 유명한 여류작가였다. 해학과 유머가 담긴 그의 책은 촌철살인의 풍자로 인기를 끌고 있는데, 그녀 주변은 언제나 남자들로 붐볐다.

"단편소설과 거시기의 공통점은?"

"그거 시효 지난 개그야. 소설과 거시기의 공통점은 주무르면 주무를수록 커진다는 것 아이가."

옆의 남성작가가 땅콩을 씹으면서 혀를 찼다.

"요즘은 소설가보다 정치가들이 더 개그를 잘 한다니까. 빨리 빼지 않으면 손해 보는 것 세 가지가 있다니. 첫째 서부 총잡이가 죽는 것, 둘째 붕어빵이 타는 것, 셋째 처녀가 애를 배는 것."

"왜 빨리 빼야 되는데요?"

초짜인 네가 물었다.

"왜긴 왜야. 애 만들면 크게 손해지."

"애 만들면 골치 아프지."

"김용옥 씨가 텔레비전에서 떠들어댔지. 최고가 되려면 지옥에 떨어지면 죽는다는 각오로 버텨야 한다고……."

박장대소, 웃고 떠들고, 시끄러운 분위기가 고조되고 있다. 새로운 문화에 초짜인 내가 분위기에 친숙해지려면 시간이 필요했다. 그다지 크지 않은 홀에 백여 명이 넘음직한 사람들이 서로 뒤엉켜 있는 듯 보인다. 기역 자로 꺾어진 벽면을 따라 김초밥, 연어 알이나 잔치국수 등의 뷔페가 먹음직스럽게 마련되어 있다. 모두 접시에 여러 가지 음식을 담아들고 있다. 나도 종이 접시를 들고 길게 줄을 선 대열의 끝에 섰다.

주위를 돌아본다. 만찬장에서 적당히 기분이 좋아진 사람들과 이미 술이 많이 취한 사람들 틈에서 자신처럼 혼자 서 있는 사람은 아무도 없음을 깨닫는다. 이방인이라도 된 것 같다. 늦게 등단한 탓도 있고 동인활동이나 다른 문인들과의 교류가 별로 없어서인지도 모른다. 굳이 변명하자면 자신의 성격 탓이리라. 접시 위에는 달랑 송편 두 알과 과일 서너 쪽만 담겨 있다.

안면이 있는 사람들도 몇 명 보인다. 그들이 기억하든 말든 머리를 가볍게 숙여 인사를 한다. 접시를 들고 그냥 서 있기도 멋쩍다. 나는 연회장 입구 쪽에 마련되어 있는 음료수 코너로 걸어간다.

그때 무언지 모를 은밀한 움직임이 시선에 잡힌다. 예리한 촉각을 세우며 주위를 살피기 시작했다. 키 큰 남자 뒤에 몸을 절반쯤 숨긴 채 내 눈은 그 비밀스런 움직임의 실체를 따라갔다. 희고 가느다란 손 하나가 시야에 들어온다. 말랑말랑한, 부드럽고 작은 손이었다. 순간 강한 호기심이 생긴다. 그 손은 테이블에 위에 놓여 있는 필사본처럼 보이는 원고뭉치로 미끄러져 내려가더니 어느새 트렌치코트 주머니에 쑤셔 넣고 있다. 아주 민첩하고 순간적인 행동이다.

혹시 소매치기 전과자는 아닐까? 말로만 듣던 소매치기 손놀림처럼 날렵하게 목표물을 손에 넣은 한 남자가 몇 걸음 뒤로 물러서면서 주위를 휘둘러본다. 날카로운 눈매가 천천히 원을 그리듯 홀안을 한 번 더 휘둘러본다. 순간 당혹해하는 내 시선과 그의 눈길이 엇바꿔 스쳐간다. 그는 아무 일도 없었다는 듯이 군중들 속으로 스며들었다. 그의 뒷모습이 사라진 후에도 나는 움직일 수가 없었다. 나는 등골이 오싹해짐을 느끼며 급히 음료수가 놓여 있는 구석 테이블로 걸어갔다.

손을 내밀어 주스 잔을 집으려다가, 병마개를 따고 서빙하려고 맥주병을 들고 있는 웨이터 앞으로 유리잔을 내밀었다. 그때 누군가 내 팔을 떠다밀었고 손에 들고 있던 유리잔이 흔들리면서 맥주가 왈칵 쏟아졌다. 순간 "아-" 하는 비명과 함께 한 남자가 옷에 흩뿌려진 맥주를 내려다보고 있었다.

"아, 정말 미안합니다."

순간 당황해서 나는 빈 유리잔을 들고 그 자리에서 움직일 수가 없었다. 잠시 후 정신을 차리고 테이블 위에 비치된 냅킨을 손에 들고 그 남자 앞으로 다가갔다. 회색 양복 상의가 가슴 부근부터 주머니까지 얼룩으로 번져 있었다. 나는 고개를 숙였다.

"죄송해요. 제 실수예요."

한 발짝 뒤로 물러난 그 남자가 냅킨으로 양복에 번진 얼룩을 닦으려는 내 손을 가만히 떼어냈다.

"됐습니다. 금방 마릅니다."

미안해서 어쩔 줄 몰라 하는 나를 쳐다보며 그가 더 미안해했다.

"미안한 건 접니다. 제가 잠시 한눈을 팔았나 봅니다."

거듭 겸손한 말투였다. 짧은 시간 두 사람은 어정쩡한 자세로 서로 마주보며 서 있었다. 나는 마침 비어 있는 의자에 가 앉았다.

2.

그 남자가 뒤따라와서 내 앞에 섰다. "앉으세요." 하고 엉거주춤 의자에서 일어서려고 하자 그는 말없이 어깨를 한 손으로 지그시 눌러 앉혔다. 그래도 일어서려고 하자 어깨를 잡은 그의 손에 힘이 들어갔다. 나는 맥주로 얼룩진 그의 회색 양복과 종이 냅킨을 들고 있는 자신의 손을 번갈아가며 바라봤다.

그는 좀 더 차분하게 행동하지 못했음을 미안해했고, 그깟 맥주 좀 흘렸다고 유난스럽게 수선을 떤 자신이 경박했다는 말을 덧붙였다. 그러면서 이런 모임은 낯설다고 했다. 소설가인 친구와 같이 왔는데 그 친구는 성격이 좋아서 이런 분야에 아는 사람이 많다고 한다. 소설에 관심이 있는 것을 알고 이런 분위기에 어울려보면 소설을 쓸 의욕이 생길지 모른다면서 초대를 해주었다고 한다.

이런 모임에 낯설고 서툴기는 나도 마찬가지라고 말했다. 늦게 등단한 탓도 있고 동인 활동이 없어서이기도 하지만, 굳이 변명을 하자면 성격 탓인 것 같다고 말하며 어색한 표정을 지었다.

"그래요. 우린 둘 다 많이 닮았네요."

"마침 여기 의자 두 개가 나란히 놓여 있네요."

연회장 벽면 가까이 놓인 테이블 쪽에 빈자리 두 개가 생겼다. 그쪽으로 자리를 옮겨서 마주보며 앉았다. 그는 생각과는 다르게 처음 본 사람에게도 쉽게 다가가는 친화력이 있는 사람인 것 같다. 낮은 목소리와 정감이 담긴 듯한 몸동작이 오랫동안 사귄 친구처럼 자연스럽다. 그러고 보니 그는 옷차림에 상당히 신경을 쓰는 사람 같다. 회색 양복에 받쳐 입은 하늘색 줄무늬가 있는 흰색 와이셔츠가 보기에도 산뜻하다. 코발트색 넥타이도, 노란색 꽃무늬도 잘 어울렸다.

"신준식이라고 합니다."

나는 잠시 망설여진다. 굳이 통성명을 할 필요가 없다. 그저 이 어색한 분위기에서 빨리 헤어나고 싶다는 생각뿐이다.

"소설가시죠?"

'어떻게 알았죠?' 하는 얼굴로 눈꼬리를 올렸다. 그러고는 한참 동안 말없이 앉아 있었다. 그는 내 가슴에 매달려 있는 행사 안내 팀에서 달아준 문학 장르별 명찰을 쳐다보고 있다. 그제야 나는 한 부분을 들키기라도 한 것처럼 명찰을 손바닥으로 가리고 "조희수라고 합니다"라고 별로 내키지 않은 목소리로 중얼거렸다.

"참으로 조용한 분이군요. 소설 쓰는 친구는 말투가 걸쭉하던데요."

"그래요?"

"저도 한때는 소설을 쓰고 싶었어요. 열렬하게 아니 미칠 만큼……."

"그래요?"

"가슴속 응어리를 풀어보려고 했지만 어디서부터 손을 대야 할지 몰라서 시작도 못하고 있습니다. 쓰려고 하면 가슴이 꽉 막혀요."

그는 문학인들 모임인 이곳에 참석하는 데에 많은 용기가 필요했다고 한다. 만용을 부려가며 참석까지 했지만 아는 사람도 없고 워낙 자신과는 다른 분야라서 이곳에 오긴 했어도 마음이 편치 않았다고 한다. 가슴속에 의욕은 많지만 행동으로 옮기지 못하는 게으름 때문이거나 용기 부족 아니면 재능 부족일지도 모른다고, 아마 후자에 더 가까울 것 같다고, 그는 다소 쓸쓸한 듯 말했다.

이유는 알 수 없었지만 그 순간 어떤 식으로든 소설 초짜인 이 남자를 도와줘야 한다는 생각이 들었다.

"처음엔 다들 그래요. 시작부터 누가 봐도 좋을, 근사하게 쓰려는 과잉 의욕 때문이지요. 소위 대작주의랄까? 뭐 그런 거지요."

"대작주의라서가 아닙니다."

"저는 자신의 생각이 얼마나 깊이가 없고 가벼운지 깨닫고 괴로웠습니다. 지금도 마찬가지지만……. 그 부끄러움을 극복하는 용기가 필요해요. 작품에 품격을 갖게 하려고 자신을 담금질해도 만족할 수 없어서 포기하고 싶게 만들기도 하지요. 소설가 지망생들에게 자신에 대한 지나친 애정이나 자부심은 오히려 소설 쓰는 데 방해 요소가 됩니다. 그래서 등단 작품이 마지막 작품이 되기도 하지요. 글을 쓰려면 자신을 죽여야 합니다.

글쓰기는 일종의 삶이지요."

나는 잠깐 멈추었다가 다시 말을 이었다.

"작가라는 긴 호흡을 유지하려면 솔직한 내면세계를 내보일 용기가 필요합니다. 무조건 겸손해야 된다고 생각합니다. 스스로 자신을 비참하게 하는 것, 그 여정이 바로 소설이 아닌가 합니다. 그 과정을 거처 소설가가 되겠지요. 저는 지금도 그래요. 작품을 시작할 때마다 역시 같은 고민을 하곤 합니다."

내 말이 끝나자 그가 처음 웃었다. 환하게 웃는다. 갑자기 사람이 달라 보인다. 그의 얼굴을 처다보았다. 순간 웃음을 멈춘 그의 얼굴은 우수에 젖은 얼굴로 바뀌었다. 냉소를 입가에 물었다.

"담배를 피워도 될까요?"

"여기에서는 금연구역도 무시됩니다."

그가 담배를 꺼내어 입에 물었다. 어디서 본 듯한 손이다. 라이터를 켜는 그의 가늘고 예쁜 손이 여자 손 같다. 갑자기 그의 손이 눈앞으로 커다랗게 다가온다. 바로 그 순간 눌린 비명이 튀어나오려고 한다.

앗, 바로 그 손이다! 의자 위에 있던 무언가를 코트 주머니에 쑤셔 넣던 바로 그 손이 그 남자의 손 아닌가! 나는 본능적으로 어깨가 움츠러들었다. 그리고 경계하듯 그를 처다보았다. 그의 얼굴은 의외로 순수한 소년 모습이었다.

"왜 그러십니까? 제 얼굴에 뭐가 묻었습니까?"

갑자기 긴장으로 팽팽해진 내 눈매를 살피던 그가 나지막한 목소리로 물었다. 나는 목이 말랐다. 들고 있던 맥주잔으로 마른 입술에 한 모금 적셨다.

바로 그때였다. 행사본부석이 있는 테이블 쪽에서 수런거리는 소리가 들려왔다.

"방금 여기다 두었는데, 누구 못 봤어요? 월북 작가, 지금은 작고하고 안 계시는 김ㅇㅇ 선생님의 친필원고 그건 하나밖에 없는 원본인데……."

그러자 여기저기서 의자 밑을 살피는 등 분위기가 갑자기 어수선해졌다. 왜 그런 느낌이었는지 나도 모른다. 그의 행동과 존재를 감추어 주고 싶었다. 내가 안절부절 가슴이 뛴다. 곧 들통이 날 것 같아 초조해진다. 그는 벽에 몸을 기대면서 책 도난 사건과는 관계가 없고 관심이 없다는 듯 냉소적인 표정을 지었다. 흥미도 관심도 보이지 않았다.

시니컬해 보이는 이 남자. 밝게 웃고 있어도 가슴속에 숨어 있는 슬픔 같은 것이 보이는 듯하다. 그를 어떻게 생각해야 할지 알 수 없었다. 놀라움이 지나가자 갑자기 연민이 밀려온다.

194

침착하게 앉아있는 남자를 보니 조금 전까지의 긴장감이 천천히 사라진다. 이 남자의 행동을 이해할 수 없다. 하지만 어떤 사연이 있을 거라는 짐작을 하면서 새로운 시선으로 그를 바라본다.

"아직까지도 소설에 대한 꿈을 완전히 버리진 못하고 있습니다만……."

그가 중얼거렸다.

나는 자신이 가지고 있던 꿈, 소설을 쓰고 싶어 하던 때를 떠올렸다. 꿈을 향해 몸부림치던 시절에 느꼈던 그 갈망을 이 남자에게서도 발견한다. 그 시절에 대한 생각만으로도 연민을 느낀다. 만약 이 남자가 지금껏 그 꿈을 가슴속에 간직하고 있다면 그건 매우 걱정스러운 일이다. 소설에 대한 꿈은 마약과도 같다. 미련을 버리는 것이 얼마나 큰 것인지 안다. 그의 입장에서 본다면 지금의 나는 그 꿈을 이루었다면 이뤘다고 말할 수 있는 위치에 와 있다. 하지만 목마른 갈증은 여전하다.

"작가님을 이렇게 만나다니 영광입니다."

그는 나를 쳐다보며 말을 이었다.

"선생님 작품집『시선』을 잘 읽었어요. 후속 작품을 사 보겠습니다."

"아직 대표작이랄 것까지는 없고 몇 권 냈습니다."

"저도 자신의 책을 가져보는 것이 소원입니다."

"막상 자신의 작품을 갖게 되면 그렇지도 않습니다."

"저는 선생님 작품 애독잡니다."

반갑다. 애독자! 기분이 묘하다. 몇 년 전 작품집을 냈을 때 생각이 난다. 자신의 깊지 못한 생각을 들킨 것이다. 벌거벗은 것처럼 부끄럽기도 했지만 한편 누군가 내 책을 사서 들고 있는 사람을 보면 달려가서 포옹을 해 주고 싶다는 상상을 해본 적이 있다. 마음이 내키지 않았음에도 이 모임에 오게 된 것은, 이 사람을 만나기 위해서일지도 모르지만 이 남자와의 만남이 운명일지 모른다는 생각까지 하게 된다. 갑자기 그에 대한 호감이 상승하고 있다.

어느 작가가 말했다. 애독자라고 접근하는 사람을 조심하라고. 왜 그런 말을 했는지 알 것도 같다. 가장 달콤한 유혹의 말이 될 수도 있기 때문이다. 계속해서 그의 낮고 부드러운 목소리가 나의 귀를 즐겁게 해 준다. 특히 '작가의 말' 부분이 너무 마음에 와 닿는다고 한다. '작가의 말'을 쓸 때가 떠올랐다.

사람들이 살아가는 모습은 어쩌면 큰 차이가 없을 것 같다. 그러나 작은 사건이나 타인과의 관계가 조합되는 방법에 따라 우리의 삶은 무한한 변수를 가지고 변화하는 거대한 스토리 폿 (story pot)이 된다. 이런 삶의 이야기들을 신들은 즐겁게 읽고 있는 것은 아닐까? 아니 어쩌면 디지털 게임을 즐기는 게이머처럼 게임 내용을 마음대로 바꾸어가면서 매번 새로운 스토리를 조작하고 있는지도 모른다. 완결된 에디션(edition)이 아니라 한 번도 반복되지 않고 끝없이 변화되어 가는 새로운 일들은 정말 재미있을 것이다.

그러나 냉정한 신의 관점에서 본다면, 한 개인이 거대한 스토리 속에서 어떻게 상처를 입고 어떻게 좌절해 가는지에 대해 신은 전혀 관심을 갖지 않을지도 모른다. 오로지 상처를 극복하고 이겨낸 주인공들에게서만 감동을 느낄 것 같다. 한 개인을 중심으로 변형되어 가는 '이야기의 가능성'들은 그 자신에게는 불안과 후회의 대상이 된다. "만일 우리를 처음부터 지켜본 이가 있다면, 우리가 어디서부터 잘못되기 시작했는지 말해줄 수 있을 텐데……"라는 말이 떠오른다.

삶을 살아가는 동안 우리는 여러 번의 갈림길에 서서 고민하고 그 안에서 헤매기도 한다. 그러는 동안에 그 어떤 곳에서 길을 잃었던 것인지 스스로 깨닫지도 못한 채 서서히 침몰해 가기도 한다. 그러기에 "나 돌아갈래~!"라는 절규가 가슴 찡하게 만드는 것이 아닐까.

지금까지 살아온 삶이 만족스럽지 못하다면, 그것을 여러 개의 분신으로 분할해 보면 어떨까? 지금과 완전히 다른 자신을 상상한다는 것은 불가능한 일. 지금 자신의 모습과는 조금씩 다르게 상상해 보는 것 정도이다. 지금보다 조금 더 용기 있는 사람, 지금보다 조금 더 사랑스런 사람, 지금보다 조금 더 아름다운 영혼을 가진 사람으로 변형시켜서 다른 스토리의 삶을 살게 하는.

처음에는 타인의 삶을 들여다보는 정도로 독서를 하다가, 캔두(can do), 할 수 있을 것 같은 마음이 생기고 신화를 만들어 가는 소설가들 대열에 한몫 끼어들고자 했던 것이다. 게임 속에 투입되는 엑스트라 군상 중의 하나에 불과한 자신의 역할에서 벗어나 '자기애'를 표현하는 방법으로 선택한 것이 소설이다.

"제 경우는요. 생각의 노출이 심각하더군요. 평범하고 얇은 사고와 허접한 이야기들 들키는 것이 괴롭더군요. 그보다 더 고역은 없어요. 구상하는 순간에는 근사하다고 믿었는데 막상 쓰려면 길바닥 휴지 조각 같은, 뭐 그런 감정, 결국 날아오르지 못하고 마는 제 모습이 보여 처절합니다."

"겁을 주시는군요."

그가 분야는 조금 다르지만 인쇄업 쪽에 관심을 두고 사업을 시작한 것은 솔직히 문학에 대한 열정 때문이었다고 한다. 취미로 그림이나 사진 등에 관심을 가져보았지만 특별히 소질이나 재능이 있는 것도 아니라고 한다. 굳이 말한다면 인쇄소에서 나온 책을 진열해 놓다 보니 보기가 좋더라고 했다. 그러다 보니 자신의 이름을 달고 나온 책을 보았으면 하는 욕심도 가끔 생기더라고 했다. 한편 허황된 꿈이라는 생각도 들었지만 그래도 그 꿈을 버린 것이 아니라고 한다.

가끔 혼자서 습작도 해보았으나 부끄러워서 한 번도 남에게 보인 적은 없다고 한다. 우연한 기회로 작가를 직접 만나게 되는 영광을 안았으니 이것도 소설로 이어지는 인연이 아닐까 하는 생각도 든다는 것이다. 직접 작품을 쓴다는 생각은 잊은 줄 알았는데 나를 만나보니 희망이 생긴다면서 고맙다고 한다.

"행사가 대충 끝난 것 같고, 우선 같이 나갑시다."

연회장 안을 둘러보았지만 같이 온 친구는 보이지 않았다. 몇 번 본 소설가들이 2차를 가자고 했으나 따라나서기도 그렇고 할 일 없이 서 있기도 어정쩡해 집으로 가야겠다는 생각을 하던 참이었다.

"우리 어디 가서 한잔 더 할까요?"

'우리라고?' 두렵기도 하고 망설여지기도 한다. 문인들의 시선에서 자유롭고 싶다는 생각도 있었다. 이유는 알 수 없었지만 갑자기 호기심이 일었다. 시간 낭비일지도 모른다는 생각을 하면서도 그를 따라나서기로 했다. 무엇보다도 책 훔치는 장면을 목격한 후 그가 책을 훔치는 이유가 더 궁금했다. 왜 그랬을까?

3.

카페는 지하 1층에 있었다. 계단을 내려가서 카페 안으로 들어가니 카페 안에는 몇몇 문인들이 벌써 와 있었다. 좁은 실내 공간이 담배연기와 술 그리고 사람이 어우러져 회백색으로 뒤덮여 있다. 알 수 없는 음악이 흐르고 여기저기서 담소를 하거나 웃고 떠드는 사람들 틈에 섞이기 거북할 것 같다. 무엇보다 혼탁하고 익숙하지 않은 분위기가 답답하다. 어떤 공간에 갇히는 기분이다. 그가 뒤돌아서 내 얼굴을 쳐다본다. 말없이 내 어깨를 돌려 세운다. 내켜하지 않는다는 걸 눈치 챈 모양이다. 자리를 권하는 웨이터를 물리치고 그대로 밖으로 나온다. 벌써 저녁이 무르익어 가고 있다.

"우리 이제 어떡하죠?"

그가 돌아보며 물었다. 길옆에는 불을 밝힌 포장마차들이 즐비하다. 지금 몇 시나 됐을까? 그가 한 포장마차 앞에 멈추어 선다. 뒤돌아서서 나를 쳐다본다. 그에게 눈으로 대답한다. 포장마차 비닐을 들추는 그의 뒤를 따라 안으로 들어선다. 음식이 즐비하다. 잔치국수와 소주를 하나씩 주문한다. 주인이 테이블에 술과 안주를 내려놓는다. 국물을 마신 것 때문인지 뱃속이 편안하다.

다시 둘이 걷기 시작했다. 얼마나 많이 걸었을까. 아마도 삼 킬로미터는 걸은 것 같았다. 마포에서 출발하여 아현동을 지나

신촌 고갯마루까지 걸었으니까. 그런데도 피곤하지 않았다. 이화여대 입구로 올라가는 고갯마루쯤 이르렀을 때에야 하이힐을 신은 발이 조금씩 저려오기 시작했다. 앞서 걸어가던 그가 돌아보면서 내가 불편해함을 안다는 듯이 물었다.

"어디 가서 조금 앉을까요?"

어떤 골목 안이었다. 막다른 골목 끝에 허름한 음식점이 하나 보였다. 우선 쉴 공간이 있어 반가웠다. 무조건 들어섰다. 한지를 바른 창문과 황토로 된 벽, 서까래가 보이는 천장, 주인은 우리를 다락방 같은 이층으로 안내했다.

나도 그의 뒤를 따라 고개를 숙이고 이층으로 들어선다. 천장이 너무 낮아서 똑바로 설 수가 없다. 엉거주춤 허리를 구부린 채 빈자리를 찾아서 앉는다. 그제야 머리를 들 수 있다. 그는 잠시 다락방 벽에 걸려 있는 메뉴판을 보고는 동동주 한 병과 도토리묵 하나를 주문했다. 2차에 마신 술은 걷는 동안 취기가 풀렸고, 새로 시작한 3차였다.

술이 들어가자 경직되고 굳어있던 그의 얼굴이 풀리기 시작했다. 지금까지 말이 별로 없던 그가 갑자기 닫혔던 입이 열리기라도 했는지 말이 많아졌다. 나도 서서히 긴장이 풀리고 있다. 다락방은 흑백에서 칼라로 바뀌듯 분위기가 활기로 출렁였다. 둘은 '책'이라는 공동의 주제를 가지고 이야기를 나누게 되었다.

"가르강튀아처럼 먹고 마십시다."

"라볼레가 쓴 『가르강튀아와 팡타그뤼엘』[1] 말입니까?

"네에. 태어나자마자 목마르다고 외쳤다고 하잖아요."

"먹고 마셔도, 누가 먹고 마시느냐에 따라서 삶을 바라보는 시선이 여러 가지로 드러나겠지요?"

나도 그 책을 읽은 적이 있다. 돈키호테와 더불어 서양 풍자 문학의 백미로 일컬어지는 작품이다. 가르강튀아는 태어나면서 '응아' 하고 우는 대신 '술 줘' 하고 운 호걸이다. 술 취한 사람들의 대화, 먹고 마시고, 주객들의 객담으로 꾸며진 것 같지만 그 작품이야말로 실레노스의 보물 상자인 것이다. 희랍 철학자와 당시의 사상을 이해할 수 있는 프랑스 소설의 고전이다. 플라톤의 『향연』에서 알키비아데스[2]는 스승인 소크라테스를 찬양하면서 실레노스와 같다고 말한다. 그리스 신화에 나오는 실레노스는 술의 신 디오니소스의 스승으로, 지혜로운 사람이었으나 외모는 아주 우스꽝스러웠다. 실레노스는 지혜의 보고로 알려져 있다. 그의 보물 상자는 겉모양은 작고 초라하며 타락한 그림으

---

1 가르강튀아와 팡타그뤼엘: 거인 가르강튀아와 그의 아들 팡타그뤼엘 및 동료들의 모험을 다룬 익살스럽고 풍자적인 이야기(1532-64). 16세기 프랑스 인문주의자인 프랑수아 라볼레의 걸작.
2 알키비아데스: 소크라테스의 제자였던 아테네의 장군, 정치가.

로 채색되어 있지만 그 안에는 인간적인 것을 초월한 지혜, 뛰어난 재주와 품성, 불굴의 용기, 놀라운 절제력 등등 고귀한 가치들이 가득하게 채워져 있다.

　나는 그를 찬찬히 바라보았다. 다른 두 개의 얼굴을 갖고 있다. 겉보기와는 전혀 다른 변모가 나타난다. 아까부터 겉치레에만 신경 쓰는 내면이 텅 빈 사람일 거라고는 생각을 하고 있었다. 아무리 깔끔한 모습이라고 해도 보잘 것 없어 보였다. 쓸모없고 하찮아 보이지만, 찬찬히 뜯어보면 진정한 가치가 드러나는 것 같았다. 내가 사람을 잘못 보았나? 갑자기 그가 '실레노스의 보물 상자'일지도 모른다는 느낌이 들었다. 너무 비약시켰나 하는 생각이 들자 나도 모르게 웃음이 나왔다.

　"왜 웃지요?"
　"설명해야 하나요?"
　그도 윗니를 하얗게 드러내며 웃었다.
　"왜 웃었어요?"
　"저도 설명해야 되나요?"
　각자의 생각이 원이라고 가정해 본다. 원과 원이 서로 만나면 교착점이 생긴다. 원과 원이 서로 만날 때 겹쳐지는 부분이 손톱눈처럼 느껴진다. 생각을 함께 공유하고 나눌 수 있는 공간이라는 생각도 들었다. 그와 나는 두 개의 각기 다른 방을 갖고 있다. 그런데 그와 나 사이에는 함께 사용할 수 있는 '공동의 방'이 만들어져 있어 우리는 그 방을 드나들면서 생각들을 교류할 수 있을 것처럼 느껴진다. 시간이 지나면 원의 겹쳐짐이 점점 더 커질 수도 있겠구나 하는 생각이 든다.

"책을 모으게 됐습니다."

"책을 모은다고 하셨어요?"

책은 필요에 의해서 갖게 되는 것 아닌가? 책을 모은다는 표현이 생소하다.

"……."

그는 대답 대신 담뱃갑을 집어 든다. 담배 한 개비를 꺼내서 라이터를 켠다. 담배연기가 동그란 원을 그리며 그의 머리 위로 올라간다. 그는 책을 수집하던 과정이 생각나는 듯 생각에 잠긴다. 갑자기 그가 왜 책을 갖고 싶어 하는지 궁금해진다.

그가 책을 수집한 과정은 다양한 모양이었다. 도서관에 있는 책 원본과 자신이 마련한 복사본을 바꿔치기 한 사건이 있었다. 그의 서재에 세계문학 전집이 있는데 유독 제8권인 『가르강튀아와 팡타그뤼엘』 한 권이 없었다. 그는 국립도서관에서 그 책을 빌렸다. 그러고는 원본과 구별할 수 없을 정도의 복사본을 만들어 반납하고, 원본을 그가 가졌다. 왜 그가 그런 행동을 했는지는 그 자신도 이해할 수가 없었다.

수요가 적어 재판되지 않는 그 책을 손에 넣는 방법이 그뿐이었다. 그렇다고 찾는 사람이 있는 것도 아니었다. 다른 사람에게는 필요하지도 않을 것이고 있으나 마나 한 책이어서 도서관에서는 없어진지도 모를 것이다. 그러나 그에게 있어 그 책은 다른 의미로 다가왔다. 다른 어떤 책보다도 그 책이 소중하며 가치가 있는 것처럼 느껴졌다. 꼭 그 책을 갖고 싶었다. 책 주인은 '나'다. 자신이 원하던 책을 가졌을 때, 바라보는 것만으로도 행복했다. 책의 입장에서도 도서관에 있는 것보다는 나와 함께 있는 것이 더 가치가 있을 것이란 생각까지 하게 되었다.

그는 자신의 서재를 보여주고 싶다면서 나를 초대하겠다고 말했다. 서재라기보다는 인쇄소 사무실이라고 했다. 자신의 사무실, 아니 정확히 말한다면 서재를 방문해 달라는 그의 청을 받아들이기로 했다. 또 하나의 나, 내 작품을 알아주는 사람, 그리고 생각의 코드가 서로 통한다는 동류의식이 그에 대한 경계심을 사라지게 했던 것이다. 밤이 깊어 이층 다락방 같은 술집을 나왔다. 가로등 불빛이 있는 곳까지 함께 걸어와서 서로 헤어졌다.

4.
이틀 후에 그에게서 전화가 왔다. 미니 픽션을 한 편 썼다고 했다. 자신의 작품을 보아주었으면 한다는 것이다. 나는 점심시간을 피해서 오후에 시간을 낼 수 있다고 했다. 약속 장소인 M 호텔 커피숍에 들어섰다. 전날과 달리 점퍼 차림으로 그가 웃으며 손을 쳐들고 있다. 호텔 커피숍은 붐비지 않았다. 밀크베이지의 폴로셔츠와 카키색 점퍼가 잘 어울린다. 대부분 검은색 계통 양복을 입고 있는 손님들 가운데서 돋보인다. 미팅하러 나온 대학생처럼 밝은 모습이다. 하얀 이를 드러내며 웃는 모습이 경쾌해 보인다. 무엇이 저 남자를 들뜨게 했을까? 그의 장서들 때문인가? 그의 작품 때문인가? 나는 궁금했다.

그가 A4 용지에 쓴 작품을 넘겨준다.

〈실종〉

그녀는 돌아오지 않았다. 새벽이 뿌옇게 다가오고 있다. 곧 어둠을 몰아내고 빛이 모습을 드러낼 차례다. 어두울 때는 그래도 그녀가 돌아올 것이라는 희망이 남아있었다. 그러나 뿌연 새벽과 함께 한 가닥 남은 희망도 서서히 허공 속으로 사라진다. 너와 나 우리의 소중한 추억을 잡고 싶다. 어제는 태양이 눈부시게 빛나는 6월이었다. 그 찬란한 하루가 나에겐 길고 길었다. 전화를 기다렸다. 그녀가 밝은 목소리로 말했다.

"전화할게."

그 전화가 언제 올지도 모르면서 설레는 마음으로 무작정 기다린다. 휴대전화 뚜껑을 몇 번이나 열어보았다. 혹시 전화를 못 받은 것은 아닐까?

긴 하루였다. 그녀와 만날 약속 시간이 지나고, 집으로 돌아갈 막차도 떠나버렸다. 휴지처럼 구겨진 몸을 끌고 일어선다. 눈물이 난다. 주머니에서 담배를 꺼내 입에 문다. 라이터가 없다. 가로수 밑을 걷는다. 지나는 사람에게서 담뱃불을 빌린다. 담배연기가 하늘로 올라간다. 그래도 행복하기로 한다. 기다릴 수 있는 그녀가 있어서.

밝게 웃으며 서 있던 그녀의 모습이 선연하다. '당신 뒤에 누가 있는지! 알아맞혀 보세요?' 문자를 보내던 그녀가 내 머릿속을 가득 채우고 떠날 줄을 모른다. 발걸음을 떼어 놓다가 멈추어 선다. 뒤돌아보고 싶다. "많이 기다렸어?" 하고 옆에 붙어 팔짱을 낄 것만 같다.

(이하 생략)

첫 단락으로 보아 소설이 어떻게 끝날지 대충 짐작이 갔다. 집에 가서 읽어보겠다고 말하고 작품을 한쪽으로 비켜놓는다. 첫 장부터 부정적인 사고로 시작되는 소설이다. 내면의 결핍을 글자로 가득 채우고 있는 것은 아닐까 하는 생각이 든다. 자신의 작품을 들고 있는 나를 초조하게 바라보는 그를 향해 무엇인가 말을 해야 한다.

"시인이 되었으면 좋았겠네요."

감수성이 풍부한 사람인 것만은 틀림이 없다. 그의 작품에서 나에 대한 자신의 감정을 표현하려는 의도가 보인다. 나를 향한 그의 눈빛이 예사롭지 않다. 이쯤 해서 그가 더 이상 자신의 감정을 노출시키지 않도록 도와주어야 한다. 사랑이라고 생각하는 그의 감정에 상처를 주지 않도록 조심해야 한다고 생각한다.

그 후 내 책을 읽은 독후감을 써 들고 온 그를 커피숍에서 몇 번 더 만났다. 내 첫 장편소설 『너의 이름을 쓴다』에 대한 평을 한 것이다. 신에 대한 말이 몇 번 거론되었으며, 각기 다른 신에 대한 견해까지 분석해 놓은 것이 페이지별로 정리되어 있었다.

신에 대한 자신의 생각을 말하기도 했다. 둘의 의견이 일치했을 때마다 그는 감동을 억제하지 못한 듯 즐거워했다. 자신의 작품이 누군가 독자의 관심을 끌었다면 그것이 작품을 쓰는 작가의 보람인 것이다. '한 사람의 독자라도 있다면 나는 행복할 것이다.' 첫 작품집을 내면서 썼던 작가의 말을 그날 떠올렸다.

5.

어제 그에게서 전화가 왔다. 이번 토요일 오후에 방문해 달라고 한다. 그동안 몇 번의 제의가 있었지만 미루어오던 터라 승낙한다. 그가 운영하는 출판사를 나는 아직 한 번도 방문한 적이 없다. 몇 번 만남이 있기는 했지만 오피스텔 근처로 오라고 했을 때 기분이 썩 내킨 것은 아니었다.

　토요일. 나는 최대한 예의를 가지고 그를 대하려는 생각이다. 검은색 원피스에 목 부분과 소매 끝에 하얀 레이스 프릴이 달린 옷을 입는다. 꽤 멋을 내는 그를 생각해서다. 사무실을 방문하면서 그냥 가는 것도 예의가 아닌 것 같다. 꽃을 선물하기로 작정하고 꽃을 한 아름 사 든다. 옆에서 본다면 마치 연인을 찾아가는 것 같은 태도다. 나는 그런 자신을 보면서 냉소를 짓는다.

　그와 약속한 오피스텔 근처로 가서 도착했음을 전화로 알린다. 이삼 분도 못되어서 그가 나타난다. 사무실이 여기서 얼마나 되는지 묻는 내게 그는 오피스텔 건물을 손으로 가리키며 205호 라고 대답한다. 그가 운영하는 출판사는 내 생각을 완전히 뒤엎어 버렸다. 출판사는 오피스텔 건물 안에 있으며 그의 주거 공간이기도 한 것 같다. 그는 작업실일 뿐이라고 우긴다.

　나는 다른 곳으로 장소를 옮기자고 오피스텔은 좀 거북스럽다고 했다. 토요일 오후 직원이 퇴근을 해버린 후라 둘만의 시간을 갖게 하려고 한 모양이다. 그에 대한 신뢰심은 있었다. 그가 무례하게 행동한 적은 없다는 생각을 한다. 나는 마음을 바꾸어 그의 오피스텔로 들어선다.

　삼 면을 가득 메운 책들! 나는 그 많은 책들에 압도당했다. 그것도 책장이 모자라서 겹겹으로 쌓아 놓았다. 더더욱 나를 놀라게 한 것은 그의 해박함을 보증하는 것 같았다는 점이다. 많은 부분이 내가 갖고 싶은 책들로 가득했다. 너무나 깨끗해서 한 번도 손길이 닿지 않은 것 같은 책도 있었다. 사람 손길이 닿으면 그대로 부서질 것 같은 고전 서적에서부터 다양한 분야의 서적들을 보니 부럽기조차 했다.

그는 자랑스러운 눈길로 나를 바라보고 있다. 소설가 꿈을 가진 사람답게 문학과 철학 서적이 주류를 이루고 있다. 자연과학 분야 책들도 많았지만 나로선 어느 정도로 중요한 것인지 알 수 없었다. 나는 소설가이다. 내가 내세울 수 있는 것은 작가라는 사실이다. 니체와 하이데거, 헤겔, 스피노자처럼 귀에 익은 작가의 작품도 있지만 내가 아직 읽어보지 못한 작품들도 많았다. 라깡, 들뢰즈, 디드로 등 많은 작가들의 작품들이다. 소설로는 카프카, 칼비노, 피란델로, 울프, 차펙크, 조셉 콘래드, 보르헤스, 마르셀 프루스트, 나는 놀라움을 감추지 못한다.

별 것 아니라는 듯이 나를 쳐다보는 그의 얼굴에는 자랑스러움이 숨어 있다. 감추려 해도 드러나는 만족감을 드러내는 그를, 애써 겸손하려는 그를, 나는 본다. 평소에 오만함보다 겸손을 가장한 위선을 미워하던 나였다. 그런데 오늘만큼은 그의 순진함 쪽을 높이 평가하기로 한다. 겸손한 척하는 아니 겸손하려는 그의 마음이 보인다. 그럼에도 그에게 경의를 표하고 싶다.

그가 갖고 있는 책은 특이했다. 모두 같은 위치에 붉은 도장이 찍혀 있었다. 더러는 황금색의 직인도 눈에 띄었다. 내가 의아해하는 것을 보고는 그가 옆에서 설명을 곁들였다. 그리 오래되지는 않았지만 '책冊 도장'을 찍는다는 그는 자신의 책이자 자신의 소유물이라는 증표로 책에 도장을 찍을 때의 감촉! 그 기분으로 책을 처음 얻을 때의 감동을 다시 한 번 더 느끼게 된다고 했다.

"'책 도장'이 뭔가요?"

"장서인藏書印, 장서표藏書表, 서화인書畵印 같은 걸 말합니다. 일종의 스탬프 같은 걸로 장식 등을 목적으로 책에 찍거나 책에 붙이는 겁니다. 장서인에는 자신의 이름이나 글귀 등을 새기고 서화인에는 그림을 곁들입니다. 손으로 책에 눌러 찍어요."

그러면서 그는 책 도장이 찍혀 있는 책들을 조심스럽게 내려놓았다. 그의 책에 대한 소유욕이 남다름을 느낀다. 책 때문에 눈여겨보지 못했던 그의 모습이 이제야 눈에 잡힌다. 카키색 계통에 베이지색이 겹쳐진 면바지에 밀크색 마 남방이 고급스러워 보인다.

나는 그의 곁에 앉아 커피를 준비하는 그를 지켜보았다. 커피 향이 오피스텔 안을 휘돌아 내 후각을 자극한다. 커피는 이런 향이어야 한다는 듯, 그동안 내가 맡았던 커피 냄새를 비웃 듯이 강렬했다.

"브라질산?"

나의 눈 물음에 그가 대답한다.

"예, 친구가 쿠바를 여행했다고 가져왔어요. 원주민이 즐기 는 커피라고 합니다."

그는 나에게 향연을 베풀고 있는 것이다. 두툼한 머그잔은 기분 좋은 향기와 함께 손에 잡히는 감촉도 튼실하다. 한 모금 마시자 아! 하는 탄성이 흘러나온다. 이렇게 문화의 사치를 향 유하기도 하는구나 생각하며 나는 숨을 들이마신다.

책을 보면서 내가 꿈꾸던 시절이 다시 떠올랐다. 꿈이란 가 당치 않을 때 더욱 찬란한 법. 그때 나는 소설을 마음껏 읽을 수 있었으면 하는 소망이 있었다. 활자화된 것은 무조건 읽어보면 서 목말라하던 때였다. 나만의 방, 더더욱 서재를 가득 메운 책 을 갖는 것은 상상 속에서만 존재했다. 그 시절 나는 입버릇처 럼 이렇게 중얼거렸다. 사방을 책으로 가득 채우고 흔들의자에 앉아서 여생을 보낼 수 있는 그런 삶을 허락해 달라고. 지금부 터 신에게 기도하리라. 그렇게 살 수 있게 된다면 신의 존재를 믿고 한평생을 감사하며 살 것이라고 신과 자신에게 다짐을 했 다.

신은 '너의 소망이 이런 것이었냐?'고 물어보고 그의 서재를 만든 것 같았다. 어쩌면 나의 꿈을 미리 알아차리고 빼앗아 간 것인지도 모른다. 나의 이러한 생각을 눈치 채기라도 했는지 책꽂이에서 내가 쓴 책 한 권을 뽑아들고 앞으로 다가왔다.

"이 책에 사인을 부탁드립니다."

증정하지 않은 책에 사인을 하기는 이번이 처음이다. 처음 작품집을 내고 친지와 친구에게 선물할 때 생각이 난다. 벌거벗은 채 들판에 서 있는 것 같이 부끄러웠다. 초기 작품을 보면서 얼굴이 붉어졌다. 생각을 바꾸려고 노력한 결과 부끄러움에서 조금 벗어나기는 했다. 하지만 처음 글을 쓰기 시작하던 때의 그 빛나던 열정을 사랑하고자 애를 쓰고 있다.

그가 책 한 권을 들고 왔다. 랠프 엘리슨[3]의 『보이지 않는 인간』이었다. 책을 들어 보이면서 이런 책을 써보고 싶다고 한다. 흑인 작가가 쓴 소외 집단의 정치적 고발을 담은 항의소설이다. 흑인의 특수한 입장을 빌려서 자신의 인간됨을 주장하지 못하는 모든 인간, 살아있으면서도 인간의 모습으로 보이지 못하는

---

3 랠프 엘리슨: 미국의 작가이자 교육자. 구두닦이, 재즈 음악가, 프리랜서 작가로 일했던 그는 음악을 공부하면서 부단한 독서로 문학에 대한 열정을 버리지 않았다. 단 두 권의 책만으로도 위대한 작가로 평가받고 있다.

실존적 고뇌를 이야기하고 있다.

혹인 주인공은 백인 사회의 비위를 거스르지 않기 위해 굴욕을 견딘다. 출세하기 위해서 다른 사람들이 요구하는 대로 열심히 노력하며 봉사한다. 그 결과 자신이 보이지 않는 인간이 되어 있으며 다른 사람의 말을 따랐다가 어둠 속에 갇히고 말았다는 사실을 깨닫게 된다.

이 소설은 인간이 보이지 않게 되는 진정한 이유는 어둠이라는 상황이나 피부 빛깔이 아님을 암시하고 있다. 우리에게 주어진 삶의 조건보다는 그 조건에 순응해 버리는 자기 정체성의 실종, 즉 비인간화 상태가 이유라는 것이다. '당신은 과연 보이는 인간인가?' 작가는 우리에게 묻고 있다.

"우리는 보이는 인간인가요?"

그가 말했다.

"생각하기 나름이죠. 통제된 공간에서도 자유를 느끼기도 하니까요."

"생각하기 나름이라면 보이는 인간이 되든, 보이지 않는 인간이 되든, 선택은 자신이므로 고뇌할 필요도 없네요."

나는 웃었다. 물론 그는 내가 말하는 뜻을 짐작하고 있다. 다른 사람들의 눈을 통해 제도화 되어 버린 시선들이, 소외된 무수한 인간들을 어둠 속으로 함몰시킨다는 것을 알고 있다.

그런데 왜 그들의 말에 거부를 하지 않는가? 그들의 그릇된 신념을 정당화시키고 인정했을 때, 그들로부터 더 많은 사랑과 감사를 받기 때문이다. 왜 그럴듯한 미명하에 짐승 취급을 받고 희생을 강요하는 그 계획을 파기시키지 못하는가? 흑인인 처지에 종의 역할을 충실히 함으로써만이 존재할 수 있었던 것이다. 고개를 쳐들고 자신의 존재감을 드러낸다면 사랑받지 못하는 것이 아니라 생명 자체를 유지할 수 없을 것이고, 현재 슬기롭게 대처하는 방법은 역할만 있고 인간은 보이지 않아야 살 수 있다. 보이는 인간으로는 결코 존재할 수 없다는 것을 알기 때문이다. 주인공은 자신이 사랑받고 있다는 믿음은 자신의 삶이, 보이지 않는 인간이 된 대가로부터 비롯된다는 사실을 깨닫는다. 보이지 않는 인간으로 살아가게 된 것이다.

　나는 왜 열심히 봉사하다가 버림받는 자가 되어야 하는가? 그렇게 되지 않으려면 약자인 소수의 사람들에게 그 사실을 이야기해야 하는가? 나는 실패하고 말았다. 그 모든 것을 기록하려는 그 행위가 나를 혼란에 빠뜨렸다. 나는 다른 사람들을 비난하면서도 나를 변호하는 입장에 서 있다.

　나는 단죄하면서도 긍정하고, 아니오라고 생각하면서도 예라고 말하고, 예라고 생각하면서도 아니오라고 말하는가? 나는 왜 권력에 편승해 살기를 원하면서 권력자를 비난하는가? 그것은 내게도 책임이 있다. 그러면서 타인에게 노라고 말하지 않는 것을 비난하고 자신이 예스라고 말한 부분엔 왜 변명하는가? 그것은 모욕과 굴욕을 견뎌낸 대가이다. 핵우산 아래 편안하게 지내는 동안 모든 것을 겪었음에도 불구하고 내가 그 사람들을 사랑하고 있다는 것을 발견하기 때문이다.

우리가 삶의 여정에서 맞닥뜨린 불행했던 순간도, 그 안에서 사랑을 하고 사랑을 받았던 모든 순간도 모두 우리의 일부였다. 우리는 다른 모든 사람들과 연결되어 있기 때문에 그들이 죽으면 우리도 같이 죽을 수밖에 없는 것이다. 세계가 주는 고통을, 그 분노를 표현하지 못하면 사랑을 할 수 없을 것이다. 삶의 분노를 쓰면서 사랑할 수밖에 없었다. 결국은 여기까지 오고야 말았다. 나는 쓰지 않을 수 없는 것이다.

"쓰고 싶다."

두 사람 입에서 동시에 같은 말이 터져 나왔다. 그때 나는 서로 같은 생각을 가진 동질감을 느꼈다. '보이지 않는 인간에서 보이는 인간'이 되고 싶은 열망을 갖고 있는 것이다.

쓰고 싶다? 무엇을 말인가? 자신의 생각을? 그것이 살아있음의 외침인가? 자신의 역사가 뭐가 그렇게 중요한가? '알바트로스의 날개'라도 달자는 말인가? 그와 나, 각자의 생각의 주머니인 원, 원과 원의 교집합이 커지는 순간이다.

그날 둘이서 커피를 마시면서 책에 대한 얘기를 나누었는데 모처럼 대화의 굶주림에서 벗어난 느낌이 들었다. 향기로운 차와 지향점이 같은 사람과의 교류가 정신적인 행복감을 갖게 했다. 향연을 즐긴 것이다. 시간이 주어지는 날 서점에서 만나기로 하고 그의 오피스텔을 나왔다. 나는 그가 갖고 있지 않은 내 소설집을 사서 선물할 작정이었다.

6.

금요일. 그를 만나러 가기 위해 집을 나서야 할 시간이 지났는데도 여자친구가 전화를 끊을 생각을 안 한다. 그동안 날마다 전화를 하던 사이다. 동성친구를 멀리하면 연애를 하는 것이라는 등 말하는 폼이 길어질 태세다. 시간에 쫓겨서 나는 허둥거린다. 그가 기다릴 것이라고 생각하니 마음이 급해진다.

나는 약속한 서점으로 급히 가고 있다. 그를 만나는데 왜 이렇게 마음이 급할까? 혹시 내가 그를 좋아하는 것은 아닐까? 그건 아니다. 다만 소설을 쓰고자 하는 그에게 도움이 되었으면 하는 마음뿐이다.

처음 소설가의 꿈을 키우면서 좌절했던 나 자신을 되돌아보면서 많은 도움을 주었던 사람들 얼굴을 떠올렸다. 이다음에 내가 받았던 도움을 누군가에게 되돌려 주리라 생각했던 시절이 있었다. 작품을 들고 전전긍긍하던 시절, 다른 사람의 작품과 자신의 작품을 들고 비교해 보면서 좌절했다. 이런 작품밖에 쓸 수 없단 말인가? 밤마다 원고지를 찢어버리기도 했다. 감수성이 풍부하게 성장할 시기에 생존을 위한 삶을 살 수밖에 없었다. 단순하게 산 삶이 사고의 폭을 넓혀주지 못했다고 가슴을 치기도 했다. 의식주 해결할 생각만이 삶의 전부였던 시절, 굳이 변명을 하자면 창의력을 막아버린 삶에게 책임을 돌렸던 것이다.

서점은 붐비지 않았는데도 그는 보이지 않았다. 그때 저편에서 분위기가 심상치 않다. 급히 경찰이 달려왔고 사람들이 웅성거렸다. 어떤 남자를 사람들의 울타리에 가두어 놓고 있었다. 나는 급히 달려가서 사람들 틈을 비집고 울타리 안을 기웃거렸다. 앗! 그가 아닌가. 왜 그가 저기에서 저런 모습으로 동물원의 원숭이처럼 사람들의 시선에 묶여 있을까?

"책도둑이에요. 아주 상습적으로 책을 훔쳐갑니다."

그는 매장 밖으로 끌려 나갔다. 서점 직원의 말에 의하면 파출소로 간다고 했다. 그리고 저 사람만 오면 책이 없어진다고 했다. 내가 대신 책값을 지불하고 싶었다. 그러나 내가 나설 때가 아니었다.

그리고 보니 짚이는 구석이 있다. 언젠가 한번 헌책방에 그와 같이 들른 적이 있었다. 허름한 책방 주인은 손님인 그에게 불친절하게 대했다. 그는 이곳저곳을 둘러보았는데, 전에 와 본 곳인 것 같았다. 그가 찾는 책의 위치는 이미 확보되어 있었다. 아니, 확보되어 있는 것뿐이 아니다. 책표지 안쪽에는 이미 그의 도장까지 찍혀 있었다.

책 도장은 낯이 익었다. 그의 서재에서 본, 그의 책이라는 표시였다. 그 책이 왜 거기 있을까? 의아해 한 적이 있었다. 아마도 그가 미리 도장을 찍어 놓았을지도 모른다는 생각이 들었다. 왜 그에 대한 부정적인 생각을 할까? 자신의 마음속에 선한 마음이 결여된 것일 수도 있다.

며칠 전에 책을 뒤적거리는 척하면서 미리 찍어 놓았을 빨간 도장은 주인이 시비를 걸어왔을 때 더할 나위 없이 훌륭한 방패막이 증거가 되어 준다. 훔친 책을 집에 갖고 와서 도장을 찍을 때의 쾌감, 그리고 자신의 도장이 찍힌 책이 며칠 동안 책방 책꽂이에 의연히 놓여 있는 쾌감을 이제 맛보았을 것이다. 그는 주인이 보란 듯이 그 책을 뽑아서 가방 속에 넣었는지도 모른다. 나는 고개를 좌우로 흔든다. 그를 의심하고 있는 자신이 나쁘다는 생각을 한다. 사람이 어떻게 그런 상상을 할 수 있을까?

"저, 손님 방금 보시던 책, 가방에 넣으셨죠?"

"네, 하지만 그건 제 책인데요. 아, 어쩌면 여기서 샀을 수도 있겠네요."

그는 고개를 숙인 채 웃으며 뒤로 돌아본다.

주인은 내놔보란 듯이 손동작을 했고 그는 바로 그 책을 가방에서 꺼내서 주인 손에 건네주었다. 여러 가지로 살펴보던 주인이 험악스럽게 말했다.

"바로, 아주 방금 전에 당신이 훔쳤지? 당신 책이라고? 책꽂이에서 당신이 이 책을 꺼내는 걸 봤단 말이야. 경찰을 불러야겠군."

주인이 반말로 나오기 시작했는데도, 심지어는 협박조로 경찰에 신고한다는 말까지 들었는데도 그는 웃고만 있었다.

"여길 보시죠."

그의 말에 주인은 책의 맨 앞장을 펴 보았다. 붉은 증표가 거기에 있었다. 세상을 비웃는 듯한 붉은 증표!

"이건……."

주인은 이상하다는 듯이 책의 앞장을 매만져 본다.

방금 그가 도장을 찍기라도 했다는 듯. 그러나 번짐 같은 건 찾을 수 없다. 이미 붉은 인주의 기름마저 책장에 퍼져 있어서 의심해 볼 여지도 없다. 글쎄, 이게 어떻게 된 일일까! 멍하니 서 있는 주인의 책을 받아들고서는, 주인의 전혀 죄송스럽지 않게 죄송하다, 라는 말을 들으면서 그 책방을 빠져 나왔다.

이젠 더 이상 의심할 여지가 없었다. 그는 책도둑이다! 책에 찍혀 있는 도장은 의도적인 알리바이가 아닌가. 참으로 이해 못할 사람이다. 어째서? 그깟 것 책이 몇 푼이나 한다고 훔치는 건가?

나는 문득 '문학인의 밤'에 있었던 일이 떠오른다. 유명 월북 작가의 친필원고 도난사건이 생각난다. "상습범이야"라고 중얼 거리면서도 그가 추하다는 생각은 들지 않았다. 고개를 옆으로 흔들면서도 나도 모르게 명치끝에 둔탁한 아픔이 왔다. 왜 가슴에 멍이 든 것처럼 느껴지는 걸까? 이상하다. 쇠붙이에 긁힌 것 같은 통증이 나를 엄습한다.

"이건, 결핍이야"라는 말이 입 밖으로 튀어나와 중얼거린다. 나의 생각으로는 이해할 수가 없다. 책 콤플렉스인가? 아니면 배움에 대한 갈망의 또 다른 표출인가? 생각해 봤지만 알 수 없었다. 나는 의식의 밑바닥에서 들려오는 소리에 귀를 기울였다.

파출소에 들러 그의 결백을 무혐의를 증명하리라 마음먹는다. 적어도 내가 보는 앞에서는 책을 훔치지 않았으므로. 무단으로 쇼핑백에 넣지 않았으므로.

"계산대를 못 찾아서 가방에 넣었을 뿐"이라고 경찰관에게 말했다. 그를 위해 변명해 주면서도 나는 슬펐다. 무언가 석연치 않았다. 도대체 결핍의 밑바닥에는 어떤 사고가 지배하고 있어서 그를 책도둑으로 만들었을까? 돈을 주고 사면 될 것을 왜 그냥 가져가야 하는 걸까? 어떤 생각이 그를 사로잡았기에 그런 행동을 하는 것일까? 생각하면 할수록 헷갈렸다.

그리고 하루가 지났다. 그는 어떻게 되었을까? 비록 도둑으로 몰리지는 않았다고 하더라도 자신의 그런 행위에 대해 태평할 수는 없을 것이다. 그는 나를 좋아한다고 했다. 그런 내 앞에서 당한 일이다. 그는 과연 태평할 수 있을까? 모든 사람이 다 그런 것은 아닐 것이다. 범법 행위가 드러나기 전에는 양심만 괴로우면 된다. 하지만 드러났을 때, 죄의 개념은 엄청난 차이가 있다. 드러나기 전에는 개인의 양심 문제에 국한되지만 드러났을 때는 사회적 잣대가 적용되어 하급인간으로 전락하게 될 것이다.

7.

사흘이 지나도 그에게서 소식이 없었다. 아마 여러 가지로 괴로웠을 것이다. 적어도 나에게만큼은 변명이라도 해야 한다. 물론 힘든 일일 것이다. 조금이라도 좋은 감정을 가지고 있던 사이라면 더더욱 괴로울 것이다. 그에 대한 궁금증이 더욱 증폭

될 무렵 그에게서 연락이 왔다. 마지막으로 할 말이 있단다. 나에게만은 자신의 심정을 털어놓지 않을 수가 없었다고 한다.

나는 그의 얼굴을 볼 자신이 없을 것 같다. 어떤 태도로 대해야 하는 것이 좋을까? 어떻게 그의 얼굴을 아무런 감정 없이 볼 수 있을까? 어떻게 해야 무안해 하지 않을까? 자신이 서지 않는다.

그와 만남의 장소를 생각해 본다. 커피숍이든 레스토랑이든 좁은 실내 공간에서는 답답할 것 같다. 바로 코앞에서 눈을 보며 말하는 것도 불편할 것이다. 생각 끝에 공원 같은 넓은 곳이 어떠냐고 물었다. 그는 흔쾌히 좋다고 대답했다. 그렇다면 국립공원이 좋겠다고 했다. 그는 승용차로 오겠다고 했고 나는 전철을 이용하기로 했다.

나는 전철에서 내려 국립공원 5번 출구를 찾아 나섰다. 계단 위로 타원형의 출구가 높이 떠 있다. 아래에서 올려다보니 출구 앞에는 노란 은행나무가 서 있다. 눈이 즐겁다. 아름다운 모습에 숨이 트이는 것 같다. 그가 왜 약속장소를 이곳으로 정했는지 알 것 같다. 밖으로 나오자 노란 은행잎이 발밑에 쌓여 있다. 조금 떨어진 8차선 도로 옆에 그의 차가 보인다. 느티나무 가로수가 붉은 단풍잎을 달고 늘어서 있다. 우울했던 마음이 풀리고 있다.

열려 있는 트렁크에 정성스럽게 포장된 종이박스가 담겨 있다. 뒷좌석 오른쪽 열려 있는 문에 그의 구부린 하반신이 보인다. 엉덩이와 다리만 있는 것 같다. 짐을 정리하는 모양이다. 가까이 다가간다. 차 안에는 종이박스가 가득하다. 의외로 그의 표정은 무척 밝았다. 잠시 우려했던 것이 기우였다는 생각을 한다. 그동안 무척 바빴다고 담담한 어투로 그가 말한다.

"도서관에 기증하고 남은 책입니다."

불법으로 취득한 책들은 도서관에 기증했고, 살 수 있는 책 중에 자신이 아끼는 나머지는 포장해 왔다고, 차 안에 있는 종이박스를 가리켰다. 그가 자판기 커피를 뽑아들고 왔다. 둘은 벤치로 걸어가 앉았다.

책을 사랑하게 된 그의 이야기를 듣는다. 처음에는 시중에서 구하기 어려운 책들을 학교 도서관이나 고서점에서 가져오기 시작했다고 한다. 정당한 돈을 주고 구입하지 않고 그냥 가져오는 횟수가 점점 늘어났다는 것이다.

왜 그냥 가져와야 했는지는 그 자신도 몰랐다고 한다. 지식은 돈으로 살 수 없다. 그렇다고 그냥 가지면 지식인이 되는 것은 아니다. 물론 몰래 가져온 책은 더욱 열심히 읽게 되는지 모른다. 어렵게 훔친 책일수록 애착이 간다는 말인가? 그의 이야기를 들으면서 그럴지도 모른다고 수긍해본다.

아이들 교육비보다 자신의 책 구입하는 데 더 많이 투자를 하게 됐다고 한다. 그의 아내는 그런 남편을 크게 탓하지 않았다. 서재에 가득한 책을 보고 오히려 뿌듯해했다. 그러던 아내가 차츰 짜증을 내기 시작했다. 아이들에게 학비나 과외비도 어려운 판에 책만 사들이고 있는 남편에게 싫은 내색을 안 하고 좋아할 사람은 없다.

무엇보다도 이사할 때가 큰 문제였다. 온 집안에 넘쳐나는 책 때문에 부부싸움을 한 것이 부지기수였다. 그래서 책이 따로 살림을 난 것이다. 사무실 겸 오피스텔도 실은 그렇게 클 필요가 없었다. 책을 보관하기 위해서도 투자를 해야 할 일이 생긴 것이다.

책에 대한 자부심이 커질수록 아이러니하게도 중압감도 커져 갔고 언젠가 책에 질식하여 죽을지도 모른다는 생각까지 들었다. 그러나 아내와 책에 대한 입장 차이는 결코 타협점을 보이지 않으며 평행선을 달려왔다. 그러다가 결국 그는 아내에게 책도둑이라는 자신의 치부를 들키는 지경까지 이른 것이다.

"이젠 그만해! 당신이 얼마나 이기적인지 몰라!"

아내 말에 머리가 번쩍했다.

책을 소유하고 싶은 마음은 지독한 이기심에서 출발한다. 그것도 자신만이 소유하고 싶다는 욕심이 커질수록 문제가 심각해지는 것이다. 그는 처음으로 이 세상에서 자신이라는 존재를 지워버리고 싶었다고 한다. 세상은 다 알고 있었는데 자신만이 모르고 아니, 속고 있었던 것이다.

그는 책에서 벗어나야 한다는 생각을 했다. 그러나 그렇게 간단하게 끝낼 일이 아니었다. 사랑이 컸던 만큼, 집착이 컸던 만큼 아픔도 컸다. 책에서 놓여나야 한다고 결심을 하고서도 망설였다.

그는 몇 날 며칠을 앓았다. 우선 책에서 놓여나려면 책부터 버려야 한다. 그렇게 마음을 먹으니 홀가분해 지더라고 했다. 그리고 마지막으로 생각한 것이 나였다고 했다. 친구처럼 자신의 우상처럼 사랑한 사람 앞에서 고해성사를 보는 마음이라고 했다.

책을 어떤 방법으로 처치할까? 재활용 휴지통에 그냥 넣어버리기엔 그야말로 그동안 투자한 시간이, 투자한 돈이 너무 아깝고, 그동안의 삶이 너무 억울한 것만 같다. 내가 사랑한 책에 대한 최소한의 배려, 아니 정확히는 책과의 이별을 하는 이벤트라도 치르고 떠나보내고 싶다. 책을 위한 마지막 축제, 아니 자신의 삶 일부를 버리는 장례를 하고 떠나보내야 한다. 사람처럼 땅에 묻어버릴 수도 없다. 화장火葬을 시킨다? 그렇다. 책을 위한 장례식. 그러나 책을 태울 만한 곳도 마땅치 않다.

어렵게 구한 책들, 아니 훔친 책들, 기쁜 마음으로 구했고 갖고 있다는 자체만으로 행복했던 책들, 자신의 모습이 그곳에 있다고 믿었던 책들이었다. 타인을 이해한다는 것은 아주 적은 부분이겠지만 자신의 어리석음을 이젠 날려 보낼 작정이라는 그의 말을 받아들인다. 이 가없은 영혼을 달래주고 싶었다.

　그는 책을 버린다고 생각한 순간부터 자유로워졌다고 한다. 이 세상에서 그를 속박해 온 허세로부터 놓여나는 길인 셈이다. 나는 그렇게 믿었다. 그는 자유를 선택한 것이다. 그렇게 생각하자 그의 용기에 숙연해졌다. 그를 도와주기로 한다. 나는 같은 시대, 같은 고통을 지녔던 한 인간에 대한 연민으로 가슴이 아파왔다. 그리고 그의 모든 행위를 이해할 것도 같았다. 그리고 무엇인지는 모르지만 그가 비워내려고까지 결심한 잘못을 모두 다 용서해 주고 싶어졌다.

　나는 생각 끝에 어린이 동물나라를 운영하고 있는 선배를 생각했다. 그 선배를 만나본 지도 오래되었다. '그래, 그 선배를 한번 만나자.' 책을 땔감으로 하라고 하든지 그건 그때 결정하자. 나는 선배에게 전화를 했다. 동물들을 구경하러 가겠다고…….

8.

일주일 후 다시 그를 만났다. 그와 함께 경기도 용인에 위치한 선배의 동물농장을 찾아가는 길은 가을 단풍으로 물들어 있다. 마치 축제처럼 세상은 온통 아름다운 빛깔로 변해 있다. 나와 그만이 우중충한 무채색으로 휘장을 치고 있다. 서로 아무 말도 없이 차창만 바라보고 있다. 국도를 따라가면서 본 가로수에는 아직도 푸른색이 남아 있다. 작은 사잇길로 들어서자 노란 은행잎이 현란하다. 노란 단풍이 붉은 단풍보다 더 화려하다는 것을 깨닫는 순간이다.

선배의 동물농장은 그곳에서 그리 멀지 않았다. 여름 내내 가꾸어 온 들판과 산, 세상은 온통 축제를 준비하느라 분주하다. 이미 축제는 시작되고 있다. 축제의 한가운데로 들어가면서 나를 보는 그의 시선이 편안해지는 것 같다. 누가 신이 허락하고 베푼 대자연의 사랑 앞에 숙연하지 않을 수 있겠는가. 자연 앞에 서면 한없이 작아지는 인간, 그 왜소함에 고개를 들지 못한다. 그동안 너무 작은 눈으로 세상을 바라보느라 커다란 자연이 눈에 들어오지 못한 것 같다. 이제 넓은 눈을 준비해야 할 때가 되었음을 나는 알 것 같다. 아마 그도 마찬가지일 것이다.

나는 통키니즈(tonkinese)[4]라는 고양이를 만나 본 이야기를 그에게 한다. 몇 년 전 일본 여행길에서 우연히 보게 된 후로 그 놀란 기억이 인상에 남았다. 온몸에 눈처럼 흰털을 가진 고양이! 그런데 이곳에서 그 통키니즈를 다시 만나게 될 줄이야!

눈처럼 하얀 털을 가진 고양이 통키니즈는 그 조상으로부터 우성인자만 물려받은 고양이로서 영리하고 유머가 있으며 무리를 지어서 생활한다고 한다. 이들은 자기 주인이 누구인지 알고 있으며 자기들을 사랑하기 위해 사람들이 존재한다고 굳게 믿고 있다는 것이다. 이 고양이에게 품위를 지녔고 자부심을 가진 최고라는 찬사를 보내고 싶었다.

"이 고양이 언제부터 키웠어요? 선배."

선배의 거실로 들어서면서 나는 눈을 커다랗게 뜨면서 소리쳤다. 놀라움으로 입이 다물어지지를 않았다. 통키니즈! 나는 그 고양이 옆으로 다가가서 옆에 앉는다. 기다란 꼬리를 앞다리 옆에 붙이고서 앉아있다. 아무도 흉내 낼 수 없는 부드러우면서도 오만한 모습이다. 오만함은 쏘아보는 듯한 에메랄드 빛 눈에서 절정을 이룬다. 동물임에도 가까이 할 수 없는 경외감이 든다. 아름답다는 느낌을 넘어서 고귀하고 귀족스러운 이미지를

---

4 통키니즈(tonkinese): 캐나다산 고양이. 1960년대 초 캐나다의 한 육종가가 샴고양이와 버미즈의 교배를 통하여 만들어낸 품종으로, 활기차고 영리하며 사교적이다.

풍기고 있다.

거실에 앉아있던 그는 고양이 눈을 천천히 들여다본다. 그러자 고양이는 자연스럽게 그에게 다가와서는 그의 무릎 위로 올라와서 앉는다. 아주 편안하게. 그리고 턱을 꼿꼿이 세웠다. 쓰다듬는 손에게 약해지지도 않았고, 그저 그 눈으로 그를 바라볼 뿐이다. 그리고 잠시 후에 그의 무릎에서 내려와서 자신이 가야 할 길로 간다.

만일 그가 눈에서 사라져 가는 그 고양이를 잡았더라도 놓아달라고 발로 마구 밀쳐내는 다른 고양이들과는 달리 그 고양이는 말없이 쳐다볼 것만 같다. 역시, 그 고양이 통키니즈는 자신이 오고 싶을 때 오고 가고 싶을 때는 가는 그런 존재였다. 개와는 달리 인간에게 사육 당하면서도 오만함을 그대로 유지하고 있는 고양이다. 소파에서 뛰어내리는 모습마저도 우아하다. 그리고 그렇게 자기의 길을 가버리고 만다.

그는 통키니즈가 사라진 쪽을 바라보면서 생각한다. 통키니즈처럼 무리 중에서 우뚝 솟는 아름다움도, 좌중을 누르는 오만함도 갖지 못했다. 오만함이란 타인에게서 아무것도 원하는 것이 없을 때 나오게 되는 힘일지도 모른다. 다른 사람에게 잘 보이고 싶다는 것, 그것은 풀리지 않는 영원한 숙제이다. 그런 욕망으로 지금껏 쫀쫀하게 버텨온 것은 어쩌면 잘 보이고 싶은 본성을 갖고 태어난 DNA 때문인지도 모른다.

우월하다고 느낀 순간부터 영혼의 밑바닥에 숨어 있는 갈등, 더 나은 사람에 대한 동경이 숨어 있었던 것은 아닐까! 현재의 자신보다 더 아름다워지고 싶다는 욕망, 그것은 인간을 더 고통스럽게 만들기도 한다. 현재 자신이 가지고 있는 것, 자신의 존재를 있는 그대로 인정할 때만이 삶은 아름다워 질 수 있는 것일까?

자신이 선택한 일에 만족을 못하는 이유가 어디에 있을까? 누가 우열을 가려주는 것이 아닐 텐데도 말이다. 과연 자존심이라는 것이 있기는 한 걸까? 자신을 지키려 한다고 해서 지켜지는 것도 아닐 것이다. 누구나 알고 있는 말, 존재하는 그 자체가 중요하다는 것도 안다. 꼭 타인의 시선이 필요해서도 아니다.

"알아!"

혼자 말을 한다는 것이 입 밖으로 새어나갔다.

물론 지키려는 무엇에 대한 집착을 놓아 버렸을 때의 허탈함이나 당혹감은 어떤 말로도 설명이 안 될 것이다. 잠시지만 몸을 가눌 수 없을 만큼 허탈해질 것이다. 이내 균형을 잡게 되겠지만 살아갈 가치를 잃는다는 것은 쓸쓸한 일이다.

작은 것에 매달릴 때는 유치하지만 그런대로 재미가 있다. 모두 다 해탈한 성인이라면 세상사는 재미가 없을 것이다. 필요

하다거나 필요하지 않다를 따지지 않고 작은 것의 의미를 부여
하면서 집착하는 것도 사는 보람이 있다는 생각도 든다. 신은
그런 사람들을 더 귀엽게 볼지도 모른다. 작은 것들의 신! 세상
은 나와 그, 우리 모두의 편이었으면 좋겠다는 생각도 해본다.

9.

그는 차에서 책이 든 박스를 꺼냈다. 세 박스였다. 거실 뒤쪽
에 동물 사료를 끓이는 가마솥이 보였다. 그 옆 공간에서 책을
모두 불태울 모양이었다. 거실에 앉아있던 나는 그를 도우려고
밖으로 나갔다. 포장된 박스를 풀고 책을 꺼냈다. 하드표지가
잘 뜯겨지지 않았다.

책은 생각보다 잘 타지 않았다. 가마솥 불길에 비친 그의 얼
굴이 흔들려 보였다. 내 생각일까? 그와 눈이 마주치면서 나는
보일 듯 말 듯 미소를 보냈다. 그는 말없이 고개를 끄덕였다. 내
가 무엇을 말하려고 하는지 그는 안다는 몸짓을 했다.

"책이 필요하겠지요?"

그가 물었다.

"……."

나는 아무 말도 하지 않았다.

내 서재는 그가 물려준 책으로 풍요를 누리고 있다. 책과 함께 그도 따라왔는지 그를 떼어낼 수가 없었다. 늘 내 머리 뒤쪽 어딘가에, 내 생각 가운데 그가 붙어 있었다. 아니면 내 눈동자 뒤에서 나와 함께 살고 있는 것이 아닐까 하는 생각이 들었다. 책을 태우려면 시간이 많이 걸릴 것 같았다.

선배 거실에서 의자를 들고 돌아왔을 때 그가 보이지 않았다. 가마솥 옆에 남아있던 책 박스도 보이지 않았다. 동물농장 안을 찾아 다녔으나 그를 찾을 수 없었다.

그가 이제는 내 앞에 나타나지 않을 것 같은 불길한 예감이 들었다. 그런 생각만으로 가슴 한 귀퉁이가 잘려 나가는 것 같았다. 긍정적인 생각을 하자고 마음을 다잡으면서 언젠가 그가 다시 돌아올 거라는 희망을 가져보았다.

가마솥 앞에서 그를 기다리고 있는데 멀리 숲에서 하얀 연기가 올라가고 있었다. 일주일 후 나는 편지를 한 통 받았다. 나는 두려웠다.

그의 편지를 받아든 손이 떨린다.

'알고 있었지요? 좋아했다는 것을. 작가님도 제가 벗어버려야 할 것 중에 하나였음을 깨닫는 데 시간이 걸렸습니다. 가질 수 없는 가져서 안 될 것들이 제게는 왜 그렇게 많은지요.

(중략)

주머니에 가득가득, 주머니마다 가득 채우고자 했던 시간들이 지나갑니다. 진정 내가 원한 것이 무엇인지도 모르면서 말입니다. 원했던 것들을 꺼내어 버린 순간, 지금에서야 원하지 않아도 더 많이 채워지고 있음을 느낍니다. 햇살과 바람, 모든 자연이 가슴속으로 흘러넘치고 있습니다. 지금 진정한 자유를 누리고 있는 중입니다.' (하략)

그러고 보니 욕망으로 가득 채워져 있는 나 자신을 발견한다. 그를 사랑하고 싶어 했던 것이다. 움켜잡고 있던 욕망의 모래알이 손가락 사이로 빠져나가고 있다. 이제 내 머릿속에 자리 잡고 있던 그를 몰아내야 한다. 언제일지 모른다. 시간이 지나야 할 것 같다. 확실한 건 언젠가 나도 자유로워질 것이란 사실이다.

시간여행자

1.

　어느 날 봄인가, 지친 걸음으로 언덕길을 오르다가 저만치 허름한 집 창문에 노란 개나리가 걸려 있는 게 눈에 띈다. 내가 사는 루핑 집이다.

　자원이 부족한 시절이라 시멘트와 모래를 섞어 틀에 넣고 찍어낸 벽돌은 손으로 건드리면 푸석푸석했다. 그 블록을 쌓아 벽체를 만들고, 루핑지라고 불리는 콜타르를 두껍게 바른 기름종이로 덮었다. 60년대 말 선거철이 되면 단속이 뜸한 틈을 타서 무허가 집을 짓곤 했다. 울타리도 없었다. 네모난 직사각형 블록을 쌓고, 정확하게 삼등분해서 가운데는 거실이고 양쪽은 방이다. 방 하나는 주인집이 쓰고 나머지 방 하나에 우리 가족이 세를 들어 살았다. 가운데 공간은 주인이 없을 땐 우리 네 식구가 거실처럼 사용했다.

울타리가 없는 집이라 창문을 높이 만든 모양이었다. 방 옆은 길도 아닌데 사람들이 마구 지나다녀도 되는 그런 집이었다. 이곳 루핑 집에 자리를 잡게 된 것은 남편이 친구에게 사기를 당해서 어쩔 수 없이 방값이 싼 변두리를 찾아다니다가 이곳으로 이사를 온 것이다. 남편이 출퇴근하려면 힘들겠지만 사글세 값도 안 되는 가격으로 전셋집을 얻을 수 있었다. 한 가지 덤은 안집에 아이들이 없어서 우리 애들이 주인집 애들과 싸우거나 시달리지 않아서 좋다는 사실이다.

먼저 살던 집은 주인집 아이가 우리 딸보다 한 살 위인데 자기네 마당이라고 지나가면 넘어뜨리거나 때리는 바람에 무릎을 다치기도 했다.

부모가 무능해서 아이들까지 기를 죽이고 이유도 없이 맞는 꼴을 보는 것은 가슴이 터질 일이다. 아이들 일에 일일이 참견할 수도 없어 형편만 되면 이사를 가야겠다고 마음먹었다. 그렇게 구한 집이 외딴 무허가 루핑 집이다. 아이들은 즐겁게 뛰놀았다. 아무리 열악해도 초등학교 일학년 아들과 세 살 딸에게 자유를 주려고 구한 집이어서 행복했다.

그런데 문제는 여름이다. 얇은 시멘트벽돌로 된 벽은 낮에는 말할 것도 없고 서향 빛을 받고 한밤중이 되도 식을 줄 모른다.

천정에서 열기가 내려뿜는다. 선풍기도 없고 찜통 속에 갇혀있는 것 같다. 숨을 쉴 수가 없다. 모기장 대용으로 시집을 때, 혼수로 가지고 온 오간자치마를 뜯어서 모기장을 만들어 아이들이 겨우 잠들게 했다. 여름밤이 아무리 짧다고 해도 사람은 잠을 자두어야 한다. 뜨거운 찜질방에서 계속 밤을 보내야 한다는 게 얼마나 견디기 힘든지 경험해본 사람은 알 것이다.

잠을 못 잔다는 것은 고문 중에 고문이다. 짧은 여름밤이 너무나 길다. 마당에 앉아 부채로 모기를 쫓으며 밤을 새운다. 마당도 무덥기는 마찬가지다. 어떻게든 버텨야 한다. 방문을 열어놓아도 덥다. 아이들은 땀을 뻘뻘 흘리며 잠들어 있다. 베개가 흠뻑 젖도록 잠을 자는 모습을 보면 안쓰럽고 그나마 아이가 잘 수 있는 것이 다행이다.

어른인 나도 이렇게 고생스러운데 오죽할까. 댑싸리(대싸리라고도 하는 한해살이풀인데 줄기는 비를 만드는 재료로 쓴다)가 우거진 마당가에 앉아 부채로 모기를 쫓으며 울었다. 너무나 고생스러우면 짜증과 함께 눈물도 나온다. 남편은 직장에서 야근이 잦은 관계로 집에 오지 못하는 날도 있다.

그중 다행인 것은 주인댁에 가족이 적다는 것이다. 어머니와 아들, 모자가 함께 사는데 어머니는 결혼해서 인천에 살고 있는 딸이 아이를 낳아 산바라지를 하러 가 있다. 아들은 막 군대에서 제대를 했다는데 직장을 구하고 있는 처지라고 한다. 주인집 아들 이름이 경수인데 스물여섯 살, 나는 스물일곱 살이다.

마당과 밭 사이에 댑싸리가 탐스럽게 자라고 있어 낮에 보면 아름답다. 잠을 못 자고 밤에도 실루엣이 예쁜 댑싸리 잎을 만지며 하소연을 하고 있었다.

그때 경수도 더운지 마당으로 나와 내 옆에 앉는다.

"아줌마. 왜? 안 자고 나와 있어요?"

"도저히 더워서 못 자겠어."

안방은 동향이라 저녁이면 그늘이 진다. 우리가 사는 방은 서향이라 해가 질 때까지 불볕더위가 날림으로 지은 블록 벽을 향해 뜨거운 기운을 퍼부어 댄다. 경수는 미안해했다.

"조금만 참아요. 내 방은 좀 나은데."

친척에게 사기를 당해 돈이 없어 싼 방을 구해서 왔으니 고생이 되는 것은 당연하다. 우리 잘못이지 경수가 미안해 할 필요는 없다. 그랬어도 착한 경수는 제 잘못인 양 나를 위로했다.

서울이라는 이름이 무색할 정도로 초가집과 소가 있고 샛강이 있는 수색역에서 2킬로미터 이상 떨어진 곳이다. 그곳 사람들은 농사를 지으려면 샛강에 나룻배를 메어 놓고 이쪽에서 줄을 당겨 배를 끌어 올리고 볏단이나 농사 지은 곡식을 실어 날랐다. 난지도 샛강이다. 후에 나는 그곳으로 가본 적이 있다. 그 강가 물은 어디로 갔는지 보이지 않고 쓰레기 매립지가 되어 있었다. 상전벽해桑田碧海 뽕나무 밭이 변해 바다가 되었다는 표현이 적절하다. 샛강이 변해 쓰레기 섬으로 변하고 공원이 된 것이다.

아들은 좁은 방에서만 놀 수 없어 그곳 동리아이들과 쪽배를 타고 난지도로 놀러가서 무를 캐 먹고 놀이터로 알고 있다. 저녁이 되어도 돌아오지 않아 온 동리를 찾아 헤매고 있다가 혹시나 하고 강가로 가보면 얼굴에 땟국물이 흐르는 일곱 살짜리 아들이 허기에 지친 채 배에서 내리고 있다. 나는 아들을 보자마자 주먹으로 머리통부터 쥐어박았다.

"그렇게 가지 말랬는데 말 안 듣고 또 갔어."

호통을 쳤다.

"얼마나 걱정했는지 아느냐고?"

이런 무식한 엄마가 어디 있을까. 나는 그때 내 생각만 한 것 같다. 그러나 아들 입장에서는 혼자 놀 곳도 없고 동네 형들과 어울려 간 것이고 밭에서 무를 뽑아 먹기는 했어도 하루 종일 놀다가 배가 고파 돌아온 아들을 엄마라도 반겼으면 모를까. 꿀밤만 때리고 보듬어 주지도 못한 매정한 엄마였다.

돌이켜보면 그 당시 젊은 엄마는 왜 그렇게 매정하고 인정머리가 없었는지 후회가 된다. 그저 이렇게 열악한 환경에 살게 된 것이 싫었고 아이들이 말을 안 듣는 것이 싫었을 뿐이다. 아이들이 로봇처럼 어른들의 의도대로 말을 듣고 가만히 방안에 있는 아이가 어디 있겠는가. 병이 든 아이 말고는……

　언젠가 배가 뒤집혀 동리 아이가 샛강에 빠져 죽는 사건이 일어났다. 그때부터 아들에게 가지 말라고 단속을 시켰다. 그러나 놀 곳도 없고 또래 친구들이 가니 함께 배를 타고 가서 놀았다. 아무리 단속을 하고 마구 때려도 봤지만 소용이 없었다. 그때, 가지 말라고 많이 때린 기억이 난다. 아들은 아직도 그때 엄마에 대한 나쁜 기억이 남아 있을 것이다. 별 이유도 없고 잘못도 없는데 무조건 맞았으니. 어미인 나는 놀 곳도 친구도 없이 한창 뛰어 놀 아이를 묶어 놓으려고만 했다.

　아이들을 자유롭게 해주려고 이사한 루핑 집은 무허가 건물이라서 수도는 물론이고 하수도도 없었다. 밭 한가운데 덩그러니 지어진 집인데 우물 또한 집에서 떨어진 밭에 있었다. 아마도 수맥이 그곳에 있어 우물을 파서 사용하는 것 같았다. 설거지를 하거나 세수한 물은 마당에 가지고 가서 밭에 버리면 된다. 빨랫감은 우물가에서 두레박으로 물을 퍼서 빨면 되지만 설거지나 생활용 물은 일일이 우물로 갈 수 없어 늘 물통에 물을 담아 놓고 쓴다.

　언젠가 시어머니는 "부엌에 물이 떨어지면 평생 가난하다"고 경고를 한 적이 있다. 그래서 나는 늘 솥이나 물통에 물을 가득 가득 채워 놓았다.

남편이 출근하고 나면 나는 집안을 청소하고 잡일을 했는데 일을 빨리 끝내면 시간이 남았다. 가난할수록 할 일은 많지 않다. 방이 하나고 옷도 단벌 또는 두 벌뿐이니 간단했다. 주인집 경수 총각은 내가 보기에는 방에서 뒹굴거리는 게 일상인 백수였는데 그의 말로는 취업 준비생이라고 했지만 빈둥거리며 시간이 남아돌았다. 경수 총각은 무료할 때면 친구들을 불러다가 민화투를 치곤 했다.

경수 총각은 남편이 퇴근해 오면 마치 마누라나 애첩처럼 행동했다. 남편이 돌아올 저녁 무렵이 되면 우리 아들과 딸을 차례로 세수시키고, 그리고 남편이 오면 집에 있던 물은 시원하지 않다고 급히 우물로 달려가서 물을 길어다가 대야 가득 채워 놓는다. 남편이 세수를 하고나면 옆에서 수건을 들고 있다가 내민다. 남편이 경수에게서 수건을 받아 들고 얼굴을 닦으면 경수는 대야에 있던 물을 멀리 밭에다 버린다. 나는 뭔가 찜찜하지만 남편이 별 관심이 없고 내가 편하니까 경수가 뭘 하던 그냥 두었다.

아이들도 "아저씨 아저씨" 하고 따르기도 해서 특히 나쁠 건 없었다. 왜 경수가 내 아이와 남편의 시중을 드는지 그것도 지극정성을 들이는지 몰랐다.

그런데 그럴 때마다 나는 웃음소리가 한 옥타브가 아니라 몇 옥타브로 하늘 높이 올라갔다. 그때 내 목소리는 맑은 하늘이 쨍그렁 소리가 나도록 청아했다.

어느 날 경수 총각이 내게 물었다.

"아줌마는 왜 화장을 해요?"

"뭐라고?"

"아줌마, 아줌마는 화장을 안 할 때가 훨씬 더 예쁜데 왜 화장을 해요. 아저씨가 뭐라 하지 않아요? 나 같으면 화장하지 말라고 했을 텐데."

그러면서 아줌마 얼굴은 맑고 깨끗해서 순수해 보이고 여고생 같다고 했다. 허긴 서른 살도 안 된 스물일곱 살 젊은 나이니 그럴만하다. 화장할 줄 모르는데 화장을 해야 예쁘다고 생각했을 뿐이다. 경수가 뭐라고 하던지 나는 상관하지 않는다.

2.

7월 말. 더위가 더욱 기승을 부리던 어느 날, 경수 총각이 싱글벙글 웃으며 말했다.

"아줌마, 나 다음 주부터 병원에 가요."

"갑자기 어디가 아픈데?"

"아픈 게 아니라 병원에 취직했다고요."

"그래? 축하해!"

경수가 의사도 아닌데 병원에 취직하다니 믿기지 않았다. 아니 신기했다. 그는 월요일부터 양복을 입고 병원으로 출근했다.

을지로에 위치한 서울국립의료원이었다. 관리과에서 근무한다고 했다. 6·25전쟁 후 전상병戰傷兵을 비롯한 환자 진료 및 의료요원의 교육과 훈련을 목적으로 설립되었다. 1956년 3월 정부와 국제연합한국재건단(UNKRA), 그리고 덴마크·노르웨이·스웨덴 등 스칸디나비아 3국 대표자 간에 중앙의료원의 설립과 운영에 관한 협정이 체결되어 소요재원을 공동투자, 1958년 11월 정부와 스칸디나비아 3국의 공동운영체제로 개원하여 진료를 시작하였다.

이 병원은 개원 당시 동양에서 가장 훌륭한 장비와 현대식 설비를 갖춘 병원으로서, 전쟁으로 상처받은 국민들에게 커다란 위안과 희망을 안겨 주었으며, 서구의 선진기술과 문화를 도입하여 우리나라 의학 및 문화 발전에 커다란 교량적 구실을 수행하였다. 1968년 10월 정부가 모든 운영권을 인수하여 운영하기 시작했다.

병원은 의료부와 사무국이 있다. 의료부에는 진료를 담당한다. 사무국에는 서무과, 원무과, 관리가 있다.

경수는 병원에서 어떤 일을 할까? 아무튼 의사가 아니니 병원에 다닌다고 해도 병자를 고치는 일은 아닌 다른 일을 하는 것 같다. 경수는 하루 근무하고 하루를 쉬었다. 경비를 서거나 잡일을 하는 것 같다. 야간근무를 하고 다음날 아침 교대를 하고 점심때쯤 집에 도착했는데 간혹 일이 생기면 오후 두세 시 정도에 퇴근할 때도 있었다.

"아줌마! 빨리!"

멀리서 부르는 소리가 들려왔다. 깜짝 놀라 소리가 들리는 쪽을 보니 경수였다. 양손에 무언가 들고 오고 있다.

"왜 그래?"

달려가다가 멈칫했다.

"아줌마!"

경수가 다시 소리쳐 불렀다.

"손 시려 죽을 것 같아요. 빨리 와서 좀 받아줘요!"

그는 한 손엔 수박을 그리고 다른 한 손엔 얼음덩이를 들고 있다. 버스 정류장에 내려서 집에 오면서 구멍가게에 들려 수박과 얼음덩이를 산 것이다. 수박을 끈으로 엮어 들고 얼음덩이는 새끼줄에 매달고 집으로 오다가 얼음이 녹았다고 했다. 새끼줄이 빠져버린 것이다. 얼음을 손에 들고 오다가 처음에는 그런대로 견뎠는데 집이 보이는 곳까지 와서는 손이 저려 더 이상 버티기가 어려웠는지 소리를 질렀다.

"아줌마, 빨리."

나는 급히 부엌으로 뛰어가서 양푼을 들고 마중을 나갔다. 숨이 넘어가듯 경수가 소리를 지르니 아무거나 들고 나갔다. 커다란 얼음을 담기는 좀 작았으나 맨손보다는 훨씬 나았다. 얼음을 나에게 건네주고 경수는 손을 내밀었다.

"아줌마, 내 손 좀 봐."

손가락이 펴지지 않는다고 어리광을 부렸다. 손을 쓰다듬어 주고 싶었으나 나도 얼음이 가득 담긴 양푼을 손에 든 상황이었다.

"이리 와 봐."

내 말에 경수는 다가와서 한 손을 내밀었다. 그의 손을 입으로 호호 불어주자 이번에는 다른 손을 내밀었다. 다른 손도 입으로 호호 불어주었다.

경수는 개선장군처럼 마루에 수박을 내려놓았다. 나는 마당가의 세숫대야에 물을 부어주고 뛰어 오느라 흘린 땀을 닦으라고 권했다. 부엌으로 들어가서 얼음을 물로 닦았다. 커다란 양푼에 얼음덩어리를 담아 놓고 못과 망치를 찾았다.

시원하게 먹을 수박화채를 만들기로 했다. 못을 얼음 위에 놓고 망치를 내려쳤다. 생각처럼 얼음이 깨어지지 않는다. 못에서 녹물이 묻어 나왔다. 새 못이 없고 모두 녹슨 못뿐이니 어쩔 수 없었다. 녹이 묻었다고 죽진 않겠지. 경수가 녹물이 얼음과 섞인 것을 알면 기분 나빠할 것 같아 경수 모르게 얼른 얼음 가장자리에 못을 대고 망치로 내려쳤다.

얼음이 조금씩 깨어지기 시작한다. 세수를 마친 경수가 마루에 나와 거들 때는 녹슨 붉은 못은 깨끗하게 녹이 벗겨진 상태다.

수박을 숟가락으로 속을 파서 잘게 부순 얼음과 함께 양푼에 넣고 사카린도 조금 넣었다. 달디 단 수박화채가 커다란 양푼으로 하나 가득했다.

"이렇게 많은 걸 어떻게 하지? 옆집 돼지 엄마를 불러 같이 먹자."

경수가 손을 저으며 질색을 한다.

"안 돼! 아줌마 혼자 다 먹어야 돼. 아무도 주면 안 돼?"

"알았어. 그럼 배가 터지도록 먹자."

경수는 아줌마 생각하고 팔이 떨어지도록 들고 왔다고 했다.

"하하, 호호."

둘은 양푼에 담긴 수박화채를 숟가락으로 퍼먹었다.

경수가 수박씨 멀리 뱉기 시합을 하자고 했다. 번번이 내가 진다. 아무리 입을 모아 불어도 문밖 마당 앞에 떨어지고 만다. 경수는 나를 이긴 것이 재미있는지 웃겨 죽는다고 웃었고, 나는 눈을 흘겼다. 경수가 내 흉내를 내고 나는 경수 흉내를 낸다. 나는 경수가 입으로 바람을 모을 때 콧구멍이 벌어진다고 놀린다.

열악한 환경에도 젊음이 있으니 재미있는 일이 많다. 경수와 같이 있으면 모든 것이 재미있어 웃었다. 서로 보고 웃다가 수

박씨는 자기 손바닥에 뱉으라고 했다. 별 것도 아닌데 왜 그렇게 웃어 죽겠다고 웃었는지 모른다. 배가 아프도록 웃었고 웃음소리는 하늘로, 하늘로 높게 울려 퍼진다.

"돼지 엄마와 나누어 먹었으면 좀 좋아." 하려다 입을 다물었다. 돼지 엄마는 나보다 두 살 위인데 인정이 많아 음식을 서로 나누어 먹는 친절한 이웃이다.

먹다가 남은 것을 보고 아까웠으나 경수에겐 아무 말도 못 한다.

경수는 퇴근하자마자 내게 달려와 병원에서 있었던 일을 이야기를 했다. 병원에서 잡일을 하고 있는데 동료가 불렀다고 했다.

"경수 씨, 이리 와 봐."

시체실 냉동고로 데리고 가서 보여 주겠다고 했다. 서늘한 지하 냉동 시체실은 기분 좋은 곳이 아니다. 동료가 권해서 따라나서긴 했지만 얼마나 예쁘길래 저 녀석이 저러나하는 호기심도 발동했다.

"기가 막히게 예쁜 여자가 있어."

동료는 실연을 하고 자살했다는 여자 이야기를 하면서 투덜댔다. 지하실로 내려간 그는 한 냉동고 서랍을 열더니 여자를 보여 주었다. 또렷한 이목구비에 몸매도 예뻤다. 미끈한 다리가 미스코리아 같았다. 오죽하면 죽은 여자 다리를 만져 보았을까?

얼굴도 배우보다 예쁘고 몸매도 여신 같은 젊은 여자였다.

"에이 씨, 어떤 놈이 이렇게 예쁜 여자를 죽게 하다니?"

동료는 우린 여자 구경도 못하고 있는데 어떤 놈은 보기도 아까운 미인을 버리기도 하다니 세상은 불공평하다고 혀를 차면서 아깝다고 했다.

3.

루팡 집은 울타리가 없기 때문에 지나다니는 사람들이 방안 풍경을 다 볼 수 있다. 그래서 밤에는 창문을 잠그고 커튼을 친다. 잠결에 남편의 속삭이는 말이 귓가에 들리는 것 같았다. 나는 대수롭지 않게 여기고 그냥 자고 있었다. 조금 있으니 '와장창' 유리창 깨어지는 소리가 들리면서 커다란 돌멩이가 방안으로 날아들었다. 동네에서는 이런 짓을 할 놈이 없다. 도둑놈의 짓이 분명했다.

경위인즉 며칠 전이었다. 잠귀가 밝은 남편이 들으니 창문이 소리도 없이 열리더라고 했다. 도둑놈이었다. 귀를 세우고 있다가 창문 밑으로 기어가서 도둑의 귀추를 살피고 있는데 놈이 머리를 창문 안으로 쑥 들이밀더니 안을 살피더란다. 잠시 후 모두 자고 있다고 생각했는지 두 팔을 안으로 뻗치더니 좁은 창문으로 몸을 밀어 넣기 시작했다. 밑에 숨어있던 남편이 도둑놈

허리가 반쯤 넘어 왔을 때 벌떡 일어났다.

"네 이놈!"

소리치면서 도둑의 목을 잡으려는 순간 도둑은 어깨가 끼어 버둥거리다가 겨우 몸통을 빼고 창문 너머로 사라졌다. 쿵 하는 소리와 함께 "으윽" 외마디 소리가 들렸다.

비명소리에 창문 쪽을 처다보고 나는 깜짝 놀랐다. 저토록 좁은 창문을 통해 들어오려고 커다란 몸통을 들이밀다니!

"이놈! 어딜 가?"

남편이 소리를 지르면서 일어섰다.

"그놈도 혼이 났을 거야."

남편이 밖으로 나갔다가 들어오더니 창문 밑에 허름한 걸상이 넘어진 채 있더라고 했다. 그러면서 도둑을 붙잡지 못해서 아쉽다고 했다. 창문이 높아 걸상에 올라가서 방안으로 들어오려고 했던 모양이라고 했다.

"급히 쫓아갔다면 잡을 수 있었을 텐데."

나는 기가 막혔다. 남편은 웃긴다고 했지만 난 웃기지 않았다. 겁에 질려 있었다. 남편은 도둑을 혼낸 것이 재미있고 통쾌해한다. 하지만 나는 해코지라도 하면 어쩌려고? 도둑놈이 놀랬을 거라 생각하니 찜찜했다.

만약 내가 그 도둑이 놀랐을 거라고 염려했다면 남편은 혀를 차면서 "한심한 여자"라고 했을 것이다. 그는 "나쁜 놈은 당해야 한다"고 했다. 동정을 해서가 아니라 나는 겁이 났다. 해코지라도 하면 어쩌지 하는 생각이 먼저 났던 것이다.

아니나 다를까? 그것으로 끝은 아니었다. 오늘 도둑은 화가 나서 아이들 머리통만한 돌을 들고 와서 유리창을 깨고 돌덩이를 방안으로 던지고 도망갔다. 불을 켜고 보니 아이들이 자고 있는 머리 근처에 피 묻은 돌덩이가 세 개나 있었다. 도둑놈이 돌덩이를 던지려다가 손을 다친 모양이다. 조용히 속전속결로 이루어진 일이라서 그런지 아이들은 깨지 않고 잠든 채 자고 있었다.

"애들 머리라도 맞았으면 어쩔 뻔했어요."

그녀가 눈을 흘겼으나 남편은 본 체도 안 한다.

"그놈을 잡았어야 했는데."

오직 도둑에게 이긴 사실만 생각하는 듯하다.

"남의 집에 들어오려던 놈이 나쁘지 그놈이야 놀랬건 말건 무슨 상관이야."

그는 도둑을 혼내준 것이 통쾌하다면서 행복해했다.

다음날 아침 남편은 출근을 하면서 나에게 말했다.

"손에 붕대를 감은 놈이 있나 잘 봐두라고. 틀림없이 다친 사람이 있을 거야."

나는 대꾸도 하지 않고 못 들은 척했다. 가슴이 떨렸다. 주머니에 손을 감추고 다니는 사람이 있으면 일부러라도 외면을 하고 보지 않을 생각이었다. 공연히 긁어 부스럼을 낼 필요는 없다. 아이들이 안 다친 것만 해도 다행이다. 도둑이 던진 돌이 아이들 머리라도 맞았으면 어떻게 되었을까, 생각만 해도 아찔했다.

그 후에도 남편은 두고두고 그 얘기를 하면서 재미있어 했고 어리석은 도둑놈을 격퇴시키고 골려주었다는 무용담을 늘어놓았다. 사실 가난한 동네에 가져갈 물건이 뭐가 있겠는가? 아마도 남편이 자주 집을 비우는 것을 알고는 몰래 들어와 돈이 되는 물건을 훔치거나 위협하려고 했을 것이다.

그 후 창문을 열어놓고 잠을 자도 도둑이 얼씬하지 않았다. 남편이 겁을 주어 도둑을 붙잡지 않고 도망치게 한 일은 그런 면에서 생각해 보면 훌륭했다.

지금 같으면 틀림없이 앙갚음을 했을 것이다. 그냥 돌덩이를 던지는 것으로 끝나지 않았을 것 같다. 그때는 도둑도 순진했다는 생각이 든다.

4.

어느 일요일. 남편과 경수가 바둑판을 놓고 바둑을 두기 시작했다. 경수와 남편은 서로 실력을 겨루어보는 전초전이다. 바둑판을 사이에 두고 마주앉은 두 사람은 진지하다. 첫 판은 흰 돌을 쥔 남편이 이겼다.

"아저씨, 한 판 더 두어요."

일요일인데 별 할 일도 없는데 남편이 마다할 이유가 없다.

"자넨 아직 어림없어."

계가가 끝난 후여서 바둑판에 깔린 바둑돌을 통에 넣으면서 남편이 말했다.

"한 점 올리지."

"싫어요."

경수도 오기가 있나 보다 잠깐의 실수로 진 것이 분하다면서 다음 판은 이길 수 있다는 투다. 남편은 빙그레 웃으면서 자신 있다는 투다. 느지막한 아침을 먹고 11시쯤 시작한 바둑은 점심도 건너뛰고 바둑판에 구멍이라도 낼 듯 노려본다. 그렇게 바둑판에 눈을 박고 고민했지만 둘째 판에서는 남편이 졌다.

세 판을 넘어 다섯 판째 두고 있다. 오후 2시가 넘었는데 바둑은 끝날 기미가 보이지 않는다.

나는 부엌에서 이것저것 넣어 비빔밥처럼 부엌바닥에서 간단히 점심을 때웠다. 마루에 앉아 바둑에 열중하고 있는 두 남자는 점심 먹고 하라는 내 말을 귓전으로 듣고 또 재촉하면 손사래를 친다.

남편은 승부 기질이 있다. 그의 승부욕은 누구도 감당하지 못한다. 절대로 밀리지 않는다. 끝까지 물고 늘어진다. 이번에는 계가를 하기도 전에 돌을 던지게 할 판이다. 남편은 바둑알을 들고 무조건 장고에 들어간다. 그러면 상대방은 수를 읽고 나서 빨리 두고 싶어도 돌을 내려놓지 않으니 답답해한다.

"아저씨 뭐해요? 빨리 두어요."

경수가 답답해해도 남편은 꿈쩍 안 했다. 한참 후 남편이 바둑돌을 놓고는 경수를 쳐다보며 한마디 한다.

"바둑을 두는 사람 어디 갔나?"

늘 듣던 말이다.

"가긴 어디가요."

경수가 바둑판에 돌을 놓는다. 남편은 허를 찔렸는지 멈칫하더니 장고에 들어간다. 이번에는 경수가 재촉한다.

"돌 하나 놓는데 밤 새겠네요. 어디 갔다 왔어요."

그까짓 바둑이 뭐라고 서로 재촉하고 다투는 모습을 보니 웃음이 나온다. 먼저 상대의 수를 읽은 사람이 재촉한다. 두 사람이 하루 종일 바둑을 두던 나는 상관하지 않는다. 오늘은 쉬는 일요일이니까.

신혼 때도 동리 친구가 와서 바둑을 두다가 이틀 밤을 새우고 간 적이 있었다. 친구라는 녀석이 남의 집에 와서 그것도 단칸방 신혼집에서 2박 3일 동안 죽치고 앉아 새색시가 차려주는 밥을 먹으며 이틀 밤, 삼일 낮, 잠도 안 자고 바둑만 두다가 비틀거리며 일어섰다. 피곤했는지 몸을 가누지 못했다. 그러면서도 아쉬웠는지 미안했는지 일어서면서 나를 보고 씩 웃었다.

무엇보다 괴로운 것은 직장이 없을 때여서 밥상을 차리려 해도 반찬 살 돈이 없는데 남편은 상관도 안 했다. 그 친구가 새색시 눈치를 보고 일어나는 척하면 남편은 기어코 붙잡아 앉혔다. 안 가는 친구보다 못 가게 잡는 남편이 더 미웠다. 상대는 총각이라 집에 갈 필요가 없으니 불편할 게 없었다.

새색시인 그녀는 속옷을 갈아입을 수도 없어 부엌으로 가져가서 해결했다. 신혼이고 이웃도 모르는 타지인 것이다. 갈 곳도 없었다. 잠시 방안에 들어갔다가 도로 나와서 우두커니 부엌 바닥에 앉아 있기도 했다.

그때 힘겨웠던 날들이 지금도 가끔 생각이 난다.

나는 방 한쪽 구석에 쪼그리고 앉아서 졸다가 말다가 밤을 새워야했다.

어느 날, 남편과 경수가 바둑을 두기 시작했다. 오전에 시작한 바둑은 점심때가 지나도 끝날 줄 몰랐다. 둘은 바둑돌을 만지작거리며 바둑판을 들여다보고 있다.

배가 고파서 허둥지둥 부엌에서 한술 뜬 밥이 식중독인지 체했는지 위경련이 일어났다. 허리를 펼 수도 없이 바늘로 찌르는 듯한 통증이 왔다. 시간이 지날수록 심해졌다. 복통이었다. 장

롱 서랍에 있는 진통제를 찾아 먹었다. 오래 묵은 약인지 모르고, 약국에서 진통제라고 해서 사다 둔 약이었다. 나는 일 년에 한번쯤 위경련을 앓았다. 그때 먹다 둔 약이었으니 일 년은 지났을 것이다. 점심을 먹고 난 이후로 배가 빵빵하게 부풀더니 구토가 나오고, 머리가 어지럽고 눈앞이 빙빙 돌았다.

약을 먹어도 소용이 없었다. 한 시간을 굴러도 그놈의 바둑은 끝나지 않는다. 보다 못한 경수가 한마디 한다.

"아저씨, 아줌마가 아프다잖아요. 그만두시지요."

경수의 말을 남편은 들은 척도 안 했다. 아마도 '저러다 낫겠지' 생각했는지 '생명이 위험한 정도는 아니다'고 여겼는지 태평한 얼굴이었다.

우리는 보통 타인의 기쁨과 아픔을 공감할 수 있다고 믿지만 그 말은 진실이 아니다. 타인의 고통을 내 방식대로 재해석하거나 유추해서 이해할 뿐, 그 사람이 느끼는 고통의 정도를 측정하거나 공유할 수는 없다. 비극은 여기에서 시작된다. 인간의 본질적인 외로움과 고통은 신에 대한 믿음으로도 해결되지 않는다. 그것은 다만 조금 다른 방식으로 치유하려는 노력일 뿐이다. 타자와 나 사이에 공유할 수 없는 고통을 어떻게 바라볼 것인가?

미국의 탁월한 비판적 지성인 수잔 손택(1933~2004)의 『타인의 고통』은 바로 이러한 사람들의 귓가에 울리는 북소리와 같다. 저자는 부모 자식 간의 안타까운 사랑을 주제로 이 책을 쓴 것이 아니다. 나와 상관없는 사람들의 고통을 어떻게 받아들이는가 하는 문제에 초점이 맞추어져 있다.

어떤 의미에서든, 이 책은 타인의 고통을 보고 어떤 감각적 반응과 이성적 태도를 지녀야 하는 것인가에 대한 질문이다. 흔히 사람들은 타인의 고통이 자신과 밀접히 연결되어 있다는 사실을 잘 받아들이지 못한다.

수전 손택은 『타인의 고통』이라는 책에서 말한다. 우리는 모두 타인의 고통을 즐기는 관음중이다. 제목 그대로 우리는 타인의 고통에 대해서 얼마만큼 이해할 수 있을까? 혹시 타인의 고통을 호기심으로 저자의 말대로 관음중으로 보고 은밀히 즐기는 것은 아닐까? 나에게 직접적으로 가해진 고통이 아닌 멀리 떨어져 있는 나라의 전쟁에서 발생하는 고통스러운 죽음과 부상을 보면서 느끼는 감정을 연민이라고 생각했는지? 혹시 즐긴다는 생각은 해 본적이 없는지. 저자는 사람들이 느끼는 감정에 대한 진실을 마주하게 함으로써 스스로 부끄러움을 느끼게 하는 거다.

마누라가 아픔을 호소하면서 아프다고 뒹굴고 있는데도 남편은 타인처럼 태평한 얼굴이라니. 마치 아프거나 말거나 완전한 타인 취급이다.

'남의 장티푸스가 내 감기만 못하다.' 옛말이 존재하는 것을 보니 타인의 고통은 그렇거니 하면서 즐기면 된다고 생각한 걸까? 내가 아프지 않으니 타인의 고통이 얼마만큼 인지도 모르면서.

연민 양심이라는 것, 고통 받고 있는 사람에게 연민을 느끼는 것은 내가 그런 고통을 가져온 원인에 자신이 연루되어 있지 않다고 생각한다. 그저 타인이 겪는 고통을 그냥 지나칠 뿐, 무관심할 뿐 아니라 자신은 아무 잘못도 없다는 무고함으로 만족한다.

성경은 '착한 사마리아인'을 예로 들면서 타인을 돌보라고 말한다. 인간이 타인의 고통을 무심하게 지나치는 일이 많고 자신의 일이 아니면 모른 척하기 때문이다. 성경에서 유독 강조하는 이유는 인간 본성을 건드려서 하기 싫은 이기주의적인 요소를 타자 중심으로 생각해 보라는 의미인지도 모른다. '십계명'에서 인간이 하기 싫어하고, 하지 않는 악한 이기주의를 금하라고 강조하고 있다. "하지 말라, 하지 말아라"라고 하는 것은 많이 하기 때문이다. 자식을 사랑하라는 말은 없는 것을 보면 알 수 있다. 자식에 대한 사랑은 말하지 않아도 자연스럽게 자신의 일부처럼 사랑하게 되니까.

그러면서 우리는 근본적으로 선한 의지가 있고 선하다고 생각한다. 주변에 아픔을 보면서 누군가는 알아서 하겠지 모른 척하면서 자신이 처한 입장이 아님을 감사하면서 마음을 달랜다.

각자 마음으로는 잠깐 연민이 있다고 생각하지만 그냥 지나치기가 대다수다. 뻔뻔하도록 곧 갈등은 잊어버리고 만다. 내가 아니면 그만이다. 타인의 고통에 반응하지 않는다. 우리는 고통을 받는 그들이 우리와 똑같이 존재하고 있으며, 우리와 연결되어 있을지 모른다는 사실을 생각해 보아야 한다.

나와 상관없는 타인이라면 책임지기 싫어 지나치거나 방관할 수 있다. 그러나 가족이라면 문제가 다르다. 아마도 피가 나거나 눈으로 보았다면 아무리 인정머리 없는 사람이라도 다를 수 있을지도 모른다. 뱃속은 보이지도 않고 겉은 멀쩡하니까. 구경꾼, 또는 보기만 하는 관음증 환자가 된다.

이다음에 남편이 아파 뒹굴어도 연민의 시선으로 내려다볼 뿐 아무런 조치도 안 하고, 그냥 안 됐어하면 된다는 생각이 들었다. 내가 고통을 느끼지 않고 있는데 타인의 대한 연민을 베풀기를 그만둔다는 것, 이것이야말로 고통을 바라만 보는 냉정한 인간의 한계다.

나는 왜 스스로 약자가 되고 있었을까. 남편을 믿지 말고 병원으로 가면 될 텐데 그냥 아프고 있었냐고 하면 할 말은 없다.

만약 남편이 아프다는데 그대로 있다가는 곧 이혼감이다. 무서워서도 못하지만 아픈 사람을 돌봐야 하는 건 인간의 도리가 아닌가. 연민과 애정은 비슷하지만 확연히 다르다. 사랑은 똑같이 고통을 공유할 수는 없지만 적어도 연민을 가졌다면 같이 고통을 느끼려고 할 뿐 아니라 어떤 조치라도 취한다.

남편이라는 사람은 어떤 심장을 가졌기에 저런가? 그냥 자신의 고통은 태산 같고 같이 사는 마누라의 고통은 방관하면서 그만 놔두면 낫겠지 하고 시간만 벌면 된다. 세상에는 이런 사람도 있으니…… 슬프지만 어쩌겠는가.

경수 총각은 아줌마가 아프니 바둑을 이제 끝내자고 했다. 남편은 펄쩍 뛰면서 한 판 더 두잔다. 전 판에 남편이 졌던 것이다. 마지만 판엔 꼭 이기지 않고는 물러설 수 없는 것이다. 이윽고 배를 잡고 통증과 씨름을 하고 있는데 남편이 이겼는지 일어서면서 병원에 가지고 한다. 아마도 경수 총각이 먼저 돌을 던졌는지 모른다.

나는 아픈 배를 잡고 병원을 향해서 걸어갔다. 쉬엄쉬엄 남편 뒤를 따라 병원 앞에 도착하자마자 거짓말처럼 통증이 없어졌다. 계면쩍었다. 꾀병을 앓은 것처럼 통증이 가라앉아 있었다. 그리고 보니 진통제를 30분 간격으로 연거푸 하루치를 다 먹었던 것이다. 약을 먹어도 낫지 않으니 혼자서 발버둥을 치면서 "조금 기다려 그대로 아프면" 하면서 또 먹고 했던 것이다. 배가 나았으니 그대로 집으로 가자고 했다.

외딴 집은 병원에서 오 리쯤 떨어진 곳이었다. 나는 말없이 남편을 따랐다. 앞서가던 남편이 한 말씀한다.

"나 같으면 아파 죽어도 병원에 안 가. 자존심 상해서."

그러면서 남편은 나를 비아냥거리고 있었다.

말이나 말지. 내 자존심을 짓밟아버린 것이다. 수전 손택의 말이 아니라도 '타인의 고통'을 즐긴 관음증 환자임에는 틀림이 없다. 수전 손택도 자신과 연결된 경우를 제하고 타인의 고통에 대해 한 말이다.

그런데 나는 타인이 아니라 가족이다. 아내를 종처럼 타인처럼 무시했으면 본 척도 안 하고 바둑만 두었을까. 고분고분 말을 잘 들으니 논에 뵈는 게 없는 모양이다. 오만방자한 놈 같으니!

아마도 병원비가 아깝기도 하고, 또 건강하니 복통을 일으켜도 죽진 않을 거라며 내버려 둔 모양이다. 생각할수록 잔인하다. 남이라도 아는 체를 하면서 손가락이라도 따주겠다든지 소화제를 찾는 척이라도 할 것 같았다. 아내가 옆에서 그렇게 아파 뒹구는데 남이라도 하던 일을 제쳐두고 병원에 데리고 갈 것이다.

그놈의 바둑이 뭐가 그렇게 대단한데. 이기면 뭐해 다음 기회도 있는데. 전쟁에서 이기고 지는 것을 가지고도 병가지상사 兵家之常事라고 하는 말도 있지 않은가. 국가가 망하느냐 흥하느냐는 기로에 있었을 때도 그런 말이 있음에도.

262

아! 잘못 왔구나. 후회가 가슴을 찢었다. 그동안도 여러 번 비하당하면서 살긴 했어도 남자들이란 그러려니 했고, 내 선택을 후회했어도 팔자로 알고 아이들이 예쁘니 참았던 것이다. 흔히 아이들 때문에 산다는 여자들 이야기를 들었다. 그 말이 반은 맞는 말이다.

남편이 무정하게 대할수록 다정한 경수가 좋았다. 마음속에선 경수 같은 남자를 만났다면 면 얼마나 좋을까. 경수를 좋아하는 마음이 점점 자라고 있었다.

바보 같은 놈. 자기 마누라가 경수를 더 좋아하는 것도 모르고 마냥 제 말 잘 듣고 순종하니까 제가 이긴 줄 아는데 약자도 밟으면 마음을 안 주는 것을 모르는 천치다.

초등학교 교과서에 나오는 '바람과 햇빛'이 경쟁한다는 이야기도 이해 못 하는 놈, 저능아 수준이다. 배를 움켜쥐고 통증과 싸우면서 나라고 생각이 없었겠는가.

'저 놈은 내가 죽을 병이 들면 틀림없이 나를 버릴 놈.' 저 인정머리 없는 놈을 믿고 살 생각을 하니 앞이 캄캄했다. 그런데 그 쓰린 마음에다 대고 칼질을 해대는 거였다. 제 행동을 알긴 하나 보다.

내 마음속에서 남편이 나를 먹여 살려도 의무적으로 대하게 된다. 다른 사람을, 다정한 경수가 좋다. 경수가 한 번만 더 권하면 따라갈 생각이 들었다.

언젠가 경수가 술 먹고 와서 내게 하던 말이 생각났다.
"아줌마 아저씨 사랑해?"
"사랑해서 사나 아이들이 있으니 살지."
"우리 도망가서 같이 살까?"
"경수 씨. 취했구나?"

말은 그렇게 했어도 나는 경수와 함께라면 행복할 것 같았다. 마음이 흔들리고 있었다. 자신을 사랑하는 사람과 같이 새로운 삶을 살 수만 있다면 얼마나 좋을까? 그런 생각을 했다. 왜 처음부터 진작 경수 총각 같은 사람을 못 만나고 이제야 내 눈앞에 나타났을까? 이제라도 나를 좋아하는 사람과 같이 산다면 뭐가 잘못이란 말인가? 그리고 무엇이 문제지?
잔인한 놈 쩨쩨하게 사소한 것에 목숨 거는 놈을 어떻게 평생을 믿고 살 수 있을까? 깊은 고민에 빠졌다.

5.
초등학교 입학한 아들은 신이 났다. 학교에서 돌아오면 선생님 이야기부터 꺼냈다. 자기 반 담임선생님이 제일 예쁘다고 했다.

"선생님이 그렇게 예뻐?"

"응."

"엄마보다 더 예뻐?"

아들은 한참을 망설이더니 고개를 끄덕인다. 난 섭섭했다. 학교 가기 전까지 이 세상에서 엄마가 제일 좋고 예쁘다고 말하던 아이였다.

"엄마가 제일 좋다고 했잖아."

아무 말도 못하고 난처해하는 아들을 보며 행복했다. 학교생활을 잘 하는 것 같아서다. 에미라는 사람이 순진한 아들을 곤란하게 만들면 어떡하나? 나 자신이 조금 비겁하다는 생각도 들었다.

어느 날 오후, 멀리서 아들이 엄마를 부르며 달려왔다. 이마에 땀을 흠뻑 흘린 채.

"왜 그렇게 뛰어와 천천히 오지."

아들은 어깨에서 가방 줄을 풀며 빵을 꺼낸다. 학교에서 점심 간식으로 나누어준 빵, 노오란 옥수수빵이 나온다. 작은 앞니로 갉아 먹은 흔적이 보인다. 조금씩 아껴서 맛을 본 모양이다.

"엄마 줄려구. 너무 맛있어."

아주 조금 한입 물었다. 고소한 빵이 내 입에도 맛이 있다.

아들에게 밥과 김치, 주식 이외에 간식 한 번 사 주지 못한 엄마다. 학교에서 준 빵을 먹고 싶어도 남겨 들고 온 아들이 너무나 대견하다.

"그냥 네가 다 먹지 그랬어?"

"다른 애들은 그러는데 난 엄마 줄려구 가져왔어."

"아이구. 착한 내 아들!"

끌어안고 아들 머리를 쓰다듬었다.

"엄마가 맛을 봤으니 이제 네가 다 먹어라."

해맑게 웃으며 맛있게 빵을 먹는 아들을 바라보았다. 한참 자랄 아들에게 빵도 사주지 못하는 가난한 살림살이다. 인정머리 없는 남편은 미웠지만, 엄마만 바라보고 행복해하는 저 아이를 두고 경수를 따라 갈 수는 없다.

사람이 사는 데는 열악한 환경에도 적응하며 살게 된다. 여름엔 고생스러워도 가을은 편안하다. 울타리가 없어서 허전하고 밤이면 무서워도 창문으로 들어오는 달빛을 볼 수 있어 좋았다.

남편이 야근을 하는 날이면 7살짜리 아들과 3살짜리 딸을 양팔에 끼고 누워 동화 이야기도 하고 학교에서 내준 숙제 외우기도 한다. 그럴 땐 아들은 엄마를 독차지하고 싶지만 참고는 대신 엄마가 여동생 옆으로 몸이 기울어졌다고 불평한다.

"엄마, 왜 동생 쪽으로 가."

"아닌데, 똑바로 누웠잖아?"

"아니야 얼굴이 동생 쪽으로 간 것 같아."

아들은 투정을 부리며 엄마 얼굴을 만진다. 엄마가 이렇게, 아들 쪽으로 돌아누워 본다.

"네 쪽으로 돌아누우면 됐지?"

이제 아들은 안심이 된 표정이다. 그런데 딸은 내 등 뒤에서 칭얼댄다. 자기를 보라고 재촉한다. 서로 엄마 쟁탈전을 벌인다. 귀여운 내 새끼들이다.

시어머니에게 갔다가 아들을 두고 왔다. 유독 첫 손자인 아들을 좋아하는 시어머니를 위해서다. 아들도 할머니가 예뻐하니까 할머니와 있겠다고 해서 두고 온 것이다.

3일 후에 아들을 데리러 갔더니 아들이 엄마 왔다고 환하게 웃으며 내 스커트 자락을 잡고 놓지를 않는다. 그걸 본 시어머니가 말했다.

"저 녀석 좀 봐라. 제 에미가 오니 나가 놀지도 않고 에미 옆에만 있네. 할머니가 제일 좋다고 하던 녀석이." 하고 웃었다. 아들은 엄마 옆에 앉아 스커트 자락을 올려 엄마 넓적다리 살을 쓰다듬고 앉아 이유도 없이 하하하하 그냥 웃고 있었다.

"저놈이 할미가 아무리 예뻐해도 에미가 오니 좋아하는 것 좀 봐."

"오늘 학교에서 뭐 배웠니?"

"무지개 색깔 일곱 개 외워 오랬어. 빨주노초파남보."

아들은 꼭 초록을 빼 먹거나 '초'를 강조하면 그 다음엔 '남' 자를 빼먹는다. 옆에서 듣고 있던 3살짜리 딸이 듣다못해 고개를 내밀고 말한다.

"빨주노초파남보."

그러고는 얼른 이불 속으로 머리를 쏙 집어넣는다. 자신이 나설 때가 아님을 알고 있는 듯했다. 그렇게 첫째는 새로운 학문을 익혀나간다. 둘째는 오빠 옆에서 들으며 저절로 익혀나간다. 한글도 숫자도 가르치지 않아도 알게 된다. 그래서 둘째가 영리해지는 것 같았다.

아이들은 여자의 발목을 잡기에 충분한 동아줄이다.

몇 년 후 우리는 그곳을 떠나 서울로 이사를 왔으며 샛강과 루핑 집은 오래된 사진처럼 점점 색이 바래져갔다. 그 이후 나는 삶에서 많은 일을 겪고 많은 사람을 만났다. 밤새워 읽은 많은 책들, 더불어 숱한 생각이 내 머리 속을 지나갔다.

당신은 알아요?

나는 남편에게 말했다.

뭐를?

예전에 도둑을 쫓아낸 용기 말이에요. 죽어서도 그 용기를 잃지 않고 있겠지요. 그동안 당신이 내 옆에 있어서 든든했고,

자랑스러웠어요.

　자! 이제부턴 당신은 꼭 내 옆에서 내 수호신이 돼야 해요.

미로

이모가 돌아가셨다는 연락을 받고 완주는 갑자기 순지 생각
이 간절해진다. 이모의 타개 소식보다 그 마을에 살았던 그녀가
했던 말이 잊히지 않기 때문이다.

　순지는 이렇게 말했다.

　나는 단 한 사람, 완주 씨의 몸 지도를 갖고 싶어요. 해부도가
아닌 감정지도. 나만의 사랑의 칩, 아무도 모르게 나 아니면 누
구도 사랑할 수 없는 불구로 만들어 버릴 수 있는 칩을. 그 칩을
숨기려고 내가 얼마나 노심초사했는지 당신은 모를 거예요. 하
지만 나는 운이 좋았고, 용케 내가 쳐놓은 그물, 내 손길에 깊이
깊이 새겨놓았지요. 그것으로 나는 자신이 있었어요. 오빠는 내
손길에서 벗어날 수 없을 거예요.

　그녀의 말에 그는 농담처럼 말했다. 내 몸은 나도 모르는 미

로인데도?

미로 씨 나는 아무리 얽힌 미로라도 찾아내고 말거예요. 난 내가 생각한 것을 한 번도 물러선 적이 없거든요. 당신이 아무리 도망을 쳐도 결국 내 앞에 나타나지 않을 수 없을 거예요. 주문을 외우고 기다리노라면 나타날 것이거든요.

순지는 싱긋 웃으며 말을 이었다.

김정호는 대동여지도를 그리려고 한국 땅을 여덟 번 돌았다지요. 또 신神은 산과 강, 호수와 숲의 이름을 확인했을 거예요. 하늘과 땅을 그리고 바다 속에 존재하는 모든 것들의 이름을 붙여주고 불렀지요.

나도 내 마음을 모르는데……. 순지를 보며 내가 중얼거렸다.

이모가 돌아가셨다는 연락을 받은 건 어저께였다. T시에 사는 이종사촌이 전화를 걸어왔는데 그와는 어린 시절 같이 자란 사이다. 어머니와 비슷해서 이모는 어머니를 떠올리게 한다. 한 세대가 역사 속으로 지나가고 있다. 슬픔보다는 단아했던 모습이 눈에 어른거린다.

인터넷으로 서울역에서 출발하는 KTX 차표를 예매하면서 생각했다. T시에 살고 있을 첫사랑 순지. 그녀 소식을 아는 사람을 만났으면 하는 생각이 드는 것은 그녀가 내 가슴에 옹이가 깊게 박혀 있다는 증거다.

순지는 나보다 나를 더 잘 알고 있었다. 내가 미처 생각지 못한 생각을 끄집어냈다. 순지 말을 듣고 나서 생각해 보면 내 생각을 미리 알고 있는 때가 많았다. 그녀는 나를 캡처(capture)해 놓았다고 했다.

그런 간절함을 물리친 나는 내 알량한 이기심으로 그녀 인생을 망쳤다는 생각이다. 물론 내 인생도 변변치 못했다. 그런 그녀를 밀어내 놓고 시도 때도 없이 옹이 진 상처가 도지는 것을 건더냈다. 지금의 아내와 결혼을 하고도 길을 걷다가 순지 비슷해 보이는 여자가 보이면 달려가서 얼굴을 확인하곤 했다.

순지가 해맑게 웃는다.

오빠와 있으면 꿈을 꾸는 것 같아요. 오빠를 만난 그 순간부터 나만의 태양이 존재한다는 것, 그 자체가 횡재橫材를 한 것 같아요.

순지는 나를 만나면 즐거워했다.

나도 신처럼 오빠의 몸 지도를 내게 새기려고 했고, 순간순간을 내 감각기관에 새겼어요. 우리나라 지도를 만들기 위해 나라 곳곳에 그의 발자국이 안 닿은 곳이 없을 정도로 몇 번을 돌았다는 김정호보다 어쩌면 더 오빠 몸속에 흐르는 피돌기를 파악하려고 했는지도 몰라요.

서울역 대합실에서 커피를 한 잔 사들고 시계를 보니 10시를 가리키고 있다. 개찰구를 지나 계단을 내려가니 KTX가 기다리고 있었다. 차표 시간 10시 15분을 다시 확인하고 좌석을 찾아 앉았다. KTX는 곧 T시를 향해 출발했다.

이모 장례식에 참석하는 길이지만 한편 고향을 찾아가는 기분도 포함되어 있다. 순지를 떠올리면 명치끝이 아파온다. 창가 유리창에 비치는 햇살을 보면서 그녀를 떠올렸다. 순지와 함께 했던 날들의 풍경이 스쳐 갔다.

그녀와 특별한 인연은 고향에서부터였다. 내가 Y대학교 경제학과에 합격하고 축하자리였던 것 같다. 고등학교 때 독서실에서 몇 번 만난 적이 있는데 단연 눈에 띄는 존재였다. 뽀얀 피부와 우수어린 커다란 눈동자가 마음을 사로잡았다. 그녀는 A상업고등학교를 졸업하고 취직 준비를 하고 있었다. 대학도 합격했고 예전부터 짝사랑하던 나는 순지에게 사랑을 고백하려고 용기를 냈다. 청춘은 도전이지. 용감한 자가 미인을 얻는 거라고. 남자라는 걸 보여줄 기회라고 생각하면서 진정한 남자로 거듭나고 싶었다.

그녀를 바래다주기로 했는데 그녀 집골목에 들어서자 초조했다. 기회는 이때, 이때를 놓치면 영영 후회할 것 같았다. 그래서 순지를 벽에 밀어붙이고 키스를 했다. 그녀도 호기심이 발동했는지 저항도 없이 순순히 응했다. 키스하는 것까진 좋았다.

서로 입술을 대는 것은 알았는데 키스를 어떻게 해야 하는지 몰라서 버둥거리다가 덜그럭 소리를 내면서 서로 이빨을 부딪치고 말았다. 그때는 어색해서 그냥 헤어졌다.

순지를 다시 만난 건 재경 향우회 모임에서였다. 나는 그해 대학교를 졸업하고 H경제연구소 연구원이었고, 그녀는 A상업 고등학교를 졸업하고 서울로 올라와서 중소기업체 경리사원으로 근무하고 있었다. 사회인이 된 그녀는 놀랍게 변해 있었다. 아름다웠다. 남자들의 시선을 한 몸에 모으고 있었다.

"우린 구면이죠."

"우리 한잔 더 하고 갈래요."

그녀는 아침에 우유 한 잔, 오전에 커피를 마셨다고 했다. 점심도 거르고 거의 빈속인데 이미 생맥주 500CC를 두 개 마신 상태였다. 순지가 고개를 끄덕거렸는지 아무 말도 안 했는지는 기억에 없다.

두 사람은 포장마차에 나란히 앉았다. 이심전심으로 마주 앉아 이런저런 얘기를 했다. 그녀가 웃을 땐 볼우물이 파여서 온 얼굴이 웃는 것 같았다. 나는 옆자리로 자리를 옮겼다. 과거 서로 이빨만 부딪히고 만 첫 키스 얘기가 나왔다. 이번엔 제대로 한 번 하자고 내가 농담 삼아 말했다. 그녀도 다시 생각해도 우습다면서 허리를 잡고 웃었다.

순대국과 소주 두 병을 시켰다. 저녁때 각자 소주 한 병을 마

신 셈이다. 그녀는 이건 과한데 하면서도 별로 취하지 않는다고
했다. 일어서는데 그녀 몸이 휘청한다.

"이대로 가는 것보다 조금 쉬었다 가는 게 어때요?"

"괜찮아요. 조금 피곤할 뿐이에요."

"이대로 집에 가면 오히려 걱정할 텐데요."

"······."

그녀는 망설이다가 집에 전화를 한다.

"엄마, 나 오늘 조금 늦을 것 같애."

"응 알았어. 너무 늦지 않게 조심해라."

순지는 정신이 들었을 때 난감했다. 내면에 사랑에 대한 갈
구가 있었던 걸까. 기억은 없지만 남자의 흔적이 지나간 느낌이
온 몸을 지배했다. 갑자기 블랙홀에 빠진 느낌. 블랙홀이 아니
라 정신을 차릴 수 없는 황홀에 빠진 것 같다. 이 상황에 대비할
준비도 되지 않은 상태였다.

무아상태, 매끄럽고 미지근한 갯벌에서 빠져 나오려고 애를
썼다. 그러나 곧 샤워하면 없어지는 그런 갯벌이라고 생각했다.
미지근하게 살갗을 스치고 지나간 흔적, 그것의 존재는 강하지
도 않고 그렇다고 감미롭지도 않았다. 그럼에도 흡인력이 있었다.

생각은 도리질을 해도 몸은 기억하고 있는지 생각과 행동을
모두 지배하는 것도 모자라 그가 들어앉아 버렸다. 그녀의 생각

이 없어지고 그의 생각뿐이다. 생각은 아예 없어져 버리고 그가 주인 행세를 하는 것 같았다. 몸속에 그가 들어와 나갈 기미가 보이지 않는다.

사랑이라는 신이 준 이름을 빌린 감정 앞에 속수무책이 되어 버린 걸까. 정신을 차릴 수 없이 휘몰아치는 기쁨에 자신을 제어할 수 없다. 몸이 기억하는 한 자신도 모르는 사이에 사랑이라고 믿으면서 합리화하게 되는 것일까.

어렸을 때부터 누군가 생각이 비슷한 사람끼리 만나서 이야기하는 즐거움을 갖고 싶었다. 논어 맨 처음에 나오는 '벗이 있어 찾아오니 이 아니 즐거운가'라는 말처럼. 이야기가 통하는 사람을 만나면 좋겠다는 생각을 갖고 있었다. 그때는 막연했지만 사랑이란 마음이 통하는 것이고 서로 이야기하는 것이라는 사실을 알았다.

서로의 아주 깊은 마음속에 있는 내밀한 이야기들을 하나씩 하나씩 서로에게 말하는 것, 비밀을 나눠가지는 것, 다른 사람들은 알아듣지 못하는 이야기를 서로 알아듣는 것. 사랑하는 사람을 만나는 일은 즐거움이고 영원히 나를 지켜줄 사람을 만난다는 것은 세상을 이길 수 있는 든든한 힘이라 여겼다.

11월 초. 단풍이 지기 전 가을 여행을 떠나자고 그가 권했다. 처음 경험은 술에 취해서 무의식중에 저질러진 일이었다. 경기도 양평가는 길. 산길로 접어들자 단풍은 아름다웠다. 그러나 단풍을 보러 나오진 않았을 터였다. 어디로든 데리고 들어가 그날의 결례를 사과하던지 아니면 내가 눈에 밟힌다고 고백을 해야 한다. 그러나 그는 얄팍한 자신의 속셈을 들키는 것 같아 머뭇거린다.

쑥스러워하는 것은 자신의 인격과 본능을 함께 지속하고 싶은 이중성이다. 운전대를 잡고 전방을 주시하는 그와 조수석에 앉은 나는 이미 묵계가 되어 있는 일을 뻔히 알면서도 서로 말을 꺼내지 못한다.

물레방아가 있는 휴게소 옆에 모텔이 보인다. 지금 들어가는 걸까 그녀는 각오를 했지만 자동차가 그냥 지나친다. 깊은 골짜기로 들어갔다가 능선으로 나오기를 반복한다. 길 옆으로 모텔 간판이 서너 개 지나갔다. 작은 골짜기를 돌아가자 우측에 모텔 간판이 나타난다. 이번에도 자동차가 그대로 직진이다. 어쩌지 이러다가 하루해가 저물지도 모르는데. 뻔뻔해지자고 생각했는지 막다른 느낌이 들었는지 드디어 결심을 굳혔나보다.

국도변 한 모텔로 자동차가 들어갔다. 하얀 인조석 벽은 서구식으로 표현되어 있고 발코니는 건물과 부조화를 이루고 있다. 서툴게 이층 계단으로 올라간다. 붉은색 카펫이 깔린 복도를 지나 203호 방으로 들어서자 후, 하고 한숨을 쉰다. 뒷머리가 부끄럽다. 하지만 방안으로 들어서자 안도한다.

호기심으로 따라나섰지만 어쩌자는 생각이 없었다. 조그만 테이블과 의자 두 개, 커다란 침대가 눈에 띄었다.

불안했다.

"안 돼. 우리 나가자."

"왜 그러는 거지?"

방안 분위기가 어색하다. 두 사람은 말없이 맥주를 마셨다. 이미 들어와 놓고 내숭을 떨 수 없다. 그녀는 뒤에서 원피스 지퍼를 내려주도록 가만히 있었다. 잠시 후 침대로 올라가 시트를 목 위까지 끌어올렸다. 속옷을 벗어 시트 밖으로 내놓았다. 그는 옷들을 얌전히 옷장에 걸었다. 그리고 자신의 옷을 벗었다. 피할 수도 없이 한 남자의 몸을 직면했다. 그녀는 한 번도 벌거 벗은 남자의 몸을 본 적이 없었다. 눈앞에 그의 것이 보일까봐 눈을 감는다. 민망했다. 그는 침대에 걸터앉아 그녀 살갗을 쓰다듬었다. 살갗의 촉감과 냄새가 익숙해지는 것 같더니 그가 그녀를 끌어안는다.

남자의 몸 침입이 몹시 낯설었다. 두 사람은 몸이 긴장해서 인지 차가웠다. 몸의 잔털이 바르르 섰다. 잔털이 먼저 스치고 살결이 건드려지고 두 사람의 목이 이쪽저쪽으로 감기고 부딪 쳤다. 저절로 열리는 입술의 틈으로 혀가 와락 넘어왔다. 그리고 팔이 얽히고 양팔 속으로 바짝 다가서고……. 그가 삽입하고 동작을 멈춘 채 얼마간의 시간들. 정지의 시간. 한 잎, 한 잎 열려 그를 음미하고 조이고 뜨거운 숨을 쉬며 끌어안으며 목으로 치밀어 올라오는 것 같은 강한 힘이 느껴졌다.

그것이 무엇이었던가. 유체 이탈된 영혼처럼 두 사람은 결합되었다. 혈관이 진동을 일으키고 경련이 반복되는 동안 머리끝에서 발끝까지 피가 운반되고 생기가 솟구쳤다. 이런 일이 일어나리라고는 상상하지 못했다. 그러나 생은 그 모든 놀라운 것을 태연하게 받아들인다. 그녀를 점령해서 자신을 그의 품안에 가두어 둘 조짐이다.

그녀는 자신의 몸이 갑작스런 충격을 태연하게 받아들이는 육체의 적응력에 경악했다. 자신도 깜짝 놀랄만한 관능이 그 속에 은닉되어 있었다. 생의 가장 어둡고 질척한 밑바닥으로 끌어내리는 동물적인 몰입, 평범한 여자에게 무상으로 주어지는 선물일까, 아니면 극복해야 할 재앙일까.

그와의 관계 이후 그녀는 변했다. 더 이상 먹지 않고, 잠들지 않고, 낮이 되지도 말고, 밤이 되지도 말며, 그 순간이 영원히 계속되었으면 하는 망상에 빠진다. 그를 생각하면 자극적인 활기가 머리끝에서부터 발끝까지 자신의 몸을 감싸기 시작한다. 몸은 절정에서 밤의 숲이 울리도록 커다랗게 소리를 낸다. 그가 웃으며 그녀 머리카락을, 그리고 몸을 쓰다듬는다. 그녀는 차츰 욕심이 생겼다. 그의 몸을 완전히 정복하고 싶다는.

282

"완주 씨, 친구들이 요즈음 내가 달라졌대."

"갑자기 무슨 말이야?"

"모두들 내가 예뻐져서 놀랍다고 해요."

"순지, 넌 원래 예쁘잖아."

그녀는 손가락으로 그의 눈썹과 입과 턱을 쓰다듬었다. 절정의 순간에 얼굴이 일그러지고 목에서 이마로 올라가는 핏줄을 떠올리면서 정맥이 끝나는 자리를 가늠해 보았다. 머리 어디에서 나를 기억해 놓았을까 궁금했다. 그 원천을 찾아 머릿속으로 들어가 핏줄을 세어놓고 싶었다. 그의 지도를 새겨놓고 그러면 그를 영원히 잡을 수 있을 것 같았다.

사랑은 처음이 어렵지 한 번 이루어지면 그 후는 쉽다. 그와의 일은 익숙함과 동시에 일상이 되었다. 그가 환하게 웃어 보일 때 웃음은 새소리처럼 반가웠다. 세상 누구도 부럽지 않고 자신의 모든 숨구멍이 열리는 것 같았다. 그의 얼굴은 환희와 기쁨을 나타내고 있었다. 두 눈에서 뜨거운 열기가 솟아올랐는지 그의 눈길을 똑바로 바라볼 수 없을 지경이었다. 그녀는 신에게 부탁했다. 그리고 간절히 원했다.

그의 몸 지도를 내 안에 새겨놓고 싶어요. 해부도가 아닌 감정지도 말입니다. 이 남자는 나를 어떻게 생각할까요? 나는 그의 감정지도를 그릴 수 있고 판독할 줄도 알고 있거든요. 내가 초능력으로 쳐놓은 그물은 촘촘해서 새어 나가지 않아요. 나는 당신을 '미로'라고 부르기로 했어요.

미로 씨 당신이 떠난다고 해도 나는 당신을 반드시 찾아내고 말거예요. 내가 텔레파시를 작동시키면 당신이 어디에 있든 찾아낼 수 있어요. 언젠가 당신을 기다리게 될 때 내가 주문을 외우면 나타날 것 같아요.

K대학병원 장례식장 2층은 손님들로 북적였다. 소복을 입은 여자들이 부지런히 음식을 나르고 있었다. 이모님은 곱게 순명하셨다고 한다. 나는 친척들에게 인사를 하고 한편에 앉아 술잔을 기울이고 있는데 누군가 손을 흔들며 아는 체를 한다. 옆으로 다가오는데 보니 재경 모임에서 만난 친구다. 녀석도 순지를 잘 안다. 함께 술을 마시기도 하고 여럿 친구들과 어울리던 처지였다.

고향 어른이 돌아가실 때 가끔 장례식장에서 친구나 동창생을 만날 때가 있게 마련이다.

"야, 너 혹시 순지 씨 소식 아니?"

"완주, 넌 아직 몰랐냐?"

"모르다니 무슨 말이냐?"

"나도 얼마 전에 알았어. 죽었다고 들었어."

"무슨 소리야? 왜?"

"암에 걸렸다고 했는데 아이가 없어 남편에게 학대를 당했다고 들었어. 결혼 생활 내내 불행했나 봐. 과거 때문에 불임이라고."

"……."

나는 가슴이 무너져 내렸다. 내 아이를 가졌던 여자. 순지가 어디서든 잘 살기를 얼마나 빌었던가. 내 기도가 그녀에게 도달하지 못한 모양이다.

"완주 씨, 난 당신 몸속에 핏줄이 몇 개인지도 알 것 같아."
그렇게 말하면서 내 가슴에 안겨 얼굴을 쓰다듬고 목에 선 힘줄을 만져보던 여자.

일찍 남편을 잃고 혼자 살다 돌아가신 내 어머니는 형제들 사이에서 가장 열악한 삶을 살다 가신 분이다. 어릴 때부터 천재라고 이름을 떨친 외아들이 유일한 자랑이었다. 나는 그동안 어머니의 자존심을 채워 줄 유일한 희망이었다. 외갓집 사촌들은 모두 좋은 환경에서 잘 살았다. 그래도 어머니는 아들 하나만 성공시키면 모든 것이 해결된다고 믿었다.

그런 어머니 마음을 가장 잘 아는 나는 사랑을 위해 어머니를 실망시킬 수 없었다. 대학을 나오지 않고 가정 형편도 넉넉지 않은 여자를 며느리로 맞을 수 없음을 너무나도 잘 알고 있는 나로서는 순지와 결혼하겠다는 말을 도저히 꺼낼 수 없었다.

순지를 위해서도 그랬다. 시집살이로 천덕꾸러기가 될 것이 뻔했다.

"순지 씨는 내 이상형이었어. 네가 가로채서 나는 멀리서 지붕만 올려다봤고."

친구가 원망어린 눈으로 나를 쳐다본다.

"언젠가 순지가 나를 찾아 왔었어. 완주 씨가 있는 곳을 알고 있느냐고? 난들 그때 네가 미국으로 날라버린 걸 몰랐지? 그때 순지를 내게로 돌려놓고 싶었지만 그게 안 되더라. 양심상 그녀를 가질 수가 없더라. 너를 못 잊는 그녀도 그렇지만 친구의 여자를 가로 채는 것 같더라구. 비록 네가 버리고 갔어도."

친구는 심각한 얼굴로 맥주 캔을 따서 마시고 한숨을 쉰다.

"울면서 널 꼭 한 번만 보게 해달라고 하더라. 완주 씨를 보지 않고는 잠도, 먹을 수도 없다고 하더라. 아니 살 수가 없다고 하더라. 그런데 자포자기인지 결혼을 했다는 소문을 끝으로 소식이 끊겼지. 나도 잊고 지냈는데 재작년에 죽었다는 소식을 들었어."

친구는 내 얼굴을 한 번 쳐다보고는 말을 잇는다.

"그 착한 여자를 남편은 의심하고 학대한 것 같더라구. 그때 내가 달래서 그녀를 챙겨주었다면 죽지는 않았을 거야. 그리고 너를 잊지 못하는 순지 씨에 대한 미움도 있었거든."

"……."

나는 할 말이 없다. 사랑할 가치도 없는 비겁한 나를 사랑했던 그녀는 떠나갔다. 이 아름다운 세상을 등지고. 사랑의 흔적을 가슴에 넣은 채 떠나간 그녀의 그림자가 평생 내 인생을 지배하고 무너뜨릴 것 같다.

나는 무엇을 위해서 살아왔던가. 사랑을 버리고 안락한 삶을 선택했으나 신은 내게 비겁함에 대가를 치르게 했다. 내가 선택했던 삶이 과연 안락한 삶이었던가. 모든 것을 생각하고 계산하고 선택한 결혼은 행복했던가. 그런 생각을 하면서 나는 순지에 대한 생각에 잠긴다.

서울 충무로 전철역. 4호선 전동차가 들어오는 플랫폼 기둥에 기대어 서서 그녀가 오이도 행 전동차를 기다리고 있다. 그녀가 나를 바라보며 활짝 웃는다. 가지런한 하얀 이가 보인다. 한 손에 호두과자 봉지를 들고 그 중에 하나를 꺼내어 받을까말까 하다 그대로 받아먹었다.

전동차가 두 대 지나갔다. 다음 전동차를 기다리는 시간, 짧게 주어진 시간은 감미롭다. 세 번 째 전동차가 들어온다. 그녀는 봉지를 들고 서 있다. 전동차 문이 열리고 내가 전동차 안으로 발을 들여놓자 그녀가 뒤에서 손을 잡는다. 따뜻한 호두과자 봉지가 내 손에 들려진다. 따뜻한 마음과 함께 무엇이든지 주고 싶은 그녀의 마음이 손바닥에서 가슴으로 올라오고 있다.

만난 지 백일을 기념하는 날. 순지가 여행을 하자고 떠나는 길이다. 서울역에서 경의선 열차를 타고 임진각으로.

나는 아침부터 긴장을 한다. 서울역 9시30분 그와 약속한 시간이다. 늦을 것 같아 서둘러 집을 나선다. 지하철을 타고 서울역에 내려서 에스컬레이터를 타고 오르고 돌아서 두리번거리며 KTX와 새마을호 열차출구를 찾는다.

나는 그녀를 보기도 전에 벌써 그가 여기에 와 있다는 것을 느낀다. 그녀가 있는 공간과 공기는 다르다. 나는 그녀의 시선을, 피부를 스치는 공기의 흐름을, 그걸 내부에서 느낀다. 그렇다. 그녀가 가까이 있다는 걸 자신의 내부에서 알아차린다. 그녀가 대합실에 보인다.

"팔팔 씨!"

나는 그녀를 불렀다.

그녀가 뒤돌아보며 환하게 웃고 있다. 그녀를 보려고 아침부터 준비를 했구나! 하고 안도한다. 우리는 어디론가에서 왔다가 또 어딘가로 떠나는 사람들을 보면서 새로운 물결을 느낀다. 물살은 새로운 탄생을 예고한다.

우리는 열차표를 받아들고 창가 좌석에 앉자 떠날 수 있음에 대한 기쁨이 가슴을 통과한다. 어딘가의 물결 속으로 흐르고 있다. 그녀는 시간이든 공간이든 물체이동이 주는 그 흔들림을 좋아했다. 옆에 앉은 그녀의 익숙한 냄새, 기분 좋은 체취體臭가

288

나를 편안하게 했는지도 모른다. 차창으로 내다보는 하늘이 맑다. 다른 세계에 진입하려는 기대와 설렘으로 세상이 빛나고 있다.

그녀가 가지고 온 배낭에서 막걸리를 꺼낸다.

"이건 복분자야."

옅은 와인색이 마시기에 아까울 정도로 아름답다. 관상용처럼 보면서 즐겨야 할 것을 먹어치우는 느낌이다. 곧 신비의 물체는 색보다 더 아름답게 환상처럼 몸속에서 살아나고 있다. 그녀가 말한다.

"나는 파리에서 왔고 당신은 독일에서 온 사람이고, 우리는 미지의 세계를 향해 지금 다른 세계로 진입했어요."

우리는 낯선 도시에서 온 사람들이다. 서로 모르는 사이로 해두자! 자 지금부터 우리는 이 나라에서만 통용되는 말을 사용한다. '지금껏 누리지 못한 자유를 실컷 써버리자. '우리는 사랑한다.' 그녀와 나는 아무도 없는 깊은 숲속에서 사랑을 증명해 줄 증인을 세운다. 나무와 바람에게 우리들의 사랑을 입증해 달라고 부탁한다.

임진각에 도착해서 북쪽을 바라본다. 저편 북쪽, 적요 속에 하늘은 땅과 가까이 마주하고 있는 것이다. 초록빛 유월의 첫날 나뭇가지 사이로 빛나는 태양, 그 사이로 비치는 환한 빛 무리.

이곳에 오면 누구나 연인이 될 것 같다.

누가 말하지 않아도 서로의 생각 속에서 흐르고 멈추고 그렇게 행동한다. 그러다가 맑아진 가슴으로 쏟아져 나오는 혼魂의 느낌이 끝까지 함께 하라고 부추기는 듯 그가 불쑥 내미는 손, 따뜻한 손. 마지막 생명을 바람과 햇살과 끝까지 함께하고 싶다.

"순지, 넌 예쁘다. 그래서 고맙다."

나는 행복하다. 우리는 꼬마 열차를 탄다. 손님이 없어 두 사람뿐이다. 신이 준 선물이다. 숲속을 돌면서 숲속 아래 앉은 사람들이 우리를 향해서 손을 흔든다. 두 사람은 왕자와 왕비처럼 답례로 손을 흔든다. 열차 위에서 되도록 거만하게.

사람들의 인사를 받으며 내리는 열차는 꼬마열차가 아니다. 궁전 사람들이 마련한 의전용이다. 세상 사람들이 행복한가를 알아보라고 보내준 것이다. 의전행사는 만족스러웠다. 우리는 제일 좋은 상석 의자에 앉아 '아름다운 색'의 술과 점심을 먹는다.

나는 장미꽃 두 송이를 주머니에서 꺼내어 이미 먹어 버린 빈 핑크색 도시락에 가지런히 넣는다. 잎을 옆으로 눌러두고 꽃이 다치지 않게 조심스럽게 다독거린다. 누운 장미는 수줍어 보인다. 각기 다른 줄기에 두 송이 장미는 그 안에서 둘 만의 사랑을 나눌 것이다.

"쉿! 남이 보면 안 돼!"

"잠자는 거?"

"첫 날밤이잖아."

"둘 다. 은밀하게……."

"우리 지금 소꿉장난 하고 있는 거 맞지?"

그녀의 얼굴엔 푸른 하늘의 표정이 담겨 있다. 마음이 맑아지면서 들려오는 소리. 우리는 바람이 하라는 대로 어딘가로 흘러가도 좋다.

오후 늦게 서울역에 내린다. 두 사람은 밀월여행을 끝내고 돌아온 것이다. 그녀와 나는 다시 소란한 열기 속에서 서로의 갈 길을 가야 한다. 파리와 독일로.

그녀가 잠시 후 군중 속으로 사라진다. 오고가는 사람들의 줄, 열차가 도착했는지 에스컬레이터 위로 귀향하는 사람들이 밀려오고 있다. 마이크에서 부산행 KTX 열차로 가실 분은 5번 출구로 오라는 멘트가 나온다. 우리는 돌아오고 있는데 떠나는 사람도 있는 것이다.

주체하지 못하도록 넘치는 감정은 그녀를 향한 마음임을 알고 있다. 비록 현재에 국한되는 감정일지라도. 그러나 언제까지나 미친 존재감으로 마구잡이로 다가온 사랑을 수용해야 하나. 다치기 쉬운 크리스털 같은 사랑을.

"나는 알았다. 널 처음 만날 때부터 지구가 너를 위해서 돈다는 것을."

데이트 중 내가 그 말을 한 순간 그녀는 자신의 존재감의 부피를 실감하고 있는 것 같았다. 내가 크게, 많이 그녀를 좋아하고 있다는 것을. 나는 그녀의 존재를 빛으로 느낀다는 말을 수없이 말해 주었다.

그녀는 6월을 좋아했다.

"가장 아름다운 계절이 지나가는 것 같애."

언젠가 그녀는 말했다.

"6월이 그렇게 좋아?"

"눈으로 풍경을 볼 줄 모르는 사람들이 5월이 아름답다 하지. 난 6월이 좋아. 6월은 폭력적으로 생기를 뿜어내는 계절이잖아. 흘러가는 냇물에도 햇볕이 금가루처럼 녹아들고 그 물을 빨아 마신 나무들도 숨결이 가빠지는 계절. 맹렬하게 살다가 어느 6월에 장렬하게 사라진다면 얼마나 좋을까 생각하게 돼."

"왜 그래? 요즈음 너무 슬퍼 보여."

"그가 연락이 안 돼."

순지는 친구를 보고 걱정했다. 사랑은 아름다운 환상에서 시작하고 끝없는 이해로 끝을 맺는다는 말을 실감한다. 아름다웠던 시절의 에피소드를 생각하며 틀림없이 그도 나를 생각할 것이라고 믿었다.

"새로운 사랑을 찾았나 봐."

순지는 쓸쓸히 말했다.

"사랑은 움직이는 거래잖아."

"그럴 리가 없어."

"언제고 끝이 날 때가 있을 것인데 상대방이 행복할 때 헤어지게 되는 일이 축복이지 그렇게 생각해 봐."

그와 지냈던 무수한 날들, 한순간 한순간이 별처럼 빛나던 시간이었다. 나는 사랑이면 모든 것을 이길 줄 알았다. 세상의 잣대가 무슨 상관인가.

한편 사랑했다면 그가 원하는 대로 떠나보내자! 치기어린 생각도 해 봤다. 내 스스로 일찌감치 더 깊게 정이 들기 전에 그를 떠나보내려고 했다. 그럼에도 이미 너무나 깊은 정이 들어서 도저히 잊을 수가 없는 것이다. 내 생각을 꿰뚫어 보고 있는 그가 모를 리 없다. 그가 내 마음을 알아채고도 남는다. 그래도 어쩌자는 것인지 아무 말이 없다.

"부디 좋은 사람 만나 행복했으면."

아무리 사랑했어도 떠날 때가 생기는 것이 사랑의 이치다. 그러나 행복하게 했던 순간들만 남아 그녀를 괴롭혔다. 에로스신은 우리들에게 가장 좋은 선물을 선사했다고 기뻐했다. 그런데 이 아픔도 좋은 선물인가? 기억에서 헤어나지 못하는 형벌을 미처 생각지 못한 것은 실수인가? 받은 대가인가?

"내 사랑을 기억해 줘……."

그가 두 손으로 내 발을 잡고 마사지를 해주었을 때 나는 그의 어깨너머로 고개를 떨구고 있었다. 그의 마음이, 사랑이 가슴으로 스미는 순간이었다. 발가락 사이로 드나들던 그의 손의 감촉이 지금도 남아 있다.

잊을 수 없는 죄, 종신형을 선고받은 죄인이었다. 사랑이건 쇠창살이건 자유를 억제 당한 것이다. 그러나 육신을 버림으로 나는 자유롭고자 한다. 아무것도 듣지도 보지도 느끼지도 못한다면 편안할 것 같다. 순지는 자살을 생각해보았다.

완주는 뜬 눈으로 밤을 세며 순지와 보냈던 날들을 시간들을 돌이켜보았다. 그처럼 행복한 시간들이 다시 올까 싶었다.

"순지야 네게 할 말이 있어."

이제 그녀에게 결혼에 대한 이야기를 해야 한다. 그러면서 사랑하기 때문에 너를 보내는 것이라고 말할 작정이다. 그녀가 행복하기를 바라는 것은 내 진심이다. 하지만 결혼은 할 수 없다. 어쩔 수 없는 딜레마에 대해 깨닫고 있는 중이다. 기피, 발뺌으로 밖에 볼 수 없는 비겁함으로 가는 길이라는 것을 알고 있다.

오직 그녀를 보내야 한다는 생각뿐이다. 진정 내 인생에서 최고의 빛을 준 여자, 이렇게 사랑스런 여자를 떠나보내야 한다고 생각하자 내 인생이 툭! 잘려 나가는 같다. 하지만 이 상황을 모면할 길은 없다.

어떻게 말을 해야 그녀에게 상처를 줄일 수 있을지 난감하다. 그녀도 심각한 내 얼굴을 보고 감지한 모양이다. 말없이 앉아 앞만 바라보고 있다.

"어디로든 들어가자."

"그냥 여기서 말해."

그녀 손을 잡았을 때 차가운 손이 떨고 있었다. 손을 잡고 그녀의 얼굴을 들여다본다. 아무 말도 하지 않았다. 아무도 움직이지 않았다.

"울지 마."

"모르겠어, 아무것도."

눈물을 닦아주려고 하자 순지는 고개를 돌렸다. 나는 손을 들어 그녀의 머리카락을 쓸었다. 귓불을, 따스해지는 목덜미를 어루만졌다.

가슴이 찢어지지만 그녀를 사랑했다면 더 이상 미련이 없도록 마침표를 찍어 주어야 한다. 그때 나는 그녀가 내 사랑을 가슴에 묻고 영원히 나를 잊지 않게 하고 싶은 마음도 있었다. 이게 무슨 염치없는 생각인가. 지금 나는 무엇을 위해 그녀를, 내 사랑을 버렸을까. 아내와 십년 쯤 살아보니 처갓집의 부유함도 별 것 없고 모든 것이 허물어졌다. 자신이 저지른 야비한 일을 자책할 뿐이다.

며칠 후 순지는 완주에게 전화를 걸었다. 그가 심드렁하게 전화를 받는다. 그런데 윙윙거리는 소리 때문에 잘 들리지 않는다. 배경에서 들리는 소음 때문에 귀, 아니 내 마음이 아프다.

　"어디야? 이 소리가 뭐예요?"

　"자동차 소리. 밖에서 전화 받고 있거든."

　고객께서 전화를 받을 수 없어 소리샘으로 연결합니다. 연결되고 나면 전화 요금이……. 전화를 받을 수 없다는 멘트를 서너 번 들은 후에 겨우 받은 전화다. 지금 나 아닌 다른 사람과 있거나, 또는 내게 알리기 싫은 곳, 아니면 알려지면 자신이 변명해야하는 곳에 있을 것이다.

　완주가 어떤 여자와 함께 가는 것을 봤다는 소문을 들은 것은 일주일 전이었다. 내게서 시간이 사라지고 지구가 그 자리에 서버린 것이다. 아침은 없었다. 아니 밤이 없었다. 밤이 없으니 아침은 당연히 없다. 시간이 사라져버렸다.

　"그만 헤어지자. 더 이상 우리 관계가 나빠지기 전에."

　그가 어렵게 말을 꺼냈다. 예상은 했어도 덜컥! 무너지는 절망감. 순간 돌로 머리를 얻어맞은 것처럼 생각이 사라지려고 했다.

　아름다운 사랑을 한 것으로 만족하자고 생각하고 다짐했었다. 그랬는데 이 절망감은 무엇인가. 아마도 내가 그렇게 다짐했어도 마음속으로는 당신은 떠나지 못할 거라는 생각을 했던 것은 아닐까?

갑자기 손이, 눈이, 입이 할 일이 많아야하는 것처럼 허둥거렸다. 손이 떨렸다. 눈동자를 어디다 두어야 할지 모르고 입은 무슨 말이든 해야 하는데 할 수가 없었다. 무력해져서 간신히 물컵을 두 손으로 잡고 들여다봤다.

청맹과니처럼 앞에 아무것도 보이지 않았다. 눈물이 물컵으로 떨어지고 있었다. 물컵으로 다 받아내기는 어려울 것 같다. 화장실로 들어섰다.

손을 씻었다. 그리고 얼굴로 닦아내고 나서려다 다시 눈물로 범벅이 된 얼굴을 문지른다. 환하게 이를 드러내고 억지로 웃어보았다. 차라리 안 웃는 것이 나을 듯싶다. 입이 웃기 싫다고 비틀린다. 울음을 터뜨릴 차례다.

내가 없어지면 그에게 도움이 될까? 그림자 없는 인간이 되었으면 하는 바람이다. 그의 집에서 나를 원치 않는 모양이다. 그의 절망을 보고 있으면 나는 점점 초라해진다.

이제 끝내자! 생각하니 눈물이 난다. 그냥 자유롭게 날자! 어디로 날아갈까 하는 생각은 다음에 하자.

그동안 너무 많은 시간을 그와 같이 했다. 갑자기 끈이 풀어진 것처럼 중심을 잡을 수 없다. 혼자 설 준비를 하지 못했다.

많은 시간을 주체할 수 없을 것 같다.

사랑은 끝이 나고 있었다. 아픔은 그가 남겨 놓은 빚이다. 아니 그를 사랑한 내가 감내하고 치러야 할 엄청난 빚이다. 사랑의 대가, 많이 사랑한 만큼 고통도 주어지는 삶이 남았을 뿐이다. 그것도 사랑이라면 사랑의 흔적이다.

그런데 자꾸만 그가 생각난다. 왜냐고? 그렇게 끝내길 원했는데도 목줄에 매인 끈이 그쪽으로 연결되어 있었다. 다른 사람을 만나서 그가 길들여 놓은 끈을 놓아버려야 한다. 이론은 맞지만 마음대로 되지 않는다.

일상이 허물어진다. 그동안 그와 보낸 시간, 그 정신적인 중독이다. 그를 위해 존재했던 것들로 부터의 단절은 금단현상이 덮쳐 올 것이다. 많은 시간을 주체할 수 없을 것 같다.

몇 번이고 나 자신에게 타일렀다. 모든 것은 끝나 버린 거야, 이젠 잊어버려. 하지만 잊는다는 것은 불가능하다. 그를 사랑한 것도, 그리고 언어로 쏟아냈던 모든 말들도. 결국 아무것도 끝낼 수 없기 때문이다.

한 남자가 그렇게 떠나갔다. 그의 몸 지도 한 장을 들고 마치 그것만 가지면 그가 세상 어디에 있든 찾을 수 있을 것 같았다. 지도를 만들고 있을 때 그토록 자신했는데 치매환자처럼 길을 잃어버려 찾을 수가 없다. 지금 그녀가 가지고 있는 그의 몸 지도는 미로뿐이다.

K대학병원 장례식장은 사람들로 북적였다. 날이 저물자 많은 문상객이 몰려들었다. 순지의 죽음을 들었을 때 나는 아무 생각도 나지 않았다. 아무 것도 먹고 싶지 않았다. 친구가 맥주 캔을 따 내게 권했다.

"자, 마셔."

나도 얼른 캔 하나를 집어 들어 친구 것을 따주었다.

"우리 술이나 마시자."

친구가 맥주를 들이킨다. 나도 맥주를 마신다.

시계를 보니 밤 10시였다. 온몸이 두들겨 맞은 듯 쑤시고 아팠다. 땀인지 눈물인지 모를 것이 얼굴을 적시고 있었다. 자리에서 일어났을 때, 나는 땀에 흠뻑 젖어 있었다. 나는 친구에게 부탁했다.

"날이 밝으면 순자가 뿌려졌다는 강가에 데려다 줄 수 있어?"

친구가 빤히 내 얼굴을 쳐다본다.

"왜 이제 와서 뭐 하려고?"

"그냥. 가슴이 막혀서."

나는 비틀거리며 일어섰다.

"순지야! 하고 소리쳐야 가슴이 뚫릴 것 같아."

자존감 수업

1.

　당신은 방안에 틀어박혀서 '자존감 수업'에서 다룰 소재와 주제를 생각하면서 사흘을 보냈다. A화장품 홍보팀에서 '자존감 수업' 연재를 일 년간 더 맡아 달라는 전화를 받은 것은 일주일 전이다. 원고는 9월 15일까지 보내주면 된다고 했다.

　르포 기자인 당신에겐 좋은 점인지 나쁜 점인지 모르지만 한 번 결정하면 즉시 행동으로 옮겨야 직성이 풀리는 기질이 있다. 세상 사람들이 살아가는 이야기를 밀착 취재하여 르포 형식으로 연재하기로 했다. 경마장이나 노름방 이야기가 아니라 카바레 이야기를 택한 것은 세상은 절반의 남자와 절반의 여자로 이루어져 있고 그들이 함께 어울리는 장소이기도 하지만, 더 큰 이유는 거기서 만난 한 여자가 생각났기 때문이다.

그녀의 이야기 속으로 들어가 본다.

당신이 처음 카바레에 간 것은 친구 미자 때문이다. 남자친구가 돈을 오늘 갚아주기로 했는데 함께 가자고 해서 따라나선 것이다. 카바레에서 만난다고 했다. 부탁을 거절하기도 어렵지만 말로만 듣던 카바레에 대한 호기심도 있었다. 친구 미자와 테이블에 앉아 맥주를 마시며 홀을 둘러보고 있는데 널찍한 홀 안으로 들어오는 한 남자가 눈에 잡힌다. 어떤 신비한 기운을 느낄 수 있다. 샹들리에 불빛을 받으며 다른 사람이 어떻게 보든 상관하지 않겠다는 얼굴로 홀을 건너질러 오는 걸 보자 현기증이 쏟아진다. 새로운 세계를 보여줄 주인공일지도 모른다는 예사롭지 않은 느낌을 당신 내부에서 먼저 알아차린 것이다.

블루스 곡이 흘러나오고 있다. 남자는 당신에게 정중하게 손을 내밀며 눈으로 묻는다. 춤을 한 곡 추자는 거다. 당신은 고개를 젓는다. 친구가 일어서 보라고 거절하면 예의가 아니라며 등을 떠밀고, 당신은 겁이 난다. 얼결에 일어섰지만 한 발짝도 뗄 수 없고, 할 줄도 모른다. 남자가 오른손으로 당신 어깨를 살짝 껴안은 채 왼손을 들어 올리자 그의 양팔 사이에 아무도 다가올 수 없는 공간이 만들어진다. 당신은 무대 한가운데서 스포트라이트를 받고 서 있는 주인공이 된 느낌이다. 한 스텝도 떼지 못하고 서 있는데 그가 살포시 끌어안고 속삭인다.

"걸어 봐요. 물 흐르듯이. 중심을 잡아요. 겁내지 말고."

당신은 하나 둘, 스텝에 맞춰 걷는 자신이 신기하다. 그의 얼굴은 어두워서 잘 보이지는 않지만 무관심, 냉정한, 표정이 없다. 그러면서도 손은 다정하다. 어깨를 잡은 그의 손에서 따뜻한 기운이 느껴진다. 손도 말을 할 수 있고 감정을 표현할 수 있다는 걸 당신이 안 것은 그때가 처음이다.

자신의 몸 가까이 여자를 가두어 두고 귀중한 보물이라고 느끼게 만드는 몸으로 말하는 남자. 빠른 템포일 때는 미숙한 당신 앞에서 나비처럼 난다. 다시 블루스 음악이 흐르자 당신을 향해 엷은 미소가 지나가는데 한쪽 입가에 보조개가 파이며 웃는 모습이 매력적이다.

그동안 침잠되어 있던 당신에게 여자가 되살아나고 있다. 눈이 어떻게 생겼는지, 코는, 입은, 어디도 쳐다볼 수가 없다. 얼굴주위가 환했다는 기억이 전부다. 어떤 기운, 행복감이 전신을 감돌고 있어 몸을 가눌 수 없이 황홀하다. 맑은 빛이 흘러 들어와서, 그 빛이 몸 안으로 흘러넘친다. 그 빛이 너무 강렬해서 정지 상태가 된다.

블루스가 흘러나오자 남자는 당신을 끌어당긴다. 오른쪽 다리가 살짝 다리 사이에 끼어든다. 당신의 귀가 남자 목 부분에 닿고, 손을 잡은 당신 손이 떨린다. 떨림은 남자 심장으로 전달

된다. 그는 당신 몸을 강하게 끌어당겨 자신의 심장소리를 듣게 한다. 당신은 그의 몸속에서 흘러나오는 전자파에 정신을 놓는다. 블랙홀에 빠진 것이다.

정신을 차릴 수 없도록 황홀에 빠진 무아상태다. 매끄럽고 미지근한 갯벌에 빠진 느낌. 미지근하게 살갗을 스쳐가는 흔적, 그것의 존재는 강하지도 않고 감미롭게 느낄 틈도 없다. 오래도록 가두어 두고 싶을 뿐. 음악이 귀에 들어오지 않는다. 한 스텝도 모르는 여자를 춤추게 하는 남자, 그는 진정한 춤꾼이다. 음악이 몸속으로 흘러들어와 사람과 음악을 하나로 만든다.

시간이 어떻게 지나갔는지, 얼마나 흘렀는지 모른다. 춤꾼은 그냥 매달려 있는 당신을 테이블로 데려다 놓는다. 테이블에 앉아 있는 친구가 박수를 치면서 당신에게 맥주를 따라주고, 그는 돌아서서 다른 테이블로 향한다.

당신 시선은 그의 그림자를 따라간다. 아니, 그가 당신 시선을 옷자락에 매단 채 끌고 간다. 마술에 걸린 것처럼 순간이동으로 당신 몸을 빠져나온 영혼이 그를 따라가다 멈춘다. 한지에 스미는 먹물처럼 자신을 당신에게 남겨 놓고 인파속으로 이내 사라진다.

남자는 믿기지 않을 정도로 아름다움을 갖고 있었다. 불타오르면서도 무심한 표정, 어깨 위로 흘러내리는 고독감, 섬세한 팔목과 두 손, 유연하고 경쾌한 몸매. 불빛 아래서 그의 얼굴은 조각상처럼 또렷해 보였다. 우울에 잠긴 어둑한 눈매와 꾹 다문 입술 윤곽, 하지만 광채 어린 뺨에는 살아 있는 그 무엇이 있었다. 당신은 자신에 대해 집중할 수가 없다. 이 낯선 감정이 자신인지 자꾸 헷갈린다. 자신의 감정변화를 이해할 수 없다. 당신은 남자란 배신자이고 혐오의 대상이며 자신을 석녀라고 믿어왔다. 그런데 그의 눈길이 당신 눈길 속에 박고 있음으로 도취를 느꼈다. 어떻게 내가 이럴 수 있는가?

창자를 에어내는 '한밤의 블루스(midnight blues)'와 '별밤의 블루스(wonderland by night)' 트럼펫 연주가 이어지고 마지막 '올드랭사인'이 흘러나올 때까지 당신과 친구는 자리에 앉아 있었다. 그날 미자 남자친구는 나타나지 않았다.

남자가 오라는 날, 당신은 그를 찾아간다. 들뜬 당신 눈에는 그가 나타나자 홀 전체가 가득 채워지는 것 같다. 당신이 그곳에 있기에 당신을 찾기 위해 남자가 홀 안으로 들어오는 것이라는 생각을 하자 심장이 세차게 뛴다.

'여기요! 나를 봐요! 나 여기 있어요! 여기!'

당신 시선을 느끼지 못한 듯, 그는 냉정한 표정을 유지한 채 다른 테이블로 걸어간다. 불가사의하도록 멍청한 행복감에 사로잡혀 있던 당신에겐 생각지도 않은 좌절이다. 여러 날 동안

무도장 그 자리에 서서 그를 기다린 당신은 마침내 그의 정체를 알아낸다. 처음 오는 여자들을 위한 제비, 간판스타였다. 당신을 취하게 했고 잠시 혼란스럽게 만든 감정은 그동안 세상을 몰랐고 자신을 방치해 두었기 때문에 일어난 일이다.

사랑, 그 믿음에 대한 허망함은 당신을 다른 세계로 눈뜨게 하는 계기가 되었다. 당신은 자신의 내면을 성찰해 보며 어둠에 잠긴 도시에 홀로 서 있었다. 자신을 객관화시켜서 돌아보면서 남편, 특히 제비에게 보냈던 감정이 부끄러웠다. 그동안의 영상들이 지나갔고, 다른 삶을 살라는 예시로 가득 채워졌고, 두려움이 사라졌다. 더 이상 분노도, 외로움에 대한 공포도, 초조감도 느껴지지 않았다.

버림을 받아 본 당신에겐 두려울 것이 없다. 맹목적인 헌신은 자신을 비하시킬 뿐이란 사실을 깨닫고, 자신을 파멸시키지 않으려고, 세상과 타협을 시도키로 한다. 배신을 경험한 당신은 세상에서 내몰린 것이 아니라 스스로 세상 속으로 걸어가는 출발점이 된 것이다. 당신은 화장을 하기 시작했다. 그동안의 삶에 종지부를 찍고 세상을 향한 첫 걸음을 자축하기 위해 새 구두를 장만했다. 그를 찾아 헤맨 발자국에 묻힌 추억을 버렸다.

2.

당신 남편은 오 년 전 미국으로 달아났다. S그룹 기획조정실에 근무했는데 훤칠하고 잘생긴 남자였다. 미국 주재원으로 떠나던 날 공항대합실에서 당신을 포옹하며 눈시울을 붉혔다. 그는 어떻게 하든 빨리 당신을 데려가겠다며 울먹였고 당신은 기다림이 좀 길어져도 훗날 웃을 수 있으면 괜찮다며 위로했다. 남편은 가족들에게 인사를 하고 급히 검색대로 사라졌고 당신은 그 자리에 선 채 남편 뒷모습을 잡고 있었다.

당신을 걱정한 사람은 당신이 아니라 주변 사람들이었다. 친정부모는 아이라도 있으면 기다리기가 쉬울 텐데 금슬 좋은 부부가 어떻게 떨어져 지내느냐 했고, 시댁 쪽은 부부금슬이 너무 좋아서 임신이 안 되는 거라면서 잠시 떨어져 지내는 것도 좋을 거라고 했다.

한 달 후 남편에게서 엽서가 왔다. 내용은 간단했다. 아직 자리를 잡지 못했는데 자주 연락 못하더라도 이해해 달라는 거였다. 당신은 이곳은 걱정하지 말라고 답장했다. 추신으로 당신은 혼자가 아니니 몸조심하라는 말을 덧붙였다. 외로운 투쟁이 반년 쯤 지났을까. 차츰 편지가 겉돈다는 느낌이 들기 시작했다. 일이 생각대로 풀리지 않아서 괴롭다는 내용이었는데, 당신은 남편 말을 믿었다. 그러다가 연락이 뚝 끊겼다. 일 년이 지나고 또 일 년이 지나도 미국에선 소식이 없었다.

도대체 무슨 일이 생긴 걸까, 궁금했지만 당신이 할 수 있는
건 그가 연락하길 기다리는 일 뿐이었다. 울리지 않는 전화기
앞에 앉아 있는 당신……. 미국으로 전화를 수 없이 해 봤지만
결번이라는 멘트 뿐, 연락이 되지 않았다. 당신은 하루하루 지
쳐갔다. 세상이 휘어지는 느낌이 들었다. 남편이 부모에게만 안
부엽서를 보냈으며, 주재원이 아니라 직장에서 해고당한 후 도
피했다는 걸 안 것은 그 무렵이었다. 미국 영주권을 얻기 위해
위장결혼을 했는데 사실혼으로 발전한 것 같다고 했다.

갑자기 날아온 총알이 가슴에 박힌 것 같았다. 당신은 잠을
이룰 수 없었다. 아침에 잠에서 깨서 멍하니 앉아 있을 때면 그
에 대한 그리움이 가슴을 후벼파는 것 같았다. 당신의 전부가,
세포 하나하나까지, 그를 기다리고 있었다. 그가 들려준 아름다
운 말들, 사랑의 몸짓. 진실했던 순간들을 어떻게 잊는단 말인
가. 남편은 당신 이외엔 어떤 여자도 없다고 말했다. 그것은 최
대의 헌사이자 당신에게 바치는 빛나는 헌신이었다. 당신은 그
사랑을 믿지 않을 수 없었다. 당신은 기다렸다. 눈으로 직접 확
인하지 않은 판단은 자해로 이어질 수도 있고, 무엇보다도 그가
없으면 당신 자신도 없다고 여겼기 때문이다. 세상이 아무렇지
도 않은 채 멀쩡하다는 게 당신에겐 이상하게 보였다. 세상에서
버림받았다는 고립감으로 캄캄했고 많은 밤을 지새워야 했다.

그 새벽 어둠속에서 그가 떠났다는 사실을 당신은 인정할 수 없었다.

살아 있으려면 움직여야 했기에 당신이 자주 가는 동네 호프집을 찾아갔다. 아침도 거른 정오였는데, 40대 여주인은 웬일이냐는 듯 눈을 둥그렇게 떴다. 당신은 늘 밤 열시쯤 찾아갔기 때문이다. 생맥주 한 잔 주세요. 낮부터 무슨…… 일 있어…… 혼자서……. 아줌마 것도 한 잔. 여기 옆에 앉아 봐요. 죽을 것 같지만 죽을 수는 없어요, 그러니까 저 괜찮아요. 말이라도 안 하면 가슴이 터질 것 같아서 왔어요. 그렇게 술만 마시다가는 죽어요. 옆에 있던 여주인이 혀를 차며 일어섰다.

그가 사라졌어요! 제 멋대로 가버렸다고요. 나쁜 자식! 준비할 시간도 주지 않고 떠나버릴 줄은 몰랐어요. 직접 그의 이야기를 듣지 않고는 믿을 수 없어요. 그렇게 소리치고 싶은데 당신은 목이 메어 말이 안 나왔다.

시간은 느리게 지나갔고 무기력한 날들이 이어졌다. 차츰 남편의 흔적, 체취도 희미해져 갔다. 밤이 되면 뼈가 아파왔다. 시부모와 친정부모도, 이젠 기다림은 포기하고 마음을 고쳐먹으라 했다. 아이도 없는 처지여서 재혼에 지장은 없다고 했다. 하지만 당신은 "그가 아니면 아무도 안 된다." 못 박았다. 간혹 잠이 들면 남편과 함께 있는 꿈을 꾸곤 했다. 그와 함께 한 시간들을 구겨버리고 싶진 않았다. 행복과 즐거움, 가슴 뜨겁던 열정을 기억하려는 것이 아니라 당신 자신을 평가 절하시키고 싶지 않았기 때문이다. 남편을 기다리는 당신은 아픔을 달고 살았다. 병원을 전전했지만 소용 없었고 이름도 모를 병을 앓았다.

　주위에선 고칠 수 없는 상사병이라고 했다. 앞길이 창창한 젊은 여자가 혼자 이 세상을 살아가기 힘들다고 했다. 주변 성화에 몇 번의 선을 봤지만 풋풋하던 남편 얼굴이 떠올랐고, 모두 낯설었다. 당신이 지쳐가고 있을 즈음 시댁에서 이혼서류에 도장 찍는 조건으로 작은 화장품 가게를 하나 차려 주었다. 하루하루가 바쁘게 지나갔고, 단골손님과 친구도 생겼고, 우울증도 차츰 사라졌다. 주변 권유로 문화센터에도 다니고 노래교실에도 다니게 되었다.

　오 년이나 흐른 어느 날 당신은 남편을 다시 만났다. 고향 친척 결혼식장, 생각지도 못한 장소였다. 당신이 여기 온다는 걸 어떻게 알았을까. 누굴 찾는 듯 로비 앞에 서성이는 그를 보니 반가웠다. 남편과 당신은 고향이 같지만 그는 태평양 건너 미국에 있고 당신은 서울에 있기에 만날 가능성이 아주 적었다. 남편이 언제 왔을까 궁금했고 '나, 여기 있다'고 손을 흔들고 싶었다. 절망은 삶의 끝이 아니라 새로운 시작이고 기다림의 끝은 달콤함이라 했던가. 그는 당신을 향해서 웃었고 당신은 우아하게 앞으로 발을 내디뎠다. 그는 당신을 알아보지 못 하는 눈치였다. 한때 부부로 산 당신을 모른 체 할 것이라고는 믿고 싶지 않았다. 그런데 옆에 여자에게 시선이 가자 당신은 갈 용기가 사라졌다. 그동안 스스로를 방치해 놓은 상태라 창피했다.

당신은 현실을 인정해야 했다. 이제는 빨리 그가 길들여 놓은 끈을 놓아버려야 했다. 당신이 마지막으로 해줄 수 있는 배려는 깨끗한 결별이었다. 희망도 없는 상황에서 집착은 당신을 폐기처분시키는 것에 다름 아니다. 자신을 위해서라도 당신은 어리석은 기다림이나 희망은 집어치워야 했다. 사랑을 믿고 사람을 기다리는 것이 좋다고 여긴 적도 없지만 그렇다고 후회해 본 적도 없다. 당신은 급히 도망쳤다. 그의 기억에 있을, 분홍빛 볼 살이 붙은 당신을 그대로 남겨두고 싶었기 때문이다. 포근한 바람이 불어온 날이었다. 그 바람이 얼굴을 스칠 때마다 당신은 눈을 움찔거렸다. 그와 당신이 함께했던 마지막 봄이었다.

3.

댄스학원에서 기본스텝을 익히고 처음 필드에 나섰을 때 당신은 새 구두 끈을 매면서 속으로 말했다. 세상을 향하는 첫 걸음이라고, 필드를 무서워하지 말고 두려움을 없애야 한다고. 머리가 아니라 몸으로 체득해야 한다고. 필드는, 춤을 추기 위한 플로어가 아니라 우리가 살아가는 세상이라고.

 지하 2층 콜라텍 입구에 도착한 당신은 문을 열고 안으로 들
어선다. 홀안은 음악에 맞추어 돌아가는 남녀가 뿜어내는 에너
지가 성난 파도처럼 출렁인다. 음양이 만나면서 에스컬레이터
된 힘이 음악 소리와 상승작용을 일으켜서 홀안을 뒤흔들고 있
다.

 흐릿한 조명에 익숙해지기도 전에 왼쪽 허리에 부킹 명패를
단 여자가 당신 손을 잡아끌더니 미지의 남자와 엮어서 플로어
로 내몬다. 조용한 블루스 음악이 끝나고 빠른 템포로 바뀌자
공기가 뒤집어진다. 쓰나미가 몰려오듯 풍랑이 파고를 높이고,
물보라가 인다. 당신은 남자가 리드하는 스텝을 놓치지 않으려고
정신을 집중시켜야 한다.

 눈앞의 남자는 당신보다 오 년쯤 젊어 보인다. 펄이 섞인 은
회색 양복, 검정색 와이셔츠에 핑크와 회색 줄무늬 넥타이, 게
다가 와인색 안경테까지. 제법 모양을 낸 차림이다. 반면에 당
신은 검정 졸대바지에 검정과 흰색 스트라이프 티셔츠 차림새
다. 스커트보다 바지를 즐겨 입는 이유는 경쾌하게 운동하기 위
해서다. 블루스 음악이 나오자 남자는 당신의 어깨를 주무른다.
호감을 표시하는 것이다. 등을 중심으로 지압을 하던 손이 허리
께에서 멈춘다. 이젠 당신이 엉덩이를 뺄 차례다.

홀의 가장자리 벽을 따라 옆으로 늘어선 의자에 앉아 있는데 누군가 팔을 툭 치며 손을 내민다. 아까부터 옆자리에서 힐끔거리던 남자다. 육십 대 초반쯤 되었을까. 내키지 않지만 팔짱끼고 구경하는 것 보다는 운동이라도 하는 편이 좋을 것이기에 따라나선다. 템포 빠른 음악으로 바뀌자 많은 사람들이 두 손을 잡고 빠른 동작으로 나비처럼 빙빙 돈다.

당신은 남자에게서 풍기는 불쾌한 냄새 때문에 오늘은 잡쳤다고 생각한다. 술을 마셨는지 지독한 입 냄새가 났고 몰골도 신통찮다. 기회를 봐서 손을 놓을 참이다. 처음 배우기 시작할 무렵엔 배운 걸 실전에 응용해 보는 기회라 여기면서 어떤 사람이든 상관이 없이 박자만 맞으면 된다고 여겼다. 그런데 지금은 초보시절이 지나간 처지가 아닌가.

빠른 음악이 끝나고 블루스 음악이 시작될 무렵 당신은 고개를 갸웃거린다. 아까부터 한 여자의 눈빛이 인파를 뚫고 당신 얼굴 위에 머물러 있었다. 이상하다. 당신만 뚫어지게 쳐다보고 있는 여자, 처음 보는 얼굴이다. 누구일까? 느린 음악이 흘러나오자 홀의 가장자리에 서 있던 여자가 모잽이로 어깨를 좁혀 사람들 사이를 비집고 들어온다. 굳이 복잡한 틈새를 뚫고 오는 그 무모함도 그렇거니와 모양새도 좋지 않다. 당신의 목을 타고 마른침이 흘러 내려간다.

이건 심상치 않다. 당신과 춤추고 있는 이 남자와 연인 사이인가, 아니면 바람난 남편을 잡으러 온 여자인가. 그렇다면 마음에 들지도 않는 남자와 춤 한 번 춘 일로 망신살이 닥칠지도……. 여자는 오십대 초반 될까? 부유하게 살지 못했을 것 같은 모습. 작은 키에 동그란 얼굴, 애절한 눈빛으로 슬픔을 억누르는 얼굴이다. 여자는 당신 앞 남자에게 와서 걸음을 멈춘다. 남자 어깨 너머로 눈이 마주치자 여자는 고개를 끄덕였는데 잔뜩 굳은 얼굴이다. 역시 그랬구나. 당신은 떨리는 마음을 진정시키려 주위를 둘러본다.

"방해해서 미안해요. 남자분과 함께 술 한 잔 살게요."

여자 말이 뜻밖이라 당신은 어리둥절하다. 당신은 마음에도 없는 상대와 놀기가 싫던 차에 거절할 구실이 생겨서 다행이라고 여긴다.

"전 이만 빠질게요. 두 분이 가세요."

그런데 여자는 당신도 함께 가야 한다는 말만 남기고 플로어를 벗어난다. 휴게실 앞에서 기다리겠다는 저 여자는 대체 누구인가? 왜 당신에게 술을 사겠다는 건지 이유를 알 수 없다. 더구나 부탁할 게 있다니. 술을 사려면 남자만 오라고 하면 될 일 아닌가. 남자와 내연 관계라 해도 당신과는 상관없는 일. 얼결에 부킹 손에 잡혀 플로어로 나간 처지다. 혹시 남자와 가까운 사이인줄 착각한 건가. 당신은 곡이 끝나자마자 화장실로 향했다. 손을 씻고 나오자 여자는 기다렸다는 듯이 당신을 끌고 휴게실 안으로 들어선다.

여기저기서 술판이 벌어지고 있다.

"여기 생태찌개와 소주 두 병."

의자에 앉자마자 여자가 손을 들고 소리친다.

"두 분이 아는 사이면 함께 드세요."

탁자 옆에 멈춰 선 당신은 난감하다. 여자는 괜찮다며 싫다는 당신을 억지로 옆자리에 주저앉힌다. 처음 보는 여자한테 술 얻어 마시기가 찜찜한 당신은 여의치 않으면 당신이 술값을 치를 생각이다. 앞자리에 앉은 남자도 여자가 왜 술을 사려는 건지 이유를 모르는 것 같다. 달갑지 않은 표정으로 뜨악한 얼굴이다. 여자는 소주잔을 들고 목을 축이더니 안주는 집을 생각도 않고 술을 권한다. 당신은 영문도 모른 채 술잔을 받아든다.

"우리, 장 선생 어디 있는지 아세요?"

옆에서 여자가 조심스런 표정으로 남자에게 묻는다.

"아주머니가 모르는데 내가 어떻게 알아요."

남자가 손을 홰홰 내젓는다.

"꼭 한 번 만나야 되요. 내 전화는 받지 않아서요. 저 아시죠? 아저씨랑 지난번 우리 장 선생과 같이 술 먹었잖아요."

여자는 다급해 보인다.

"아저씨 휴대폰으로 한 번만 돌려주세요."

여자는 잔뜩 기대하는 눈빛으로 남자를 바라본다. 남자는 대꾸도 하지 않고 여자가 사는 술을 마시면서도 시큰둥한 얼굴이다. 빈 소주잔을 테이블 위에 놓고는 여자를 힐긋 쳐다보더니 마지못해 저장된 번호를 누른다.

"없는 번호라는데요."

고개를 갸우뚱하던 남자가 퉁명스럽게 내뱉는다.

"휴대폰을 바꿨나보군. 사무실로 찾아가 보세요."

남자 말투가 무례했음을 느끼지만 시비를 가릴 때가 아니다. 인정머리 없이 못 된 놈, 좀 따뜻하게 말해 주면 어때서. 귀찮다는 얼굴로 담배를 빨아대는 남자를 보는 당신은 속이 끓어 오른다.

"그쪽에서 알려줬단 말 하지 않을게요."

여자는 애걸한다.

"아. 글쎄 난 모른다니깐요."

남자는 여자를 외면한다.

"사무실도 잠겼고 그가 갈만한 곳을 다 찾아봐도 없어요."

여자가 울먹였으나 남자는 들으려고도 하지 않는다. 상관도 없는 일이지만 듣고 있는 당신이 부담스럽다. 남자는 곤란하다는 표정으로 여자를 한 번 훑어보더니 담뱃불을 끄고 일어선다.

그리고 나가버린다.

　남은 사람은 여자와 당신 둘 뿐이다. 한동안 조용히 당신을 바라보던 여자가 입을 연다. 장 선생이 잘 다니는 콜라텍을 돌며 주변 사람들을 찾아 나섰는데 서울 시내를 다 뒤져봐도 종적이 묘연하다고 한다. 빚쟁이를 찾아 나선 사람은 봤어도 자신을 피해 도망간 남자를 찾아다니는 여자는 처음 본다. 방금 술판을 벌인 것도 어떻게 하면 장 선생을 찾을 수 있을까하고 탐문 중이라고 한다. 옆에 있던 당신이 불쑥 거든다.

　"한번 떠난 사람은 돌아오지 않아요. 그러니 잊어요."

　잠시 머뭇거리던 여자가 입을 연다.

　"다들 그렇게 말하는데요. 내가 살 수가 없어서 그래요. 앉아 있을 수도, 누워 있을 수도 없어요. 물론 밥도 먹을 수 없고, 잠도 못자고, 꼭 한 번만 보면 그 사람 마음을 돌려놓을 수 있을 것 같은데……."

　"그래서요?"

　"그 사람은 나를 사랑해요. 내가 알아요. 지금은 서로 오해해서 여기까지 왔지만 그 오해만 풀리면 나에게 돌아올 거예요."

　숨기로 작정한 놈을 찾아서 뭘 하겠다는 말인가? 도대체 어떤 사랑이기에 이토록 애가 타도록 집착하는가? 목구멍까지 차오른 질문을 할 수 없다. 당신은 잠자코 술잔을 입으로 가져갔다. 쌉쌀한 소주가 목으로 넘어가는 감각이 생생하게 느껴진다. 생태찌개를 집어 입으로 가져가면서 여자에게 말했다.

"남자 때문에 생긴 병은 남자라야 고친다고 하더군요. 다른 사람을 찾아보면 어떻겠어요. 여기저기 다녀봐야 헛걸음뿐일 텐데요."

"그 사람이 아니면 다 싫어요!"

여자가 갑자기 소리쳤다.

옆 테이블의 남자 둘이 소주를 마시다가 놀란 눈으로 이쪽을 쳐다보더니 킬킬거린다. 여자는 의자에서 일어서더니 당신에게 고개를 숙이고는 카운터로 걸어간다. 주머니에서 꼬깃꼬깃한 돈을 꺼내 술값을 치르고는 말라서 허옇게 버캐가 인 입술로 바라본다. 당신은 여자와 같은 병을 앓아봐서 안다. 가슴이 미어지는 것 같다. 그 말은 남편이 떠났을 때 당신이 했던 말이다.

여자는 문을 열고 밖으로 사라졌다. 뒤따라가 보니 그녀는 비틀거리며 계단을 올라가고 있다. 위험할 것 같다. 이대로 헤매게 놔둘 수가 없다. 조용한 곳으로 데리고 가서 따뜻한 죽이라도 한 그릇 사 먹여야겠다는 생각이다. 골목 안을 빠져나가자 자장면 집 옆에 죽 가게가 보인다. 당신은 싫다는 여자를 데리고 안으로 들어가 자리를 잡고 죽을 시켰다. 테이블 위에 죽이 나오자 김이 올라가면서 식욕을 자극한다.

이거 좀 먹으세요. 죽을 밀어주자 여자는 고개를 젓는다. 멍하니 창밖만 내다보고 있다. 당신은 그런 여자를 쳐다보자 조금 전 식당에서 들은 말이 떠오른다.

'그 사람이 아니면 다 싫어요!'

그때 당신은 여자를 확실히 알 것 같다. 여자의 그 말이 계속해서 마음을 진동시켰다. 그 사람이 아니면 다 싫다는 여자에게 어떤 말을 해도 귀에 들어오지 않을 것이다. 그래도 뭐라고 한마디 하지 않을 수 없다.

"기다림이 얼마나 어리석은 생각인지 알겠더라고요. 살아야 해요. 왜 죽으려고 해요."

미국으로 달아나 버린 남편을 떠올려보면서 먹기 싫다는 여자에게 수저를 손에 쥐어 준다. 여자 시선이 당신에게 와 멈추고, 입술만 축인 여자가 따스함을 담아 당신을 한참 쳐다본다. 여자의 눈동자가 격렬한 파도처럼 일렁이기 시작한 것은 바로 그 순간부터였다. 여자는 외롭고 힘들었던 세상 이야기를 털어놓기 시작한다.

4.

사람들은 춤추는 장소에서 만난, 불나비보다 못한 가벼운 사랑이라고 하지만 난 처음으로 나를 알아주는 사람을 이곳에서 만났어요.

　새어머니 밑에 있는 동생들이 불쌍해서 맏딸인 제가 동생들을 공부시키느라 결혼은 생각도 못하고 살았어요. 저희들이 좀 살만해지니 지금 와선 모두들 저를 부담스러워 해요. 억울한 생각도 들지만 그때는 그게 최선인 줄 알았어요. 난 시장 바닥에서 일을 했지요. 노점상부터 시작해서 안 해본 일 없이 일했어요. 지금은 시장 안에 점포도 하나 장만했고 연립주택도 한 채 있어서 혼자 살기엔 불편함이 없어요. 어느 날 시장번영회 야유회에서 춤을 추며 잘 노는 사람이 좋아 보였고, 이웃의 권유로 배우게 된 게 사교댄스였어요.

　마음 부칠 곳이 없던 제겐 이상세계였죠. 왜 진작 나를 위해 살지 못 했나 후회가 되더라고요. 그런대로 나날이 즐거웠어요. 그런데 문제가 있었어요. 남자들이 나를 좋아하지 않는 거예요. 호감이 있는 사람에게 밥도 술도 사지만 그 때뿐이고, 다음엔 모른 체들 해요. 그러다가 장 선생을 만났어요. 나보다 네 살 아래인데 훤칠하고 신사예요. 예의가 발라요. 내가 키가 좀 작잖아요. 높은 구두를 신고 춤출 때면 쉬운 스텝으로 리드를 하며 아기 다루듯 조심을 하는 거예요.

　어떤 놈은 장난삼아 필필 웃으면서 휙휙 계속해서 돌려요. 갑자기 손을 놓으면 내가 비틀하고 넘어 질 때도 있어요. 지 놈이 일부러 잘못 해놓고 딴청하고 서 있어요. 겉모습만 보고 무시한다는 생각이 들어요. 그런데 장 선생은 그렇지 않았어요. 나는 초보자였고 그는 꽤 잘 추는 편이었어요. 하느님께 기도 했어요. 이 남자를 내게 달라고 그러면 성심껏 돌보며 살겠다 고…….

"그 남자도 가정이 있을 것 아녜요?"

"혼자라고 했어요. 간절히 원하면 얻게 된다는 말이 있죠. 그 말을 듣자 힘이 났어요."

당신도 한때는 그 말을 믿었다. 철야기도를 다니면서 남편을 돌려달라고 기도한 적이 많았다. 그런데 말짱 헛것이었다. 절박 해서 매달리는 기도라 그런지 효력이 없었다. 이미 주사위가 던 져졌는데 무슨 소용이 있을까. 구한다고 얻어질 수 있는 것도 있지요. 그런 것은 꿈속에서야 존재해요. 제발 두 눈을 크게 뜨 고 세상을 바라보라고……. 당신은 잠자코 여자 얼굴을 쳐다보 았다.

내가 장 선생에게 양복도 해주고 모든 비용을 썼죠. 그의 사 랑에 보답하는 길이라 여겼죠. 돈은 여유 있는 사람이 쓰면 되 잖아요. 지난여름 장 선생과 함께 부산으로 여행을 갔어요. 처 음 만날 때부터 '당신은 내 운명인 것 같았소' 하더군요. 그 말 을 듣는 순간 평생 처음 받아 본 사랑이 눈물겨워 나는 그가 내 목숨인 줄 알았어요. 그 말을 들으려고 지금껏 살아 온 것 같은 생각도 들었어요. 완벽한 파트너였죠. 그를 절대로 놓치지 않겠다는 결심을 했어요. 나를 좋아하는 사람을 만난 것은 장 씨가 처음이거든요. 내 존재가 누구에게 빛이 된다는 말은 평생 처음 받아본 선물이었죠.

우리는 손을 꼭 잡고 거리를 활보하고, 팔짱을 끼고 동백섬을 거닐고, 해운대에서 밤바다를 바라보며 회를 먹고 소주도 마셨어요. 장 선생이 자랑스러웠어요. 세상에 대고 내 애인이라고 소리치고 싶었고 모든 걸 주어도 아깝지 않다고 생각했어요.

여자가 열변을 토하는 동안 당신은 내내 술잔만 뒤집었다. 여자는 사랑의 매혹에 잠식당했고 기쁨이 영원할 것이라고 생각한 것이다. 사랑이란 마약은 환상이든 진실이든 또는 허위로 꾸며낸 감정이든 누구에게나 표면적으로는 같은 것. 지금 여자는 사랑을 되찾으려고 헤매고 있다. 그것이 일시적인 착시현상이고 에로스 화살 때문이란 걸 어떻게 여자에게 설명하나. 시간이 지나면 에로스 효력은 끝나는 걸. 끝나버린 사랑을 붙들고 있는 건 불행의 시초임을 당신은 이미 경험해 보았다.

그런데 여행을 마치고 서울로 올라와서 변하기 시작했어요. 차츰 장 선생이 나를 창피해 여기는 것 같았어요. 여자의 느낌이 예민하잖아요. 여자가 생겼는지 안 만나 주고 어쩌다 만나면

전 같지 않아요. 나는 그가 눈앞에 보이지 않으면 불안해요. 그래서 짜증을 내고 바가지를 긁게 되요. 어디 갔었느냐, 누구와 있었느냐. 묻지 않을 수 없었어요. 장 씨는 마누라도 아니면서 웬 강짜냐고 화를 냈죠. 말문이 막혔지만 장 선생에 대한 사랑을 멈출 수가 없었어요.

나를 피하는 이유는 꼭 알고 싶었어요. 이유를 말하라고 다그쳤고. 한번만 진지하게 대화해 보자고, 말 할 기회를 달라고 했죠. 그는 사업이 어려워 바쁘다고 하더군요. 이젠 지쳤다. 사업에 신경 써야만 한다. 한가하게 사랑 놀음이나 하고 있을 겨를이 없다며, 그만 헤어지자 더 이상 우리 관계가 나빠지기 전에. 그 말을 듣자 돌로 머리를 얻어맞은 것 같았어요.

그는 내게 말하더군요. 사람은 같은 평면에 있어야 하는데 저는 아니라고. 그게 무슨 소린지 몰랐어요. 땅덩어리는 평평하잖아요. 평면에 있지 않고 어디 있단 말인지. 그러나 곧 알았어요. 격에 맞지 않는다는 것을. 아름다운 사랑을 한 것으로 만족하자고 생각하고 다짐했어요. 그것도 잠시, 절망감으로 삶을 송두리째 잃은 것 같았어요.

여자는 말을 멈추고 고개를 창밖으로 돌린다. 여자가 바라보는 골목길에 행인들이 우산을 들고 지나가는 게 보인다. 여자가 고개를 돌리지 않았지만 당신은 그날 여자가 울고 있다는 사실을 알 수 있다. 골목길에 어둠이 밀려왔고 당신과 여자는 죽 가게를 나왔다.

"오늘 미안했어요."

"괜찮아요."

"다음 만나면 이야기 들려드릴게요."

여자는 시내버스를 탔고 당신은 지하철역을 향해 뛰었다.

5.

비가 그치고 모처럼 맑은 날이라 평일인데도 '콜라텍'에는 손님들로 복잡했다.

블루스 음악은 사람의 감정을 조절해 준다. 남자는 여자의 다소곳한 모습에 거절당하지 않으리라 예감하고, 여자는 남자의 심장소리에 순수한 사람이라 생각하겠지. 잘 추시네요, 기본기를 잘 배우셨네요, 음료수 한 잔 하시겠어요, 다음에 또 뵐 수 있을까요, 끝나고 식사 어때요? 남자가 수작을 걸면, 여자는 스텝을 밟으면서 머리를 굴리겠지. 이 남자는 어떤 사람일까, 춤을 잘 추는 걸로 봐서 제비인가. 퉁퉁한 얼굴에 금목걸이를 두른 걸로 보아 쓰지도 않을 돈 자랑하는 졸부인가, 군인처럼 또박또박 스텝을 밟는 걸 보니 춤을 배운지 얼마 안 된 초보인가. 춤을 신청하는데 남자가 먼저 손을 내밀어야 한다는 건 불합리하다. 여자에게 거절할 권리가 있지만. 그래서 부킹이 필요하다. 언젠가 한 번은 부킹에 관한 르포기사를 써 보리라.

이런저런 생각에 잠겨 있는 당신에게 누군가 팔을 툭 치며 손을 내민다. 지난번에 만난 여자였다. 둘이서 식당으로 향했다. 이번엔 당신이 소주 두 병과 생태찌개를 주문했다.

"잘 지내셨어요?"

"예."

"참, 제 이야기를 들려드려야죠."

6.

장 선생이 다른 여자와 함께 춤추는 것을 봤다는 사람을 만난 건 6개월쯤 전이었어요. 찾으러 그곳에 가지 않을 수 없었어요. 영등포 쪽에 자주 나타난다고 들었어요. 홀안에 들어서니 언뜻 그가 보였어요. 내가 사 준 회색 양복도 그대로였죠. 여자와 춤을 추고 있었는데 키도 맞고 둘은 한 몸처럼 보였어요. 검은 옷을 입은 젊은 여자였어요.

장 선생이 내가 온 걸 눈치 챘는지 여자를 데리고 미끄러지듯 필드 안으로 스며들더군요. 사람들 속으로 잠겨버린 그들을 보면서 무엇인가가 뚝 끊어져버린 기분이었어요. 놓쳤다기보다는 내가 그만둔 건지도 몰라요. 기가 꺾였다고나 할까 뭐 그런 느낌이더군요.

그 여자와 비교된 내가 장 선생 눈엔 어떻게 보였겠어요. 내 모습이 비참했어요. 눈동자를 어디다 두어야 할지, 입으로 무슨 말을 해야 할지. 꺼먼 눈동자 뒤에 아무것도 보이지 않았어요. 화장실로 들어서서 손을 씻다말고 거울을 쳐다보았어요. 눈물로 범벅된 얼굴이 있더군요. 남들이 볼까 부끄러워 허둥거리며 뛰쳐나왔어요. '괜찮아, 그깟 남자가 장 선생만 있는 게 아니다' 라며, 환하게 웃어보려는데 자꾸만 입에서는 울음이 터져 나오는 거예요.

장 씨가 등을 돌렸다는 것보다 자신의 삶이 실패했다는 사실 때문에 고통스러워서 울었어요. 가슴에 불이 들어 있어, 시장을 돌아다니고 빗물에 쓸려 나가는 빈병처럼 여기저기를 떠돌아다녔어요. 한 자리에 앉아 있을 수 없어 움직였으니까요. 그와 걷던 길들, 그가 만나던 사람들, 그와 춤출 때 옆에 있던 사람들. 그의 행적을 찾아다녔어요. 몹시 혼란스러웠어요. 그는 언제나 반 발 짝씩 어긋나게 피해 다니는 것 같았거든요.

한 번 작정하고 새로 옮긴 사무실을 알아내서 찾아갔어요. 어떻게 알고 왔는지 어리둥절해하더군요. 그를 보자마자 발목이 부러졌으면 좋겠다고 저주했던 마음도, 야속했던 마음도 사라져버렸어요. 만나게 된 것이 행복해서 눈물이 났어요. 그는 왜 찾아다니며 사람을 곤혹스럽게 만드느냐고 화를 내더군요. 소문을 들었나 봐요. 그는 진저리를 쳤지만 난 헤어지려는 이유라도 말해 주는 게 예의 아니냐고 따졌어요. 남자 사무실까지 찾아오는 여자가 어딨냐고, 어이없어 하더군요. 내가 말했죠. 싫어하는 줄 알면서도 오지 않을 수 없었다고.

손님과 약속이 있다고 서둘러 나갈 채비를 하더군요. 그럼 내일 저녁때 시간은 어떠냐고 물었죠. 친구와 약속이 있어 안 된다고 하더군요. 그 말을 듣자 머리가 휙 도는 것 같았어요. 그 생각만 하면 지금도 내 혀를 뽑아버리고 싶어요. 내가 해 준 양복이랑 티셔츠 다 내놓으라고 했거든요. 장 씨는 반응하지 않았어요.

그래서 어떤 년에게 잘 보이라고 사 입힌 게 아니라고 소릴 질렀어요. 그는 얼굴색이 변했고, 다음날 양복 값보다 많은 돈을 내게 가져왔어요. 제가 잘못했나요? 아니에요. 그가 나한테 한 말이 있어요. '죽어도 못 잊는다'고. 지금은 일시적으로 화가 나서 그렇지 만나서 이야기만 하면 내가 왜 그런 말을 했는지 이해할 거예요. 잘못했다고 하면 금방 돌아올 거예요. 돈은 돌려주면 되고요.

"찾아다니지 마세요. 가만히 있어도 올 사람은 와요."

"정말 올까요?"

여자는 목이 메었다.

당신은 남자가 홀가분하게 떠날 수 있는 빌미를 준 셈이라 곤혹스럽다. 여자를 이해할 수 없어서가 아니라 그녀에게 가졌을 연민까지 지운 것이다. 사랑하지 않는 게 이유고, 한때 사랑했던 여자에게 싫은 이유를 꼭 집어 면전에서 말할 수 없었을 것이다. 그건 사람에 대한 예의다. 장 씨도 알았을 것이다. 그건 더 잔인한 짓이란 것을.

"장 씨가 만나는 여자와 더러 싸우기도 하겠지요? 그러면 내가 생각나겠죠. 내 가슴에 안겨 쉬려고 올지도. 내게 말했거든요. 당신을 만나면 쉼터처럼 편안하다고."

"쉼터?"

무릎을 꿇어도 갈 놈은 간다. 미련하기는! 사람은 자기 생각에 갇히면 한없이 어리석어진다는 것을 당신은 알고 있다. 남자는 물론 돌아오지 않을 것이다. 하지만 지금 무슨 말이 필요할까. 나는 입을 다물어야 한다.

여자가 돈을 들고 장 선생을 찾아 갔을 땐 사무실 문은 굳게 잠겨 있었다. 여자는 사무실 앞, 잠긴 자물통 앞에 서 있었다. 장 씨를 꼭 찾은 이유는 자신 때문이라고 했다. 자신을 평가 절하시키고 싶지 않았기 때문이다. 그를 만나면 한 마디만 물어보고 싶다고 했다. 어떤 말과 어떤 행동이 싫었던 거냐고, 고치면 안 되겠느냐고.

장 씨가 등을 돌린 것보다 자신의 삶이 실패했다는 사실 때문에 고통스러워서 울었다고 했다. 그게 당신이 들은 마지막 이야기였다.

7.

그날 만남이 있고 난 뒤 우리는 더 이상 만나지 못했다. 여자와의 만남이 끊겨진 이후 당신은 화장품 가게를 집어치웠고 문화센터에서 작가수업을 받았고, 그리고 작가의 길로 들어섰다. 여기저기 잡문에서부터 글쓰기에 바빴고, 지난해부터는 친구 소개로 A화장품 회사 창간호에 르포기사 '세상의 창'을 연재하느라 정신이 없었다.

여자 생각이 난 것은 취재라는 생각보다도 그 절망을 어떻게 견뎠을까하는 인간적인 감정이 앞섰기 때문이다.

당신이 처음 여자를 보았을 때, 그는 세상을 헤매고 있었다. 지금 어디서 무엇을 하고 있는지. 그 남자를 어떻게 잊었으며, 그 아픈 세월을 어떻게 견뎠을까. 지금도 허옇게 버캐가 일은 입술로 숨을 몰아쉬면서, 장 씨를 만나기만 하면 오해도 풀 수 있고 돌아오게 할 수 있을 거라며, 초조해하던 모습이 떠오른다. 다행히 여자 전화번호를 알고 있었다.

핸드폰 번호를 누르자, 지금은 없는 국번…… 이라는 멘트가 나온다. 요즘 유행하는 010국번으로 다시 버튼을 눌렀다.

저편에서 여자 목소리가 들렸다. 이게 누구야요, 놀라며 반색했다. 나를 기억하고 있었다. 그간 잘 지냈느냐며 한 번 보고싶다며 나오라고 했다. 서울 근교 '콜라텍 파라다이스'였다. 다음날 당신은 여자를 만나러 갔다. 지하철역 근처 상가에 위치한무도장은 신도시 주변 건물과 어울리게 산뜻했다. '콜라텍 파라다이스'라는 간판이 커다랗게 걸려 있어서 쉽게 찾을 수 있다.

건물 지하 일층 계단을 내려가서 가방을 맡기고 홀안으로 들어선다. 잘 오셨습니다. 여자가 활짝 웃으며 식당으로 끈다. 오랜만인데 한잔하시죠? 당신은 좋다고 대답한다. 십 년이면 결코짧은 시간이 아닌데도 한 눈에 알아볼 수 있다. 여자가 예전보다 화려해졌다. 반짝이가 붙은 블라우스를 입고, 손에는 모조품반지가 반짝였다. 자신감에 차 있고 행복해 보인다.

"어떻게 지냈는지 묻고 싶은 거죠?"

여자의 입가에 조용한 미소가 지어졌다. 세월은 그녀 삶을많이 바꿔놓은 듯 했는데 당신은 그러한 변화가 마음에 든다.그녀가 잘 지내고 있다는 의미이고 당신이 편안한 마음으로 여자를 대할 수 있기 때문이다.

"삶은 겪어 보지 않고는 아무 소용이 없더라구요. 엎어져 깨져서 죽을 수밖에 없는 상황에 가봐야 알게 되더라구요. 이젠 혼자 사는 것도 익숙해져서 불편 없이 지내요. 시간이 지났고, 생각해 보니 이것처럼 즐거운 운동은 없겠다 싶어 다시 춤추러 다니게 됐어요. 그놈이 그놈이라 마음에 드는 놈을 찾기보다는 음악이나 잘 타는 놈을 만나서 땀 좀 흘리게 되면 그만이고, 그래요.”

여자는 조용히 말했다.

“생각나요?”

“뭘요?”

“그때 장 선생을 만났더라면 더 큰 상처만 입었을 것이란 생각이 들어요. 그렇게 찾아다녔어도 못 만난 게 다행이에요. 틀림없이 그 여자 보는 앞에서라도 장 선생에게 굴복했을 것이고, 그에게 매달렸을 테니까요. 간절함이 크면 클수록 비굴해졌겠지요? 왜 그렇게 절박했는지 지금 생각하면 어이가 없어요. 그럴수록 그는 진저리치며 나를 피했겠죠. 하지만 어떡하든 잡고 싶었어요. 숨이 멎을 것만 같은 고지대에서도 오체투지를 행하는 것처럼 절박하고 간절했거든요.”

잠시 숨을 고른 여자가 다시 말을 이었다.

“만약 그랬다면 스스로 자신을 비하시킨 나는 어떻게 되었을까요. 하마터면 소중하게 나를 낳아준 부모님에게 불효를 범했을 테지요. 늦게 철이 든 것인지, 깨달음인지 모르지만요. 나를 지켜준 부모님 덕이라는 생각까지 들어요. 목숨까지 버리고 싶은 마당에 두려울 것도 체면도 없었으니까요."

여자는 식음을 전폐하고 죽음직전까지 가 봤다. 자살하려고
수면제를 먹은 여자는 다음 날 아침 이웃에 의해 병원으로 실려
갔다고 한다.

"그때 병원에서 깨달았어요. 병실 옆 침대에 간암 환자가 한
명 있었는데 매일 살고 싶다고 몸부림쳤어요. 저렇게 살고 싶어
하는 사람도 있는데 이게 무슨 짓인가 하고 정신이 번쩍 들었어
요. 남자 복은 없어도 몸뚱이 하나는 건강하지 않은가 하고요.
시커멓게 타들어간 얼굴로 부러운 듯 나를 바라보던 환자 눈빛
을 잊을 수 없어요. 이미 죽음의 그림자가 덮쳐 있었지요. 환자
는 간이식만 하면 살 것 같은데 간 떼어줄 사람이 없다고 했어
요. 남편 간은 맞지 않았지만, 맞았더라도 자신을 살리려 하지
않을 거라 해요. 자세한 내막은 말하지 않았지만 세상과 가족에
대해 섭섭함이 많았던 모양이에요. 남편이 마지못해 병원에 한
번씩 들러보고 가는데, 다른 계집과 놀고 있을 거라고 원망했거
든요."

여자의 말은 잠시 끊어졌다 이어졌다.

"남편이 예전에 바람피운 모양이에요. 하나 있는 딸은 시집
에서 반대한다는 이유로 안심하는 눈치였는데, 딸도 간을 떼어

주기 싫어서 하는 핑계일 것 같다고 했어요. 환자 가족들을 지켜봤어요. 어떤 사람들인지 궁금했지요. 불쌍한 어미를 그대로 죽게 내버려두나? 그런데 가난해 보여도 선한 사람들 같았어요. 옆에서 들은 이야기로는 간이식을 할 수 없는 환자래요. 살고 싶은 욕망이 커서 가족을 원망하고 있었어요. 무조건 간이식만 하면 살 수 있을 것이라고 오해를 하고 있더군요."

여자는 테이블 위에 맥주병이 빈 것을 보고 손가락 세 개를 세운다. 거친 손등에 비해 손톱은 손질이 잘 되어 있다. 벌써 여섯 병째다. 유리컵 너머 여자 블라우스에서 스팽클 장식이 반짝거리고 있다. 유리잔에 맥주가 가득 채워지고 술잔이 부딪치자, 여자는 환하게 웃어 보인다.

8.

당신이 여자를 다시 만난 건 일주일 후였다. 9월의 화창한 날씨였다. 당신은 '콜라텍 파라다이스' 입구에 도착했다. 몇 번 다니다 보니 '파라다이스' 풍경도 익숙해졌다. 당신이 그곳에 가는 건, 취재라기보다는 측은했고 그래서 아름답다는 생각까지 들었던 여자가 변화한 것에 대한 호기심 때문이다.

순진하고 어수룩해 보이던 여자는 세상이치에 빨리 적응하는 지혜를 지녔고, 깨어지고 엎어지면서 세상 살아가는 처세술을 감지했고, 그것을 무기로 '춤 선생'으로 변신했다. 전문적인 냄새도 풍겼다. 하지만 예전의 나약했던 여자가 아니란 게 다행스러웠다. 당신은 노트북이 든 가방을 보관소에 맡기고 화장실에 들른다.

'댄스는 예술이고 운동이고, 취미이고 문화이다.' 커다란 거울 아래 작은 전단지가 눈에 들어온다.

세상 읽기 시리즈, 파라다이스에서 펼쳐지는 이야기! 해독을 기다리는 모스부호들이 당신 머릿속으로 다투어 타전되고 있다. 홀안으로 들어간 당신은 필드에 시선을 던진다. 반짝반짝 빛나는 조명 아래서 파트너와 춤을 추고 있는 여자는 만족해 보인다. 가득한 웃음, 즐거운 표정으로 힘차게 날아오르고 있다.

오늘 밤 당신은 기사를 써야 한다. '자존감 수업' 기사를 읽고 독자들은 어떤 반응을 보일까? 갑자기 혁명, 이란 단어가 떠올랐지만 그것이 이상하다고 여겨지지 않는다. 필드는 세상으로 나아가는 문이며 터닝 포인트. 우리는 언제, 어디서든 다시 시작할 수 있다. 놀라운 에너지를 가진 당신은 세상을 향해 발걸음을 내딛고 있다. 이제 당신이 필드에서, 세상의 중심으로 날아오를 차례다. 노트북이 든 가방을 어깨에 메고 당신은 지하철을 향해 뛰기 시작한다.

해설

시간을 초월하는 예술가의 초상
─이정은 소설 『불멸』

김성달(소설가·문학평론가)

1.

이정은 작가의 『불멸』은 예술가의 초상 같은 작품으로 우리에게 문학과 예술이 어째서 필요한지에 대해 절실하게 묻고 매혹적으로 답을 들려준다.

그동안 한국의 소설은 다양한 위기론의 대상이 되어 왔고, 자기 존재에 대한 의심과 시비에 시달려오면서 그 위상이 많이 바뀌었다. 그럼에도 소설은 여전히 몇 남지 않은 성스러운 소도蘇塗라고 외치는 이가 바로 이정은 작가이다. 언젠가 한 방송 인터뷰에서 작가에게 왜 아직도 소설이냐는 아나운서의 물음에 그는 '소설에 대한 사랑이 내게 살아갈 힘을, 행복을 내게 주기' 때문이라고 대답하는 것을 본 적이 있다. 글쓰기가 '신神의 한 수'라는 작가는, 그것은 신이 내려준 선물이라고 당당히 말하고 있다.

　그런 작가가, '시간을 초월하는 예술가의 초상'을 소환한 소설 『불멸』이 가지는 의미는 상당히 독특하다. 왜냐하면 이 소설은 소설이 무엇인가가 아니라 왜 소설인가를 묻기 때문이다. 그런 질문을 가능하게 할 만큼 이정은 작가에게 세상은 소설적이다. 『불멸』에서 창조된 '시간을 초월하는 예술가'의 초상은 소설의 고유성에 대한 질문이자, 독창성의 추구라는 작가의식에 기인한 차별에의 의지라고 해도 무방하다.

　이정은 작가의 소설 『불멸』은 형식이나 표현에서의 지속적인 자기 갱신을 통해 예술가의 정신적 가치들을 감각적으로 구현하면서도, 그동안 소설에서 힘을 잃어가고 있는 '반성'이라는 의미를 되살리고 있다. 그의 소설은 사회나 관계 속의 위선이나 그 위선의 일부인 자기 자신을 과감히 노출하면서 예술가의 반성을 불러온다. 예술가의 예술성이라는 것은 반성이라는 본질적인 요소와 상호보완적이다. 예술성이라는 것이 반성이라는 맥락으로부터 멀어져 버리는 순간 그것은 대상을 잃어버린 주체의 자기 인식에 불과한 모양이 된다.

　반성을 상실한 예술성은 주체의 공허한 자기애 혹은 자아 속으로 함몰된다. 반성 없이 자신을 돌아보는 것은 헛되이 자기 자신을 들여다보고 있는 공허한 메타포를 낳을 뿐이다. 그 메타포는 기이하게 일그러지고 낯설고 신기한 세계를 만들고 표현한다. 그 세계에서 나를 묻고 나를 찾는 예술가들은 고통스럽다. 이정은 작가는 그런 고통에도 아랑곳하지 않고 소설『불멸』에서 시간을 초월하는 예술가들의 파토스를 통해 세상의 편협성에 도전하고 자기 모멸의 한계를 넘어서는 예술가의 자부심을 증언하고 있다.

　이정은 작가에게 세상에서 가장 중요한 것은 소설 쓰기일 것이다. 그에게 소설 쓰기란 현재에 머물지 않고 사유와 인식의 매체를 거쳐 새로운 세계를 발견하고 새로운 존재를 만나는 과정이다. 그에게 소설 쓰기란 일상과 익숙한 존재와의 결별이기도 하다. 친숙한 일상 안에 머물렀을 때와는 달리, 새로운 세상을 만나면서 전혀 다른 긴장과 집중을 경험한다. 다른 세계와 존재를 생생하게 느끼고 인식하며, 마치 어린아이처럼 새로운 것에 대한 호기심과 놀라움으로 낯선 곳의 곳곳을 빨아들인다. 하지만 이런 낯선 세계에의 탐험이 실상은 낯선 곳이 아니라 익숙한 자신의 일상과 과거라는 것을 깨닫는다. 동시에 '지금의 나'를 버려야 한다는 것을 뼈저리게 절감하며, 문제는 존재와 세계를 느끼고 인식하는 방법의 차이라는 것을 터득한다.

　이정은 작가에게 소설 쓰기란 굳어진 감각과 인식에서 벗어나 존재와 삶에 대한 새로운 성찰이며, 그 가운데서도 특히 익숙한 것과 낯선 것의 차이에서 오는 충격을 통해 삶을 새롭게 성찰할 수 있는 예술가의 초상을 발견하는 것인데, 소설『불멸』

은 그 역할을 하는데 조금도 손색이 없다.

2.

이정은 작가의 『불멸』은 2018년 『피에타』 출간 이후 2018년부터 2020년까지 발표한 중단편 소설 7편을 엮은 것으로, '불멸'이라는 주제에 집중해서 불멸의 의미를 진중하고도 새롭게 그려 보인다.

표제작 중편소설 「불멸」은 주인공이자 소설가인 설정주가 어느 날 한 남자를 만나면서 불멸을 꿈꾸는 이야기다. 작가는 소설을 쓰는 과정에서 부딪치는 어려움은 물론 예술에 대한 남다른 집념을 독특한 구성을 통해서 불멸을 향한 인간의 집념으로 승화시킨다. 설정주는 소설을 쓰기 위한 절대적인 자유를 위해 혼자서 살며 모든 노력을 글쓰기에만 기울인다. 이 작품에서 설정주 못지않게 주목을 끄는 것은 그녀를 짝사랑하는 남기문의 소설 쓰기에 대한 집념과 그 변화 과정이다.

남기문은 여러 점에서 글쓰기에 대한 부족함을 보이면서도, 설정주에게 맹목적으로 구애를 한다. 설정주에게 모욕당하고 좌절하지만 그녀에 대한 사랑을 포기하지 않는다. 남기문은 설정주가 소설가로서 훌륭한 작품을 쓰려고 하는 사실을 알고, 자신도 소설을 공부해 책을 펴내고 그 속에서 영속적인 삶을 구하

려는 집념을 보인다. 그러나 끝내 책을 펴내지 못한 채 암으로
죽고 만다. 설정주는 그의 죽음 앞에서 과거 자신의 오만함을
반성하고 죽은 그에게 사랑과 연민의 정을 보내며, 자기 역시
문학에서 영속적인 삶을 찾으려는 모습을 보인다.

소설 속에서 사건의 주체와 객체가 다 함께 공통된 주제를 구
체화한 예술 작품에서 삶의 자국을 남기려고 하는 불굴의 의지
를 보이는 것은 쉽지 않을 뿐 아니라 매우 드물다. 훌륭한 소설
쓰기에 대한 투철한 작가의식과 그것을 탁월하게 형상화한 글
쓰기라는 두 개의 축이 완전히 합일하는 순간을 보여준다.

그는 나를 사랑했고 소설을 사랑했고 불멸을 꿈꾸었다. 참 잘 쓰
셨네요! 그녀 한마디를 듣고 싶어 한 그였다. 등단작에 대한 평가
를 들어보려고 바라보던 시선, 혹 칭찬의 말이 나오지 않을까 기
대로 눈을 빛내고 있었다. 그런데 그녀는 말없이 책장을 덮고 나
서 아무 말도 하지 않았다. 그의 작품을 묵살한 것이다. 예상하고
있었다 하더라도 섭섭했을 것이다. 왜 한 부분이라도 괜찮다고
말해 주지 못했을까. '아, 너는 모질고 인색했다.' 그것이 잘못임
을 알면서도 말이다. …(중략)…그 남자를 상상해 본다. 그는 이
마를 양 무릎 사이에 처박고 십자가 앞에 몸을 움츠린 채 엎드려
있다. 그는 무슨 기도를 드리는 걸까? 하지만 나는 그가 무슨 기
도를 했는가를 영원히 알 수 없을 것이다. 그러나 그가 원했던 것

은 알 수 있다. 불멸. 그는 이 말을 원했다. (「불멸」)

「미경이」는 군대에서 첫 휴가를 나온 화자가 첫사랑을 만나러 가는 장면으로 시작하는데 청춘의 사랑과 이별의 행로를 밀도 높게 그려낸 작품이다. 청춘의 단면을 절묘하게 포착하고 우리 사회의 세태를 실감 나게 묘사하고 있다.

「아모르, 아모르 미오」는 한 여자와 그녀를 사랑한 두 남자의 가슴 저린 사랑 이야기다. 시대가 바뀌어도 사랑은 축복임과 동시에 피할 수 없는 저주다. 그중에도 가질 수 없는 사랑은, 그것이 이룰 수 없는 사랑이라면 처절하다. 순덕언니, 아버지 박봉구, 순덕언니 시아버지인 강만길, 그리고 화자인 '나', 네 사람의 사랑을 다채롭게 들려준다.

「책도둑」은 소설가인 주인공이 만나게 된 한 애서가(bibliophile)에 대한 이야기이다. 소설 속의 모든 사건은 '책'을 중심으로 일어난다. 어느 날 '나'는 소설가들의 모임에서 만난 신준식이 유명 월북 작가의 친필원고를 훔치는 것을 본다. 그 사건을 계기로 '나'는 그에 대해 점점 알게 된다. 그들은 책을 통해 수렴되는 서로의 관심사와 공통점을 중심으로 엮여 친밀감을 느낀다.

그러나 한 여자에게 만족하지 못하고 끊임없이 다른 여자를 찾아가는 엽색가처럼, 책에 대한 그의 끊임없는 욕망은 늘 채워지지 못한다. 그는 구하기 힘든 책들을 몰래 훔쳐다가 자신의 장서표藏書票를 찍어 서재에 진열해둔다. 그런 그의 욕망은 정확히 책을 읽기 위한 욕망이라기보다는 책을 수집하고 소유하려는 욕망에 가깝다. 그래서 그의 서재가 책들로 가득 차 있을지는 모르지만, 그의 내면은 고독하며 공허하다.

그가 갖고 있는 책은 특이했다. 모두 같은 위치에 붉은 도장이 찍혀 있었다. 더러는 황금색의 직인도 눈에 띄었다. 내가 의아해하는 것을 보고는 그가 옆에서 설명을 곁들였다. 그리 오래되지는 않았지만 '책册 도장'을 찍는다는 그는 자신의 책이자 자신의 소유물이라는 증표로 책에 도장을 찍는다고 했다.
"'책 도장'이 뭔가요?"
"장서인藏書印, 장서표藏書表, 서화인書畵 같은 걸 말합니다. 일종의 스탬프 같은 걸로 장식 등을 목적으로 책에 찍거나 책에 붙이는 겁니다. 장서인에는 자신의 이름이나 글귀 등을 새기고 서화인에는 그림을 곁들입니다. 손으로 책에 눌러 찍어요."(「책도둑」)

이러한 그의 끊임없는 결핍은 그가 늘 '다른 책'들만을 가졌지, 정작 '자기 자신의 책'을 갖지 못한 것에 기인한다. 신준식은 소설가인 주인공이 자신만의 책을 가졌다는 사실을 부러워

한다. 그리고 자신도 언젠가는 자기의 소설을 꼭 갖고 싶다고
말한다. 자신의 내면을 채울 한 권의 책을 갖지 못했기 때문에
그는 늘 외부의 책들을 도착된 방식으로 욕구한다. 이러한 신준
식의 도착된 방식의 책에 대한 소유욕은 소설가인 '나'와의 관
계가 지속되는 가운데 긍정적인 방식으로 해소된다.

그는 자신의 책들을 도서관에 기증하고, 남은 책들을 소설가
인 '나'에게 준다. 그리고 나머지 책들을 자동차에 싣고 숲속으
로 가서 불태운다. 사람들이 갖는 욕망과 그에 대한 결핍감을
'책'이라는 소재를 둘러싼 사건을 통해 보여주고 있는 이 소설
에서 책에 대한 욕망과 그 속박에서 해방되어 자유를 얻고자 하
는 신준식의 희망, 그것은 불멸의 또 다른 이름이다.

「시간 여행자」의 시작은 이렇다. "지친 걸음으로 언덕길을
오르다가 저만치 허름한 집 창문에 노란 개나리가 걸려 있는 게
눈에 띈다. 내가 사는 루핑 집이다." 주인공 '나'가 루핑 집에 자
리를 잡게 된 것은 남편이 친구에게 사기를 당해 어쩔 수 없이
방값이 싼 변두리의 무허가 건물인 이곳으로 이사를 온 것이다.
서울이라는 이름이 무색할 정도로 초가집과 소가 있고 샛강이
있는, 수색역에서 2킬로미터 이상 떨어진 곳이다. 그곳 사람들
은 농사를 지으려면 샛강에 나룻배를 메어 놓고 이쪽에서 줄을
당겨 배를 끌어 올려 볏단이나 농사지은 곡식을 실어 나른다.

「시간여행자」의 배경은 1960년대 후반으로 다채로운 등장인물이 서로 부대끼며 벌어지는 다양한 사건들을 루핑 집에 사는 '나'의 시선으로 생생하게 포착해 갖가지 얘기들로 만들어진다. '나'의 시선에 포착된 인물들은 지난 시절의 우리 이웃 같은, 미운정 고운정으로 끈끈히 맺어진 살가운 사람들이다. 삶의 만화경 같은 에피소드 속에서 드라마, 혹은 아름다운 풍경화처럼 그려지는 소설이다.

「미로」는 사랑했던 두 남녀의 시선이 각각 교차하면서, 사랑과 이별의 스토리가 진행된다. 인생을 다시 쓸 수 있다면 우리는 어떤 실수를 바로 잡고 싶어질까? 우리 인생에서 어떤 고통을, 어떤 회한을, 어떤 후회를 지워버리고 싶을까? 이모가 돌아가셨다는 연락을 받은 완주는 서울역에서 KTX를 타고 가면서 T시에 살고 있을 첫사랑 순지를 생각하며 그녀와의 사랑을 떠올린다. 작가는 미로와도 같은 사랑의 과정을 몸의 지도 제작 과정에 빗대어 깊숙이 탐구해 들어간다. 사랑에 인생을 걸어버린 순지는 완주와 결합하려 하지만 실패한다. 무작정 앞으로 달려 나갈 수도, 가만히 앉아서 움츠려있을 수도 없는 순간, 사랑은 존재하지만 그것은 안으로부터 피가 흘러나오는 시간이고 세계이다.
　작가는 시간의 개념과 인생의 선택에 대한 성찰의 기회 제공이라는 두 가지 요소를 결합해 그들만의 러브스토리를 훌륭하게 직조하고 있다.

> 나는 단 한 사람, 당신의 몸 지도를 갖고 싶어요. 해부도가 아닌 감정지도. 나만의 사랑의 칩, 아무도 모르게 나 아니면 누구도 사랑할 수 없는 불구로 만들어 버릴 수 있는 칩을. 그 칩을 숨기려고 내가 얼마나 노심초사했는지 당신은 모를 거예요. …(중략)… 미로 씨 나는 아무리 얽힌 미로라도 찾아내고 말거예요. 난 내가 생각한 것을 한 번도 물러선 적이 없거든요. 당신이 아무리 도망을 쳐도 결국 내 앞에 나타나지 않을 수 없을 거예요. 주문을 외우고 기다리노라면 나타날 것이거든요. (「미로」)

중편소설 「자존감 수업」은 춤을 소재로 하여 자유를 꿈꾸는 낯선 세계를 그려낸다. 춤을 통해서 세상의 법칙과 삶의 의미를 찾아가는 여성의 사랑과 고통, 그것을 통한 자아 찾기가 흥미롭게 펼쳐진다. 르포 기자인 '당신'은 이 우주와 세계에 연결되어 있다고 믿었던 생의 중심이 폭삭 무너지는 것을 경험한다. 모색의 끝은 관계의 단단한 껍질을 깨고 나오는 개인의 각성된 자유에 대한 확인이다. 헤르만 헤세의 『데미안』에서 선보인 바 있는 '아프락사스' 모티프에 해당하는 작품이다.

당신은 방안에 틀어박혀서 '자존감 수업'에서 다룰 소재와 주제를 생각하면서 사흘을 보냈다. A화장품 홍보팀에서 '자존감 수업' 연재를 일 년간 더 맡아 달라는 전화를 받은 것은 일주일 전이다. 르포 기자인 당신에겐 좋은 점인지 나쁜 점인지 모르지만 한번 결정하면 즉시 행동으로 옮겨야 직성이 풀리는 기질이 있다. 세상 사람들이 살아가는 이야기를 밀착 취재하여 르포 형식으로 연재하기로 했다. 경마장이나 노름방 이야기가 아니라 카바레 이야기를 택한 것은 세상은 절반의 남자와 절반의 여자로 이루어져 있고 그들이 함께 어울리는 장소이기도 하지만, 더 큰 이유는 거기서 만난 한 여자가 생각났기 때문이다. (「자존감 수업」)

이 작품에는 '당신'과 또 한 명의 여성이 등장한다. '당신' 시선으로 볼 때 세상은 상처만 안겨주는 몹쓸 곳이다. 어느 날 갑자기 딴 여자와 잠적해버린 남편 때문에 부족한 게 없던 가정이 풍비박산 나고 내면의 깊은 상처와 소외를 감당해야 한다. 남편이 미국으로 출국하고 딴 여자를 본 마당에 현실을 인정할 수밖에 없다. 댄스학원에서 기본스텝을 익히고 처음 필드에 나섰을 때 '당신'은 새 구두끈을 매면서 속으로 말한다. "세상을 향하는 첫걸음이라고, 필드를 무서워하지 말고 두려움을 없애야 한다고. 머리가 아니라 몸으로 체득해야 한다고. 필드는, 춤을 추기 위한 플로어가 아니라 우리가 살아가는 세상이라고."

사랑도 희망도 용기도 없어졌을 때 '당신'이 맞닥뜨린 것은 절망이 아니라 오히려 새로운 출발이다. 세상 속으로 걸어 들어가기로 한 것이다. 이른바 '필드'에 나선 그녀에 대해 작가는 "다른 삶을 살라는 예시로 채워졌고, 두려움이 사라졌다. 더 이상 분노도, 외로움에 대한 공포도, 초조함도 느껴지지 않았다"고 강조한다. 희망과 사랑이라는 관계에 대한 강박이 제거되는 순간 그녀는 자유로운 영혼이 된다.

또 다른 여인은 춤 세계에서 상처받은 여인이다. 카바레란 무엇인가. 낯선 남녀가 만나 춤을 추는 곳이다. '남자는 배, 여자도 배'인 곳, 향락의 점을 찍는 곳, 사랑의 선線을 만들지 않는 곳이 아닌가. 이 '아줌마'는 카바레의 규칙을 위반한다. 사랑에 빠진 것이다. 겉모습에 자신이 없는 그녀는 한평생 생활에 쪼들리며 자신의 영혼을 학대하던 여자이다. 이제 남은 인생을 즐기고 싶지만 그 첫걸음에서 사랑이라는 이름의 족쇄에 코가 걸려버린다. 수면제를 먹고 온갖 짓을 해보지만 극복할 수 없는 문제다.

춤을 소재로 낯선 세계를 그린 「자존감 수업」은 소재가 참신하고 문장이 깔끔해 흡인력이 뛰어나다. 필드는 인간이 살아가는 세상이라는 상징적인 의미를 함축하고 있어 사유적인 울림 또한 크다. 삶은 신과 같은 풋사랑도 아니고 지엄 지고한 신과 같은 사랑도 아니다. 인간이 살아가는 '공간'이고 '현장'이다.

돋보이는 구성에, 일인칭이나 삼인칭이 아닌 이인칭(당신) 시점 구사도 작품과 잘 어울린다. '당신'이 콜라텍 '파라다이스'에서 아줌마를 다시 만나 이야기를 나누며 완결되는 장면은 깊은 여운을 남긴다. 사랑에 매달리지 않고, 무모한 희망을 버렸으므로 그녀들은 더 이상 나약한 여인들이 아니다. "가득한 웃음, 즐거운 표정으로 힘차게 날아오르고" 있는 원더우먼들이다.

적어도 삶은 우리에게 친절하지 않다는 사실을 눈물을 흘리며 인정하지 않는 한, 삶은 단 한 발짝도 앞으로 나아가려 하지 않는다. 춤은 음습한 지하창고가 아니라 "세상으로 나아가는 문이며 터닝포인트"이다. 그녀들은 언제, 어디서든 다시 시작할 수 있으며, "놀라운 에너지"로 세상의 끝에서 "세상의 중심으로 날아오르기"를 꿈꾸는 헤르만 헤세의 '아프락사스'들이다.

3.
이정은 작가의 소설 『불멸』은 위에서 살펴본 것처럼 일상의 공간과 개인의 평범한 삶의 가치를 소중하게 여긴다. 삶을 포장하거나 단순하게 관념화하지 않고 있는 그대로 보여주어서 정직하게 사유하게 만든다. 우리의 삶은 이렇게 사소하고 자질구레한 것으로 이루어졌지만 알고 보면 그 사소하고도 권태로울 수 있는 일상이야말로 또 다른 세계를 향한 시작이라는 것을 깨닫게 한다. 소설 『불멸』은 삶과 세계를 총체적으로 보려고 하는 인간 본성에 관한 보고서이다. 거기에서 발견하는 이야기야말로 끝없이 갱신하는 부정의 운명을 보여주고 있으며, 그것은 차원 높은 예술성을 향한 길이다.

소설 『불멸』은 이정은 작가가 소설 쓰기를 통해 이루고자 하는 것이 무엇이었는지 명확하게 확인할 수 있는 공간이다. 작가는 과거의 상처를 똑바로 들여다보며, 특유의 다정한 시선으로 우리가 살아온 모든 시간에 담긴 의미를 찾아낸다. 잊고 싶었던 과거와 마주하는 것을 두려워하지 말라고, 우리가 그려온 궤적에는 그렇게 그려져야 할 이유가 있다고, 그래야 살아낼 수 있다고 말한다. 이처럼 작가가 한결같이 전하고자 하는 것은 생의 의미를 발견하고 긍정하는 메시지들이다.

이정은 작가의 애정 어린 문장을 통과하면 우리의 사랑스럽지 않은 모습마저도 그저 좋거나 나쁘다고만 평가될 수 없는, 살아가려는 의지의 표현이 된다. 우리가 듣고 싶었던 위로를 소설로 전해 공감의 장을 만드는 일을 꿋꿋이 수행해온 그는, 영혼의 폭발을 통한 뜨거움과 재를 갈구하는 예술가의 초상을 찾아 오늘도 세상을 주유周遊하고 있다.

이정은 작가의 소설은 가슴으로 읽어야 그 의미가 진정으로 다가온다. 『불멸』은 치열한 작가의식과 그것을 형상화한 서술 방식이 돋보이는 소설이다. 불멸을 꿈꾸는 작가의 강렬한 열망이 오늘의 삶의 의미를 되새기게 만들면서 우리에게 깊은 울림과 감동을 전해준다.

이정은이 동시대 독자들에게 소중한 작가로 평가받는 것은 그래서일 것이다.

작가의 말

사랑은 불멸의 길

세상은 한 사람의 작가를 만들기 위해 지름길을 버리고 먼 길을 돌아 헤매게 한 것 같다. 주변 사람으로 인해 부딪치면서 세상에 대한 부조리를 경험했고, 자존감 훼손으로 고통도 받았다. 원칙이 통하지 않는 세상에 대해 좌절하고 고민도 했다.

나를 스쳐간 사람들이 나를 성장시켰음을 느낀다. 신은 작가에게 고통으로 담금질을 시키면서도 결과적으로 성숙시킨 것 같다. 주변에 있던 사람들이 떨구고 간 도움과 고통에 대한 깨달음이 작가가 되는데 한 몫을 했다는 생각이 든다. 뒤돌아보니 고통도 작가에게는 자산이었던 것이다.

나름대로 착하게 살고 싶었는데 착할 수 없는 내 운명을 원망했다. 남편은 나를 사랑했음에도 그것을 공기처럼 당연하게 생각했다. 내 마음에 들지 않거나 부족한 점만 꼬집어 힐난했다. 내가 갈등의 원인 제공을 했을 수도 있다는 생각을 해본다. 그때는 왜 몰랐을까. 그러나 남편에 대한 불평은 관심이었고 내 나름대로의 사랑이었다.

남편과의 결혼생활을 그린 장편 『플러스섬 게임』을 출간했을 때 사람들은 나를 보고 정말 좋은 남편을 두었다고 칭찬했다. 미련스럽도록 고지식하고 융통성 없는 남편에 대한 불평과 약점을 들추어냈음에도 독자는 남편의 선량한 마음을 알아본 것이다.

2018년 소설집 『피에타』를 출간한 이후 2020년 여름까지 쓴 7편의 중단편을 묶어 소설집 『불멸』을 내게 되었다. 인간의 불멸이라는 주제가 작품의 모티브이다. 표제작 「불멸」은 불멸을 꿈꾸는 한 남자를 생각하면서 쓴 중편소설이다. 그는 한 여자를 사랑했고 소설을 사랑했고 불멸을 꿈꾸었다.

주인공에 대한 기억이 나를 잡고 놓지 않는다. 마지막 숨을 거두는 순간 사랑했다고 말한 그를 잊기가 어려웠다. 하늘나라에서는 움켜쥘 수 없는 여자를 사랑한 사실을 잊고 편안하시길

빈다. 「불멸」은 소설을 쓰고 싶어 갈망한 그를 매정하게 뿌리친 나의 속죄이자 고백이다.

　작품을 완성하고 나니 마음이 가볍다. 내 삶의 바탕이며 힘의 원천인 가족에게 사랑의 마음을 전한다. 나머지 인생은 빚을 갚는 일로 마감할 것 같다. 내 아이들과 주변 사람들에게 마음만이라도 고마움을 간직하는 삶을 살고 싶다.
　남편 얼굴이 떠오른다. 아픈 몸으로 책방에서 아내의 책을 사서 들고 오던 모습이다. 이제 책이 나와도 첫 번째 독자이면서 구매자였던 남편은 저세상으로 가고 없다. 이제 어떡하지? 이번에는 독자들이 그 자리를 메워줄 거라는 희망을 가져본다.

　정성껏 책을 만들어준 도화출판 편집진과 작품에 깊은 관심을 갖고 평을 써주신 김성달 선생님께 감사드린다.

2020년 여름
이정은

불멸

초판 1쇄발행 2020년 9월 14일
초판 2쇄발행 2020년 9월 30일

저   자 이정은
발행인 박지연
발행처 도서출판 도화
등   록 2013년 11월 19일 제2013 - 000124호
주   소 서울시 송파구 중대로34길 9-3
전   화 02) 3012 - 1030
팩   스 02) 3012 - 1031
전자우편 dohwa1030@daum.net
인   쇄 (주)현문

ISBN ㅣ 979－11－90526－21－0 *03810
정가 13,000원

도화道化, fool는
고정적인 질서에 대한 익살맞은 비판자,
고정화된 사고의 틀을 해체한다는 뜻입니다.